烈鳥與丹頂鶴：天上生靈

The Tale of Red-crested Crane

沈石溪◎著

【編者薦言】

飛舞出生命輝煌的天上精靈

朱墨菲

沒有牠們的天空，
是寂寞的天空、灰暗的天空，
也是沒有靈性的天空，
更是缺乏盎然生趣的天空！

平時當我們抬頭仰望天空時，總會不經意看到一群在天空展翅飛翔的鳥兒，牠們時而高踞枝頭，時而臨風顧盼，時而自在的翱遊於天際，通常還發出悅耳的鳴叫，提醒人類對牠們的注意。牠們能任意穿梭於宇宙大地，讓只能用兩條腿行走於地上的人類羨慕不已，從而產生許多對於飛行的夢想，進而發明了各種飛行器具。

在《烈鳥與丹頂鶴：天上生靈》這部作品裏，作者沈石溪以其一貫細膩寫實的筆法，在他長期入微的觀察下，將這群生靈的行爲與情感更加鮮活的記錄下來，化成一篇篇感人有趣的故事。不但開啓了我們對這群朋友新的認識，更對牠們有了不同的觀感，原來大地上的任何一種動物，不論是天上飛的還是地上跑的，都自有一套超乎人類想像的生存法則，弱肉強食、適者生存的殘酷現實，在動物的世界裏幾乎比比皆是、隨處可見，叢林中處處隱藏著死亡的陷阱，隨時上演著生離死別，這些都不斷地在考驗著牠們的智慧；而牠們也從一次次的死亡邊緣中，學習如何躲過敵人的獵捕和追殺。

在本書裏，我們也會發現，原來不只是人類重視親情，這些天上的生靈，牠們對自己的下一代，亦會極盡所能、無所不用其極的運用各種方式，來保護牠們的子女及延長初生後代的生命。不論是〈雙角犀鳥〉裏，爲了尋找吞食自己寶貝的「殺人凶手」，而不惜與蟒蛇大戰的犀鳥爸爸，或是〈天命〉中，爲了挑選適合種族延續而忍痛選擇犧牲自己幼雛的母鷹；還是〈魔雞哈扎〉裏，原本膽小無比的母雞，竟可以爲了保護心愛的雞仔免於淪爲鷹口美食，而敢於和天上蒼鷹對抗、最後不幸以身殉難，慘遭鷹爪蹂躪。牠們甚至爲了給下一代提供更好的生長環境，而會巧妙的運用僞裝或詐術，好使天敵不易發覺。

這些扣人心弦的故事，透過作者的生花妙筆，一次又一次地帶給我們的心靈震撼與悸動，讓我們了解，牠們也有七情六慾，同樣也會有歡喜悲傷和生離死別；因此，當我們再次抬頭仰望穹蒼時，應該也會對這群天上生靈有著更多不一樣的看法吧！

Contents

雄鷹金閃子

什麼都逃不過金閃子的眼睛。鷹眼是世界上最銳利的眼睛，在幾百公尺高的天空翱翔，一眼就能看見在茂密草叢中驚慌逃竄的灰兔。所以當一片黑影賊頭賊腦從一朵蘑菇狀烏雲裏飄出來時，金閃子隨意瞥了一眼，便認出來者不僅是同類還是同性，不由得心頭陡地一緊。

同性相斥，這條原理在鷹類中屬於至理名言。在老鷹世界裏，沒有同性朋友這個概念。鷹是食肉猛禽，孤獨的強者，習慣獨來獨往。雄鷹又是領地意識很強的猛禽，陌生雄鷹光臨，目的只有一個，就是來爭搶領地。金閃子拍拍強勁的雙翼，爪子在岩石上磨礪了幾下，沙沙沙，就像人類的磨刀霍霍，透出一片殺機。

陌生鷹越飛越近，在離金閃子築巢的那棵雲南松約兩百米的天空盤旋。

金閃子看得更清楚了，來犯者屁股周圍長著一圈雪白絨羽，給這傢伙起名白羽臀是很貼切的。再仔細打量，這傢伙嘴喙呈半透明琥珀色，腳桿粉紅，翅膀上那層淡黃的毫毛還未褪盡，一看就知道是隻初出茅廬的年輕雄鷹。金閃子懸吊的心放了下來。

牠鳥齡四歲，對老鷹來說，如日中天，正值生命的巔峰；牠是捍衛自己神聖的領地，而對方是非法入侵者，心理上牠就占了上風；牠的嘴喙更犀利，牠的爪子更老辣，牠的格鬥經驗更豐富，毫無疑問，力量對比牠佔有優勢。牠一定能贏得這場領地保衛戰，成功地將來犯者驅趕出去。

金閃子頸毛聳立，鷹眼射出兩道凶光，惡狠狠長嘯一聲。這絕非先禮而後兵，動物界不講究虛假的客套。這是一種威懾，一種恫嚇，一種心理戰術。隨後，牠雙腿在岩石上一蹬，搖扇翅膀飛了起來。

牠迎著強勁的山風飛翔，雙翼像鼓漲的風帆，忽而扶搖直上，忽而流星般墜落，頡頏翻飛，兩隻鷹爪指關節嘎巴嘎巴響，誇張地做出撕抓攫捏的動作。

牠絕非虛張聲勢，不敢與白羽臀搏殺。底下這塊草木茂盛、食源豐富、方圓百里的納壺河谷，是牠賴以生存的土地，與牠生命同等重要。捍衛領地，就是捍衛自己的生存權益，牠不惜流盡自己最後一滴血。

事實上，自打牠在懸崖間那棵枝繁葉茂的雲南松築巢一年多來，已發生過幾十起陌生雄鷹入侵事件。無論是狡猾的老年雄鷹還是強悍的中年雄鷹，牠都毫無畏懼地以死相拼，趕走了一個又一個覬覦這塊肥沃土地的野心家。牠每戰必勝，牠怕誰呀。牠之所以沒立刻動手，說心裏話，是希望能用威武的形象和威嚴的嘯聲，讓白羽臀知難而退。

俗話說，兩雄相爭，必有一傷。對方不是紙糊的泥捏的假鷹，對方也是血氣方剛的真正雄鷹，也有可以啄穿兔頭的嘴殼和可以捏碎蛇骨的爪子。可以這麼說，每一場領地征戰，都是生與死的考驗。

有一次，牠把一隻禿脖兒雄鷹的尾羽全部拔光，禿脖兒雄鷹威風頓失，逃之夭夭，而牠自己的左翅膀也受了傷，飛起來歪歪扭扭，痛得鑽心，整整一個星期不能捕食，餓得奄奄一息，要不是第四天早晨撿到兩隻從樹上掉下來的雛鴉，牠肯定被活活餓死了。

還有一次，一隻名叫藍寶的雄鷹非法闖入納壺河谷，牠使出渾身解數，惡鬥了幾十個回合，藍寶鬥志瓦解終於落荒而去，而牠也渾身是血，身體軟綿綿像大病了一場，根本抓不到野兔野雉或其他野生動物，被迫無奈，只好飛到山外人類居住的村寨去捕捉家鴨，家鴨雖然也是禽類，但徒長一雙翅膀不會飛翔，只會在地上蹣跚行走，捉起來倒是挺方便的，可惱的是，鴨群周圍有養鴨人看守，牠剛把一隻肥胖的母鴨抓到手，只聽砰的一聲響，窩棚背後冒出一團火光，算牠命大福大，子彈打掉牠翅膀上幾根翮翎，就差那麼一點，牠就到閻王爺那兒報到去了。

多次慘痛的教訓，使牠明白這麼一個道理，假如能靠威懾將入侵者趕走，那是上上策。

遺憾的是，白羽臀似乎眼睛和耳朵都出了毛病，視而不見聽而不聞，仍在山谷上空翺翔。是可忍，孰不可忍。樹欲靜而風不止。該出手時也只能出手了。金閃子抖擻精神，迎面撲飛過去。白羽臀也在空中將身體豎直，用爪子和嘴喙來迎戰牠。鷹爪與鷹爪碰撞，嘴殼與嘴殼叩擊，蔚藍的天空翻騰一朵金色的浪。雖然只搏殺了一個回合，戰鬥僅僅拉開序幕，但牠已探明對方的虛實，果真像牠所預料的那樣，對方爪子還很稚嫩，魯莽衝動，沒什麼搏擊經驗。牠完全有把握在十個回合之內就把對方打得落花流水。

金閃子一面用爪子撕抓，一面急遽搖動翅膀，讓自己往上升騰。牠的背部與眾不同，在翅膀與身體的交會處，長著一層金色絨羽，就像多長了兩隻小翅膀，扇動起來會產生更強大的升力；與入侵者格鬥時，牠便利用這一特長，使自己迅速拔高，當高出對方十幾米時，牠突然斂緊雙翼，姿張背部那片絨羽，就像一顆金色的流星，照準對方筆直墜落下去。

牠的速度快如閃電，往往對方還來不及做出反應，就已壓在對方身體上，對方會下意識地拼命拍扇翅膀，但承受不住兩隻鷹的重量，歪歪扭扭往地面降落，當降到離地面還有五六米時，牠瀟灑地展開雙翼飛升起來，而對方則會順著慣性跌落在地，遭到如此打擊，對方往往魂飛魄散，徹底喪失了抵抗能力，帶著沮喪的心情落荒而逃。

金閃子就是用閃電般的速度克敵制勝。這是牠對付入侵者的拿手好戲，也可以說是殺手鐧。今天，牠要讓膽大妄爲、不識好歹、不吃敬酒吃罰酒的白羽臀嘗嘗殺手鐧的滋味。

一眨眼的工夫，金閃子就已躥飛到白羽臀上方十幾米高的位置，已到了施展殺手鐧的最佳時機。

牠做了個鷂子翻身，正要斂緊翅膀俯衝下去。就在這節骨眼上，突然，牠敏銳的視線發現，右側地面草叢裏，一條銀白色的蛇正在游動！

再仔細看去，蛇身銀灰與粉白相間的環斑上，有一塊梅花狀疤痕，不就是殺害牠妻子兒女的兇手嗎?仇敵相見，分外眼紅。一瞬間，牠忘了白羽臀，整個身心沈浸在復仇的衝動中。牠仄轉右翼，迅速在空中調整方位，繞到銀環蛇後面，像片枯葉似地悄無聲息地飄落下去。

銀環蛇的出現，改變了金閃子的命運，改變了白羽臀的命運，也改寫了雄鷹與雄鷹之間的關係。

這是條蛻過七層殼的老蛇，這是條兇悍殘忍的惡蛇。一般的蛇，畏懼鷹的尖爪利喙，是不敢招惹鷹的。但這條足有一米六長的酒盅般粗的銀環蛇，卻仗著嘴腔裏兩枚毒性極強的蛇牙，在鷹巢四周出沒。

金閃子曾有過一個溫馨的家。妻子蜜蜜香羽色豔麗，風情萬種，喜結良緣後不久，就孵出兩隻雛鷹。兩個月後，小寶貝身上長出一層絨羽，像兩朵金色向日葵，煞是可愛。夫妻同心協力捕食育雛，小日子過得相當快樂。

過多的幸福，往往伴隨著災難。這天早晨，同往常一樣，夫妻比翼雙飛外出覓食，在領地北邊一棵孔雀杉上逮著一隻小松鼠。松鼠身上沒有幾兩肉，還不夠餵飽兩隻雛鷹。於是，蜜蜜香先叼著小松鼠回巢給雛鷹餵食，而牠仍在空中巡飛，尋找新的獵物。

幾分鐘後，牠聽到鷹巢方向傳來報警的鷹嘯，聲音短促而尖銳，告示十萬火急，令牠心驚肉跳。牠立即疾飛歸巢，卻已經遲了。牠心愛的妻子蜜蜜香躺在那棵雲南松下的草地上，脖子扭曲，一隻翅膀像折斷的帆耷落下來，另一隻翅膀倒轉過來，在空中無力地扇搖，兩眼蓄滿痛苦，嘴裏發出嘶啞的悲鳴，每一聲悲鳴都噴出一串鮮血。

順著蜜蜜香嗚叫的方向望去，金閃子看見一條銀環蛇腹部鼓得像隻球，正吃力地擺動身體在草叢驚慌游竄。牠立刻明白發生了什麼事。當牠與蜜蜜香外出覓食時，該死的銀環蛇爬進鷹巢吞吃了毫無自衛能力的兩隻雛鷹，剛好這個時候，蜜蜜香叼著小松鼠趕到，目睹自己的心肝寶貝變成蛇的腹中餐，悲痛欲絕，肝腸寸斷，不顧一切地朝銀環蛇撲了過去。鷹蛇扭成一團，蜜蜜香由於極度悲傷而疏於防範，被銀環蛇咬了一口。鷹和蛇一起從雲南松上摔落下來。

銀環蛇毒性極強，數秒鐘後，蜜蜜香便毒性發作，喪失了搏鬥能力，銀環蛇便趁機想逃之夭夭。這條狡猾的蛇，肯定已發現來自天空的威脅，正急急忙忙往一條岩縫裏鑽。金閃子呀地怒嘯一聲，俯衝下去。這時，銀環蛇的腦袋離岩縫僅有半米遠了。牠來不及選擇角度，伸出鷹爪一把揪住蛇身。

俗話說，打蛇打七寸，對鷹而言，抓蛇抓脖子，才能有效地置蛇於死地。牠揪住蛇身，好比火中取栗，是非常危險的事。果然，在牠揪住蛇身的一瞬間，蛇頭就反竄上來，吞吐鮮紅的蛇信子，欲往牠腿上咬。牠用力捏緊鷹爪，尖利的爪子抓破了蛇皮，掐碎了蛇肉，但牠攫抓的位置非蛇的要害部位，彎鉤似的毒牙仍悍然朝牠咬來。

牠是隻有經驗的雄鷹，牠明白，倘若不立即鬆開鷹爪，蜜蜜香的悲劇將很快在牠身上重演。

牠無奈地鬆開了爪子。牠僅僅飛離地面五六公尺高，銀環蛇掉在地上，倏地鑽進岩縫不見了。

等牠回到蜜蜜香身邊，愛妻已經一縷香魂隨風去，只有兩隻美麗的鷹眼仍圓睜著，那是死不瞑目，期望牠能宰殺這條銀環蛇替妻兒報仇雪恨。

很長一段時間，金閃子一有空閒就守候在那條岩縫前，希望能再次遇見這條行兇作惡的銀環蛇。遺憾的是，銀環蛇好像變成風飄走了，杳無蹤跡。

沒想到，逃遁了近半年的兇手，此刻現形了。

也許是身上那塊梅花狀傷疤留下了太深的記憶，也許是牠熊熊燃燒的復仇怒火觸動了蛇頭上的熱感應器，牠還剛開始往下俯衝，老奸巨猾的銀環蛇就已察覺危險逼近，細長的身體波浪式扭動，快速向鄰近的一棵野棗樹爬去。

那是一棵百年老樹，彎曲如虯髯的樹根裸露在地面，形成縱橫交錯的洞穴。一旦讓銀環蛇爬到野棗樹下，復仇的機會又將從牠眼鼻底下溜走。牠心急火燎撲下去，一隻鷹爪照準蛇脖捏去，另一隻鷹爪照準蛇尾抓去。

對鷹來說，對付一米以上的大蛇，抓兩頭是最佳捕獵方式。捏緊蛇頭，可防範蛇反咬一口，揪住蛇尾，可避免被蛇像繩索似地纏住翅膀。可以這麼說，只要兩隻鷹爪同時抓住了蛇脖與蛇尾，任你是竹葉青、五步蛇、響尾蛇，還是眼鏡蛇，都將成爲鷹的美味佳肴。金閃子曾抓過許多蛇，積累了豐富的捕蛇經驗，曉得攫捉正在快速游竄的蛇，要有個俯衝目標，也就是說，欲抓蛇脖，必須瞄準蛇頭，鷹爪伸下去時蛇往前竄動，剛好就抓住蛇脖。

銀環蛇比牠想像的更狡詐，就在牠鷹爪伸下去的一剎那，玩了個緊急刹車，突然停止游躥。牠沒有防備，鷹爪仍刺向蛇頭。那蛇頭倏地昂立起來，蛇嘴張開，兩枚毒牙作噬咬狀。倘若牠繼續將鷹爪抓下去，等於向死神投懷送抱。只好臨時改變姿態，身體偏仄，將那隻鷹爪縮回腹部。

可銀環蛇不是盞省油的燈，憑藉蛇柔軟彈性的身體支撐，蛇頭閃電般竄高，朝牠腹部咬來。更糟糕的是，牠的另一隻鷹爪已經抓住了蛇尾，想扔掉也來不及了。蛇牙已快觸及到牠胸脯了，躲閃根本來不及，只有用翅膀去抵擋。喀嚓一聲，蛇嘴咬中了牠的翅膀，不幸中的萬幸，只咬到翮翎，沒咬到皮肉。

牠猛烈拍打翅膀，希望能騰飛起來，到空中再設法收拾該死的蛇。銀環蛇長長的身體突然一抖，旋出個圓圈，像絞索似地套進牠的脖子。牠一隻翅膀被蛇嘴鉗制住了，整條蛇的重量都掛在脖頸上，使牠無法再逗留半空，無奈地摔落在地。

鷹是空中精英，落到地面，鷹的威風喪失大半。牠想用喙啄碎蛇頭，可銀環蛇老練地收緊身體，使牠脖子無法轉動。牠一隻鷹爪撕扯蛇身，銀環蛇拼命蹦躂，鷹和蛇在地上打滾。

情形對金閃子越來越不利。蛇身體圈成的絞索越收越緊，憋得牠喘不過氣來。蛇有兩種致命武器，一是用彎鉤似的毒牙向對方身體注射毒液，二是用強有力的身體將獵物纏得窒息。金閃子明白，牠已不可能擺脫銀環蛇的死亡糾纏了，最好的結局就是與這條該死的蛇同歸於盡。但這種希望也非常渺茫，牠的一隻鷹爪揪住的是對蛇構不成致命威脅的蛇尾，另一隻鷹爪雖然在撕扯蛇身，卻也不是可立即讓蛇斃命的要害部位。銀環蛇仍在一點一點收緊身體，金閃子兩隻鷹眼鼓得像金魚眼，快從眼眶裏跳出來了，腦袋嗡嗡作響，已差不多進入垂死的眩暈狀態。

突然，牠聽見有翅膀振動的聲響，一個黑影自天而降，數秒鐘後，套在脖子上的蛇圈絞索明顯鬆弛，牠總算又可以暢快地呼吸了；牠這才看清，原來是白羽臀從天空飛下來參戰了；白羽臀雖然年輕，卻不乏捕蛇技巧，很快抓住蛇的七寸；銀環蛇眼珠暴突，鬆開咬住牠翅膀的嘴；白羽臀在蛇的腦殼上猛烈啄咬，銀環蛇蹦躂掙扎，緊湊的身體漸漸鬆軟。

金閃子終於從蛇的絞索裏掙脫出來了，帶著對這條銀環蛇的刻骨仇恨，實施攻擊。蛇本來就不是鷹的對手，兩隻雄鷹對付一條銀環蛇，那真是小菜一碟。才幾分鐘時間，活蹦亂跳的銀環蛇就變得像根爛草繩。兩隻鷹你一口我一口，活吞蛇肉，很快就吃得只剩下有毒的蛇頭和一根白森森的蛇骨。

對金閃子來說，鮮美的蛇肉，不僅填滿了轆轆饑腸，還是精神盛宴，總算了卻了復仇的夙願，可以告慰九泉下的蜜蜜香和一對可愛的雛鷹了。

吃掉了銀環蛇，金閃子搖扇翅膀升上藍天。白羽臀也跟著飛了起來。兩隻雄鷹在山谷氣流中滑翔。

金閃子突然意識到，讓一隻陌生雄鷹在自己領地上空自由自在翺翔，對牠雄性的尊嚴是一種挑釁。一山容不下二虎，對鷹而言，一片天空容不下兩隻雄鷹。牠理應兇猛地撲上去與入侵者廝殺。雖然剛剛與銀環蛇搏鬥過，但並沒消耗太多體力，除了被拔掉一些頸毛外，也沒受什麼傷，是有把握將白羽臀驅趕出去的。可是，牠才與白羽臀聯手打敗了銀環蛇，又共同啄食了一頓蛇肉大餐，立刻翻臉不認鷹，大打出手，兇猛攻擊，似乎也不妥當啊。

更讓牠踟躕不前的是，牠剛才差一點就被銀環蛇絞死了，是白羽臀在關鍵時刻出手相助，不不，應該說是出手相救，這才使牠轉危爲安並報仇雪恨。鷹是有思維的猛禽，白羽臀應該看得出來，牠當時已被銀環蛇絞纏得快窒息了，白羽臀完全可以在空中瀟灑地多盤旋幾圈，等牠被銀環蛇絞殺後再俯衝下來，盡可坐收漁人之利，同樣能獵殺精疲力盡的銀環蛇，還能毫無障礙地接收這片肥沃的土地。白羽臀假如不想救牠的話，此時此刻，牠肯定已成爲銀環蛇的腹中餐了。

毫無疑問，在牠生死存亡的危急關頭，白羽臀出於同類相助的想法，俯衝下來替牠解了圍。這是一份沈甸甸的情感，一種同生死共患難的友誼，牠怎麼好意思向白羽臀興師問罪呢？

就在金閃子猶豫不決的時候，白羽臀已在臨近的絕壁上，找到一個可供棲身的岩洞。白羽臀像個勤勞的建築師，從山溝灌木叢銜來枯枝敗葉，搭建鷹巢。剛忙碌完，太陽就落山了。白羽臂鑽進新建的巢睡覺去了。

臥榻之側，有他鷹酣睡，金閃子心裏彆扭極了，整夜未能入眠。

對人類中靠耕種爲生的農民來說，春花秋實，秋天是個收穫的季節。但對生活在滇北高原納壺河谷一帶的鷹來說，秋天是個食物匱乏的季節。鷹的主食是嚙齒類動物，各種老鼠和各種野兔。春天時節，鼠呀兔呀爲了尋找配偶，紛紛從地洞鑽出來，大地一片蔥綠，一眼就能看見在綠草地裏追逐嬉戲的獵物；夏天時節，母鼠或母兔產下幼崽，爲餵飽一大窩嗷嗷待哺的嘴，母鼠和母兔們頻繁地上到地面來覓食，成爲山鷹捕捉的對象，而一旦母鼠或母兔喪命，那些幼鼠或幼兔受不了饑餓的折磨，受本能的驅使，會從安全的洞穴爬到地面來，當然也就成爲鷹可口的點心；冬天時節，大地銀裝素裹，一片潔白，任何一個小斑點在雪地躍動，都逃不脫鷹敏銳的視線，當然也就不愁找不到食物充饑；唯獨秋天時節，幼鼠和幼兔已經長大，不會再懵懵懂懂爬到地面來送死，枯葉落地，牧草衰敗，狼毒花盛開，赤橙黃綠青藍紫，大地色彩斑斕，就像穿了件巨大的迷彩服，鷹眼再銳利，也很難發現躲藏在裏頭的嚙齒類動物。

有些覓食能力偏弱的鷹，常常在金秋季節餓死。

眼下正是可怕的秋荒季節。金閃子在第一縷陽光照亮納壺河谷時，就離巢巡飛覓食，在天空盤旋了四、五個小時，日頭偏西了，仍一無所獲，早已饑腸轆轆。秋風蕭瑟，高空更添料峭寒意。牠的翅膀沈甸甸的，心情也是沈甸甸的，不知道今天還能不能告別饑餓。

藍天白雲間，白羽臀也在巡飛覓食，雙翼最大限度地平展開，借助山谷那股上升的氣流長時間滑翔。很明顯，白羽臀也因找不到食物而體力虛弱，用滑翔來代替飛翔，以節省寶貴的體能。

掠過一片墨綠色的高山針葉林，轉到納壺河谷北岸那片開闊的草灘，突然，金閃子雙眼一亮，發現有兩個小紅點火焰似在枯黃的草叢間跳動。牠喜孜孜疾飛而去，飛近些仔細一看，不由得心涼了半截，那兩個火焰似的小紅點，原來是一隻母豺帶著一隻剛出生不久的幼豺。

在納壺河谷，豺又被稱作紅狼，全身皮毛鮮紅，是一種兇猛的食肉走獸。秋天是豺的生產季節，隨處可見蹣跚學步的幼豺。細皮嫩肉的幼豺當然是鷹感興趣的獵物，但母豺看護得極緊，很難有機會下手。曾發生過這樣的事，一隻饑餓的鷹在天空盤桓，一隻母豺帶著兩隻幼豺在山嶺行走，走著走著，有一隻幼豺落到後面去了，離前面的母豺有五、六十公尺遠，天上的鷹不想錯過這個機會，便朝那隻落單的幼豺俯衝下去，母豺彷彿後腦勺也長眼睛，唰地來了個急轉彎，像離弦的箭飛射過來，那鷹飛到落單幼豺頭頂時，母豺離那隻驚慌失措的幼豺還有七、八公尺，鷹以爲能搶在母豺到達之前將幼豺攫抓上天，仍加速俯衝下去，母豺突然狂嚣一聲飆飛起來，像隻火球一樣撞向鷹，就在鷹伸爪去抓幼豺的一瞬間，母豺一口咬住了鷹的一隻翅膀，剎那間，傲視天穹的雄鷹成了豺的美味佳肴。

吃豺不成反被豺吃，真乃鷹間悲劇也。

豺是不好惹的，金閃子雖然肚子餓得咕咕叫，也只有將不斷湧動的口水強咽下去，準備撤離。就在牠偏仄翅膀轉身之際，突然，前方那片魚鱗狀薄雲裏，嘀呀嘀呀，傳來鷹捕獵時興奮的尖嘯聲，金閃子舉目望去，原來是白羽臀飛過來了。此時此刻，地面除了這對豺母子外，看不到其他動物。毫無疑問，白羽臀把幼豺鎖定爲攻擊目標了。

可是，白羽臀並沒馬上俯衝下去，而是飛到金閃子面前，翻騰旋轉，嘴啄爪撕，做出一連串的搏擊動作。心有靈犀一點通，金閃子很快明白白羽臀的用意，是在懇求牠與牠一起俯衝下去捕獵幼豺。

這是個好主意，值得一試。雖然鷹是孤獨的強者，在鷹的歷史上，從未有過兩隻陌生的雄鷹齊心協力對付獵物的事，但任何顧慮都無法抵消因饑餓而引發的狩獵衝動。饑餓是最好的教師，傳授嶄新的生存技巧。牠克制住同性排斥的心理障礙，也在雲端發出嘹亮的嘯叫，以示呼應。

這是一場配合默契的捕獵，堪稱團結協作的典範。

金閃子率先朝幼豺俯衝下去，母豺聽到天空傳來翅膀的振動聲，警覺地豎起耳朵，放慢腳步，緊貼在幼豺身邊，與幼豺並排行走。金閃子仍俯衝下去，飛到離幼豺頭頂三、四米高時，水平線盤旋，不時伸長鷹爪做出攫抓的動作，當母豺躥跳噬咬時，便立刻縮回鷹爪。母豺的躥高極限不到三米，自然無法傷到白羽臀。屢屢咬空，好不惱豺也。

更讓母豺氣憤的是，金閃子就像一隻轟不走趕不開的蒼蠅，老在幼豺頭頂盤來繞去的，對還沒防衛能力的幼豺來說，好比頭上高懸著一柄明晃晃的利劍，不免心驚膽寒，喪魂落魄。母豺顯得越來越急躁，狂吠亂嚻，胡撲亂咬。金閃子再次伸出鷹爪去，母豺再次起跳咬空，所不同的是，這一次金閃子飛得更低，鷹爪也伸得更長，差一點就抓破了幼豺的頭皮，母豺氣得發瘋，窮追猛咬。金閃子只是縮回鷹爪，身體卻並不拉高，仍貼著地面飛行。金閃子飛得這麼低，飛得這麼慢，彷彿加把勁就能追上，這對母豺無疑是個極大的誘惑，咆哮著尾追不捨。

幼豺孤零零站在一個草墩上。

白羽臀在高空看得真切，立即從雲朵鑽出來，收斂翅膀，飛快俯衝下去。

這是一個豔陽天，陽光濃豔，白羽臀雖然收斂翅膀，悄無聲息地俯衝下去，但太陽所造成的恐怖的投影，卻籠罩在幼豺身上。幼豺恐懼地尖叫，笨拙地朝母豺方向奔逃。母豺趕緊扔下金閃子，回身救援。但已經遲了，白羽臀搶在母豺前一秒鐘到達幼豺身邊，鷹爪伸下去一撈，駕輕就熟地玩了把海底撈月，就將幼豺凌空拎了起來。

母豺癲狂蹿撲，緊盯著白羽臀身影追攆。

這時，發生了意外。白羽臀在攫抓幼豺時，唯恐遭母豺撲咬，根本來不及講究姿勢和角度，一把撈下去，竟然抓到的是豺前腿。幼豺雖然還在哺乳期，但畢竟是食肉猛獸，不乏殊死搏殺的勇氣，被鷹爪拎起後，身體仰臥在鷹腹下，另外三隻豺爪摟抱住白羽臀的身體，張嘴就在白羽臀胸脯亂啃。

幼豺才長出細密的乳牙，雖然咬一百口也構不成致命威脅，但還是能造成難以忍受的疼痛。白羽臀竭盡全力在飛，卻飛得歪歪扭扭。更糟糕的是，白羽臀身體還不夠強壯，翅膀還不夠有力，抓著一隻五、六斤重的幼豺，似乎負荷太重，無法迅速升高，儘管雙翼以最高頻率搖動，卻也只能在距離地面十幾公尺的高度忽上忽下地飛行。母豺當然不肯輕易放棄，沿著地面濃重的投影拼命追逐。

金閃子明白，白羽臀力氣快要耗盡，頂多還能支撐半分鐘，就會出現兩種情況，要麼越飛越低，被母豺撲躍擒捉，要麼鬆開鷹爪放棄這場狩獵。離地僅十來公尺，底下是鋪著厚厚一層枯草的草坪，幼豺不可能摔死，母豺一定會吸取教訓，或者像罩子似地把幼豺罩在自己身體底下，或者帶著幼豺躲進密匝匝的灌木叢，再要抓住這隻幼豺可就難了。

痛苦莫大於已到嘴邊的肥肉又逃走了。

金閃子飛了過去，發出悠揚嘯叫，那是鷹在空中攔截雀鳥的信號。

白羽臀拼出所有的力氣搖動翅膀，身體又往上升騰了兩、三米，再也無法支撐，無奈地鬆開了鷹爪。幼豺筆直摔落下來。母豺站在地面抬頭仰望，激動地等待幼豺失而復得。

在白羽臀鬆開鷹爪的同時，金閃子在天空劃出一道漂亮的弧形，當幼豺快墜落到母豺頭頂時，準確地在空中抓住了幼豺，動作嫻熟而精湛，就像在表演高空拋接雜技。牠一隻鷹爪掐住幼豺後脖頸，另一隻鷹爪掐住幼豺的背脊，抓得穩狠準。拋接點離地面這麼近，幼豺柔軟的尾巴掃到母豺的耳廓。牠加速搖動強有力的翅膀，身體騰空而起，飛向懸崖上那棵挺拔的雲南松。

母豺看得目瞪口呆，過了好一陣，才對著漸漸遠去的鷹發出淒厲的長嘯。

兩隻雄鷹落到雲南松旁一塊突兀的岩石上，分享這難得的美味佳肴。

無論是金閃子還是白羽臂，都是第一次吃到新鮮的豺肉。

無論是金閃子還是白羽臂，假如單獨覓食的話，是不可能在母豺身邊抓到幼豺的。

一隻雄鷹加上另一隻雄鷹，等於所向披靡。

最讓金閃子高興的是，秋天是豺的生育季節，如果能把幼豺列入鷹的食譜，那麼，秋天不再是饑荒季節，不用擔心會餓得頭暈眼花，變成一具餓殍了。

沒想到，兩隻雄鷹在一起，不一定非要鬥個你死我活，也可以互幫互助，成爲朋友。

這是一隻美麗的雌鷹，彷彿每一片羽毛都用霞光擦過，閃耀著青春的光芒；眼睛風騷活潑，脖子嬌柔嫵媚，叫牠滴滴嬌再恰當不過了。

對雄鷹來說，覓食不易，覓偶更難。不知是何原因，上帝在造鷹時，打破了性別均衡的原則，雄鷹比例遠遠高於雌性，雌鷹奇貨可居，美麗的雌鷹更成了稀缺資源。自打蜜蜜香被銀環蛇咬死後，納壺河谷還是第一次有異性光顧。金閃子打了整整半年光棍，對壽命僅有十幾年的鷹來說，已經算是漫長的煎熬了。單身的日子不好過，沒有雌鷹就不是個完整的家。

所以，當滴滴嬌靚麗的身影出現在納壺河谷上空時，金閃子的視線立刻就被吸引住了。滴滴嬌升上雲端，金閃子的視線移到雲端；滴滴嬌滑向山峰，金閃子的視線便移向山峰。

異性相吸，這條原理在鷹類中也屬於至理名言。

就像渴極了想喝水一樣，孤獨的雄鷹渴望伴侶。金閃子恨不得立刻就把滴滴嬌迎進巢去，做新娘、做嬌妻、做生兒育女的母鷹。但牠曉得，在這個問題上，心急吃不得熱豆腐。雌鷹也有尖喙利爪，也有猛禽的膽魄和力量，想用暴力逼迫雌鷹就範，那是絕對行不通的。雌多雄少，必然是雌貴雄賤，雌性有更多的選擇，雄性只能被動地接受選擇。所以對雄鷹來說，求愛是必須學會的生存技能。

最終的目的當然是佔有，但過程卻必須是溫情的討好。

金閃子精神抖擻地從鷹巢跳到樹梢一根橫枝上，朝著在天空巡飛的滴滴嬌，呼啦呼啦大幅度扇搖翅膀，並發出溫婉悅耳的鳴叫。大幅度搖扇翅膀，表明牠是一隻有能力搏擊長空的雄鷹，溫婉悅耳的叫聲，表明牠又是一隻對配偶忠誠體貼的雄鷹。這是雌鷹擇偶的兩個先決條件，好比是進入婚姻殿堂的通行證。接著，牠又以一種紳士般優雅的姿態，款款起飛，舒緩地搖動雙翼，激情澎湃地鳴叫，忽而側身滑翔，忽而原地旋轉，用鷹特有的方式輕歌曼舞，殷勤地表演歡迎儀式。

迎接雄鷹的是利爪，迎接雌鷹的是橄欖枝，這是「人」之常情。

滴滴嬌仍平穩地在氣流中滑翔，不熱情也不冷漠，顯出幾分矜持。

金閃子忽然迎著明媚的太陽，迎著強勁的山風進行逆風飛行，風把牠柔軟光潔的絨羽吹散開來，牠將雙翼完全姿張開，在陽光的梳洗下，每一片翮翎閃耀著金屬般凝重的光華。牠是在向滴滴嬌展示青春與健康。

對飛禽來說，羽毛是識別年齡與健康狀況的標誌。羽色閃閃發亮，那是青春的光焰。柔軟光潔的絨羽還表明，身上沒有讓雌鷹厭惡的寄生蟲和體癬之類的皮膚病。父鳥強壯健康、不生寄生蟲，子鳥一般來說，也就強壯健康不生寄生蟲，這對雌鷹來講具有很大的吸引力。

接著，牠以最快的速度向前猛飛，矯健的身影迅速變小，變成一個金色逗號消失在天涯盡頭，又很快踅返回來，小圓點漸漸放大，飛回到懸崖間那棵傲然挺立的雲南松上，在巢前熱情洋溢地鳴叫。

瞧，我有多麼遼闊的狩獵領地，有取之不盡的食物資源，還有能遮風擋雨的窩巢與婚床，嫁給我吧，我會讓妳和我們將來的小寶貝過上遠離饑寒的小康生活！

無論走獸還是飛禽，在自己所中意的異性面前，都會充分展示自己的長處與優勢，將缺陷與弱點隱匿起來。

在動物界，純粹的愛情是十分罕見的，婚姻大都是一場生存利益的交易。

滴滴嬌輕柔地鳴叫幾聲，在那棵雲南松上盤旋，一圈一圈又一圈，漸漸降低著高度。異性相吸的規律在起作用了，金閃子優裕的婚配條件似乎已打動滴滴嬌的芳心，滴滴嬌差不多就要做愛情的俘虜了。

就在這時，突然，鄰近絕壁上傳來白羽臀心急火燎的鳴叫聲。緊接著，白羽臀從岩洞裏飛了出來，以滴滴嬌爲軸心，翻滾旋轉，騰升側飛，展示身上亮麗的羽毛，毫不掩飾地表達求偶意願。

只要是雄鷹，都會對滴滴嬌一見鍾情的。

金閃子立刻有一種預感，牠與白羽臀之間的友誼無可挽回地畫上了休止符號。兩隻雄鷹或許可以擁有同一片天空，但絕對不可能擁有同一隻雌鷹。可以分享食物，卻不能分享愛情。這是友誼的盲點，也是矛盾的焦點。

滴滴嬌驚訝地瞅著兩隻雄鷹，飛離那棵雲南松，在峽谷上空翱翔，發出責問式的鳴叫：——這是怎麼回事，同一塊領地裏竟然有兩隻雄鷹，叫我選擇誰好呀？

金閃子高聲鳴唱：選擇我，選擇我，我才是納壺河谷的主人！

白羽臀也死乞白賴地叫喚：選擇我，選擇我，我才是最優秀的雄鷹！

滴滴嬌在兩隻雄鷹之間徘徊，並不想偏袒誰，也不想得罪誰，出於雌性的本能，牠當然願意選擇更強壯、更勇猛、更出色的雄鷹，唯有如此，牠將來孵出的雛鷹才能更平安地存活下去。

人類社會有句不好的俗話：女人是禍水。套用到鷹身上，或許可以修改爲：雌鷹是戰爭導火線。

金閃子和白羽臀怒目相視，互相威脅地鳴叫，各自亮出尖利的鷹爪。

一場在大自然裏司空見慣的爭偶決鬥，拉開了序幕。

假如面對的是隻毫無感情糾葛的陌生雄鷹，金閃子會毫不猶豫地先發制敵，以迅雷不及掩耳之勢撲飛過去，尖喙與利爪並用，爭取在最短時間內將競爭對手從自己的領地裏驅趕出去。輝煌的勝利不僅掃除求偶道路上的障礙，還是讓雌鷹心花怒放的精神婚宴。可牠面對的是白羽臀，牠無法忘記，白羽臀曾經在牠快要被銀環蛇絞殺時出手救過牠，牠似乎很難下決心對白羽臀展開狠毒的殺戮。

人類社會講良心，獸類社會也有良心這個概念。但僅有一隻雌鷹，非此即彼，矛盾是不可調和的。牠想出個不是辦法的辦法來，讓白羽臀先動手，把先發制敵的機會讓給白羽臀，當白羽臀的爪子在牠胸脯撕出血口，當白羽臀的嘴殼在牠身上啄掉羽毛，就等於償還了救命之恩，誰也不欠誰了，牠就可以心安理得無所顧忌地進行搏殺了。

欠債還債，欠情還情，理所當然；爭偶決鬥，你死我活，天經地義。

白羽臀撲飛過來了，金閃子將鷹爪縮回腹部，嘴喙也閉闔起來，準備承受對方凌厲的撕啄。令牠不解的是，白羽臀撲到離牠三、四米遠時，突然在空中用翅膀拍打，用鷹爪撕扯，用嘴殼啄咬；這個時候，雙方的身體還沒有接觸，打得再兇、撕得再狠、啄得再猛，也根本傷不到牠金閃子一根毫毛；彷彿不是在兩雄爭鬥，而是在進行表演。

金閃子懷疑白羽臀是不是腦子有毛病，搏殺時頂要緊的就是避免打空撕空啄空，避免無謂地消耗體力。你還沒有接觸對方的身體，就拚命地拍打撕扯啄咬，是不是在發神經病喲？

然而，白羽臀仍認真地拍打撕扯啄咬，鷹眼怒睜，頸毛姿張，嘴裏還發出激烈的鳴叫，彷彿確實是在與一隻看不見的無形的雄鷹進行生死搏殺。

這很奇怪，是個值得探究的謎。

過了一會兒，白羽臀雙翼大幅度扇搖，發出嘹亮的歡呼聲，展現出勝利者的姿態，好像在宣告：我所表現的搏殺技巧比你高明，我的磅礴氣勢壓倒了你，我的戰鬥意志勝過了你，這隻美麗的雌鷹理應投入我的懷抱！

剎那間，金閃子混沌的腦子清醒過來，牠解開了白羽臀在雙方身體並沒接觸時就拍打撕扯啄咬之謎。白羽臀沒有神經錯亂，也並非是在與看不見的無形的雄鷹在搏殺，而是正在與牠金閃子比試高低。

這傢伙也許跟牠抱有同樣的心理：曾經在一起互相合作共同覓食，不好意思立刻反目成仇、大打出手，可又捨不得將美麗的雌鷹謙讓出去。或許在內心深處，也有著同樣的懼怕：在搏殺時，自己身體也受到傷害而影響捕獵。一方面是無法避免的爭偶決鬥，另一方面是希望彼此都不受到嚴重傷害。這是矛盾心態，這是兩難境地。這傢伙居然想出這麼個辦法來，身體並不接觸，卻表現搏殺技巧和決鬥風範。不能不承認，這是一個絕頂聰明的好辦法！

兩雄爭鬥，非死即傷，幹嘛非要打得頭破血流、你死我活呢？作爲同一種類的動物，誰強誰弱，誰聰慧誰愚鈍，誰老練誰稚嫩，並不一定要通過流血的拼鬥才能見分曉，大家心裏其實都有一桿秤，通過類比的搏殺、無形的拼鬥，也能決出輸贏來的。

何樂而不爲。和平競爭，對誰都沒有害處。

競爭並不一定是暴力的、流血的，牠們找到了一種和平的方式來解決諸多種內爭端。

金閃子氣宇軒昂地投入這場別開生面的爭鬥。牠發出尖銳的嘯叫，也像在與一隻看不見的無形的雄鷹進行生死搏殺，騰升、俯衝、旋轉、側飛、推搡、撞擊、拍打、撕扯、啄咬，攻勢兇猛凌厲，酣暢淋漓地表現出雄鷹搏擊長空的氣勢和威風。

偶爾，彼此的鷹爪也會相碰，彼此的嘴殼也會相撞，但僅僅是指爪叩碰指爪，嘴殼衝撞嘴殼，劈劈啪啪發出可怕的聲響，卻絕不會抓傷筋骨、啄穿肌膚，絕不會再自相殘殺。

這是一場新穎的爭鬥，開創了和平競爭的新紀元。

金閃子畢竟更成熟些，羽毛更亮麗些，飛行姿態更矯健些，搏殺的氣勢也更恢宏些，漸漸佔據上風。

白羽臀似乎不甘心就這樣敗下陣去，在空中巡飛三匝，突然收斂翅膀，幾乎筆直朝一叢狗尾巴草墜落下去，快到地面時，又突然展開雙翼，一隻鷹爪在狗尾巴草叢裏蜻蜓點水般點了一下，又以直衝雲霄的氣勢飛升藍天。那隻粉紅色的鷹爪捏著一條老鼠尾巴，老鼠還沒有死，倒懸在空中，吱吱叫喚，掙扎扭動。金閃子注意到，滴滴嬌的視線被白羽臀精彩的捉鼠本領吸引住了，讚賞的眼神上上下下打量白羽臀，一顆芳心有轉移的危險。

也難怪滴滴嬌會將興趣轉移到白羽臀身上，這確實是場精彩絕倫的捉鼠表演，在距地幾百米的空中，一眼就能發現藏匿在草叢中的老鼠，又能筆直俯衝下去，一把揪住正在倉皇逃竄的老鼠尾巴，這足以證明，牠是一隻出類拔萃的雄鷹。

美女愛英雄，動物界亦如此。

這傢伙運氣真好，金閃子妒嫉地想，算得上是超常發揮了。

白羽臀一面圍著滴滴嬌巡飛，一面得意地搖動爪子間那隻老鼠，柔聲鳴叫著，意思很明確，是在傳遞這樣一個訊息：假如妳願意把愛的紅繡球拋給我，我就把這隻老鼠當做彩禮送給妳。

滴滴嬌在兩隻雄鷹間猶猶豫豫地飛來繞去，似乎還真想去吃在鷹爪下掙扎的老鼠。真要是收了人家彩禮，不嫁過去也難了。

金閃子急得像羽毛點著了火，牠呦呦高聲叫著，以最快的速度升上藍天，俯瞰大地，環顧天穹。

老天有眼，就在這成敗關鍵時刻，左側山谷下那片雜樹林裏，飛出一對斑鳩，大概是想外出覓食的，撲楞翅膀並排往山谷外飛去。金閃子用力拍扇翅膀，從高空斜斜衝刺下去。

牠從來沒飛得這麼快過，像流星，像球狀閃電，像離弦的箭。愛情給了牠神奇的力量。也是牠運氣好，正好是頂著陽光頂著疾風在飛，飛臨兩隻斑鳩頭頂，兩隻斑鳩才發現有鷹從背後偷襲，急忙想分散逃命，但已經來不及了，金閃子以迅雷不及掩耳之勢撲飛過去，先伸出左爪，一把掐住公斑鳩的脖子，然後翩然滑轉，伸出右爪抓住母斑鳩的脊背。同時逮著兩隻斑鳩，這是空前絕後的表演，絕無僅有的輝煌，創造了鷹界奇蹟。

當牠飛回到懸崖那棵雲南松上時，滴滴嬌已站在巢前，用驚喜的眼光迎候牠……

而白羽臀曉得大勢已去，自己在這場求偶爭鬥中敗北已成定局，正耷拉著尾巴，垂頭喪氣地飛回絕壁那個岩洞，發出孤獨而又淒涼的鳴叫。雖然身上連一根絨羽都沒有碰掉，但精神上依然會有失敗的創痛。

金閃子簇擁著滴滴嬌鑽進窩巢，這裏有溫馨的婚床。牠擁有廣袤的領地，擁有嬌媚的妻子，還擁有忠誠的朋友，牠是隻幸福的雄鷹。但牠仍有一個未了的心願，那就是希望在不久的將來，也會有隻美麗的雌鷹飛臨納壺河谷，讓白羽臀也能有一個稱心如意的伴侶。自己活，也給別人活，大家共享生存資源，生活就會變得更美好。

雙角犀鳥

1

在西雙版納的原始森林裏，有一座葫蘆島。

春天，島上開滿了吊鐘、黃蟬、金葵、繡球等各種各樣五彩繽紛的野花，把羅梭江熏得芬芳撲鼻。羽毛豔麗的翠金鳥、花枝招展的藍孔雀、紅冠金背的啄木鳥、胸脯雪白的點水雀，都在島上的樹梢、草叢和蘆葦裏疊窩搭巢。還有成群的沙燕、黃鸝、鷓鴣、血稚、白鷴，也紛紛飛來這兒飲水覓食。葫蘆島成了鳥的世界。

在這鳥的世界裏，生活著一對雙角犀鳥。

這是一種名貴的鳥，長著一隻月芽形的大嘴殼，金黃光滑，堅硬如鐵。冠額中間凹陷，兩側凸起，形成漂亮的雙角。脖頸和肚皮上的羽毛潔白，背脊和翅膀黑得發亮。雌雙角犀鳥長得婀娜美麗，每一根翎羽都梳理得十分整潔。雄雙角犀鳥長得威武雄健，漆黑的翅膀和尾翎上有一條白色的斑紋，展翅飛翔時，猶如黑夜中一道熾白的閃電。

葫蘆島上長著一棵古老的菩提樹，高大挺拔的樹幹上，有一個寬敞的樹洞。清晨，露珠順著菩提樹葉，一顆接一顆滾落下來，像一條甘甜的小溪，掛在樹洞前。中午，茂密的樹葉不但遮住了炎熱的陽光，還會婆娑起舞，給樹洞吹來習習涼風。傍晚，最後一抹玫瑰色的晚霞灌進樹洞，把陰寒潮濕的夜氣變得溫馨暖和。那對雙角犀鳥在這個宮殿似的菩提樹裏已經生活了整整兩年了。

兩年前有一天，那隻雄雙角犀鳥正在湛藍的天空翺翔，突然看見一隻年輕的雌雙角犀鳥銜著一條細長的竹葉青在半空中頡頏翻騰；雌雙角犀鳥沒有經驗，啄在竹葉青的尾巴上。竹葉青豎起脖子，眼看那對毒牙就要咬到雌雙角犀鳥的胸脯了，雄雙角犀鳥疾飛過去，用長喙準確地夾住毒蛇的七寸，救下了雌雙角犀鳥，於是，牠們結成終生伴侶。

兩年來，牠們形影不離，日夜廝守在一起。黎明，牠們比翼齊飛，用巨大的翅膀驅散比奶漿還濃的霧塊，在森林裏盤旋，採食野果，捕捉老鼠；黃昏，牠們翩然飛到羅梭江邊，啄起一串串珍珠似的江水，互相給對方沐浴梳洗，然後銜尾而歸。

在相親相愛的幸福生活中，雌雙角犀鳥生下了五枚蛋，個個光滑圓潤，薄薄的白蛋殼上，泛著生命的光華。雌雙角犀鳥開始孵蛋了。雄雙角犀鳥飛到江邊，一趟又一趟銜來稀泥和木渣，給菩提樹洞壘起了一堵結實的土牆。牆上只留一個小小的孔，使留在樹洞裏的雌雙角犀鳥能把嘴尖伸出來，接受雄雙角犀鳥餵給的食物。

不久，五隻雛鳥在媽媽溫暖的懷抱裏蹬破蛋殼，平安出世了。牠們個個都長著一身金色的絨毛，一睜開天真的眼睛，就嘰嘰喳喳張開嫩黃的小嘴，嚷著要吃食。

雄雙角犀鳥承擔起一家子的生活，不知疲倦地在森林裏奔波忙碌，銜來雛鳥頂愛吃的蜥蜴、地狗、蟑螂，一口一口餵進小寶貝的嘴裏。夜晚，牠棲息在樹洞前的枝椏上，連睡覺都睜著一隻眼睛，守護著自己的家。牠太辛苦了，豐滿的身軀消瘦下來，兩隻眼睛佈滿血絲。

葫蘆島上的鳥居民感激雙角犀鳥經常爲牠們消滅偷吃卵蛋的老鼠和蛇，因此，大家都願意幫助雄雙角犀鳥。「咯咯咯」，紅腹角雉發現一隻鼴鼠，叫喚雄雙角犀鳥來叼食；「哦哦哦」，孔雀扒出一隻蠍子，歡迎雄雙角犀鳥來啄取；「滴利利」，太陽鳥看見一條蜈蚣，邀請雄雙角犀鳥來擒捉。

森林裏清新的空氣和豐富的食物，使五隻雛鳥健康成長起來。牠們的羽毛逐漸豐滿，翅膀上長出了淺黑色的硬毛，柔軟的嘴殼也變硬了。牠們不顧爸爸和媽媽的勸告，成天「篤篤篤」地用小嘴殼啄土牆，迫不急待地想鑽出樹洞，去藍天下自由飛翔。雄雙角犀鳥和雌雙角犀鳥商量了一下，決定再過三天就啄破土牆，帶領雛鳥練習飛行，教牠們覓取食物的本領。

2

翌日清晨，雄雙角犀鳥同往常一樣，離開葫蘆島，飛越羅梭江，到森林裏去尋找食物。雌雙角犀鳥把雛鳥抱在溫暖的翅膀下，「木——木——」輕聲唱著催眠曲，讓小寶貝睡個回籠覺。

突然，靜謐的樹林裏傳來白冠噪鶥「利滴——利滴——」的尖叫聲。白冠噪鶥上半身潔白如雪，下半身紅得像火，十分機警，一遇危險，便淒聲啼叫，是密林哨兵。雌雙角犀鳥聞聲大驚，急忙從小孔向外窺望，見百鳥騷亂，驚慌飛逃。不一會兒，一條淺棕色上套著深棕色的連環花紋的蟒蛇，昂著頭游過湍急的羅梭江，爬上島來。轉眼間，這條一丈多長、碗口粗的蟒蛇就盤上菩提樹，身子纏在樹洞前的枝椏上，豎起三角形腦袋往四周打量。

一股濃烈的腥臭灌進樹洞，把五隻雛鳥熏醒了，都想從媽媽的翅膀下鑽出來瞧熱鬧。雌雙角犀鳥嚇得屏住呼吸，用翅膀緊緊夾住雛鳥，不讓牠們發出聲響。可是，不懂事的小寶貝「哈木——哈木——」地大聲叫嚷起來，埋怨媽媽把牠們的腦袋夾疼了。

雛鳥的叫聲終於被蟒蛇聽見了。蟒蛇玻璃球似的眼珠裏射出一股饑餓與貪婪的光，盯住樹洞，舌鬚像火焰一樣，吞吐劇烈，呼呼有聲。雌雙角犀鳥縮在樹洞的角落裏，尖利地叫起來：「戈哈木——戈哈木——」希望雄雙角犀鳥飛來相救。

這時，雄雙角犀鳥正在遙遠的森林裏，追逐一隻奔突逃竄的黑線姬鼠呢。

蟒蛇弓起脖子，腦袋像把流星錘一樣，用力叩擊著土牆。本來土牆是很厚的，但現在內壁已經被淘氣的雛鳥啄薄了，因此，不一會兒土牆便被擊坍。蟒蛇張開巨口封住樹洞。

五隻雛鳥嚇壞了，小腦袋拼命往雌雙角犀鳥的胸脯上拱，恨不得鑽進媽媽的肚子裏去。雌雙角犀鳥護著小寶貝，用大嘴殼不顧一切地朝蟒蛇啄去。但樹洞太窄，牠施展不了本領，被蟒蛇一口咬住，吞了進去。接著，五隻可憐的雛鳥也被蟒蛇一隻接一隻吸進黑咕隆咚的肚內。蟒蛇空癟癟的肚皮變得鼓鼓囊囊。

晨霧消散後，雄雙角犀鳥叼著一隻黑線姬鼠返回葫蘆島。剛飛過羅梭江，牠就感覺到氣氛不對頭。啁啾喧鬧的鳥世界變得死一樣沈寂。吊在蘆葦稈上編織精巧的針線鳥窩倒坍了，一窩孔雀蛋滾散在草地上，兩隻剛剛出殼的小鸊鷉在臭水塘裏掙扎。四周連一隻飛鳥的影子也看不見了。

雄雙角犀鳥急忙飛到菩提樹一看，一條蟒蛇纏在樹洞前的枝椏上，寬大的嘴巴邊還黏著幾根雛鳥的絨毛。「戈哈木——」牠急切地呼叫著，回答牠的只是樹林空洞的回聲。牠一下子什麼都明白了。

牠回想起在五隻雛鳥還是五枚蛋時，每天夜裏，雌雙角犀鳥依偎在牠身邊，用神秘的鳥的語言，喋喋不休地談論著將來如何把小寶貝培養得正直、勇敢。如今，這幸福的憧憬像彩色的肥皂泡一樣破滅了。

牠回想起自己叼著食物，飛到樹洞前，小寶貝爭先恐後來搶奪食物的模樣，柔潤的小嘴殼啄咬著牠的大嘴殼，癢絲絲，甜蜜蜜，激起千種柔情、萬般慈愛。如今，這一切都葬身蛇腹了。

牠不願孤零零活在世上。牠扶搖直上萬米雲空，突然斂緊翅膀，一頭栽落下來。牠要將自己的身軀連痛苦一起跌得粉碎。

3

雄雙角犀鳥筆直地從高空墜下來，經過菩提樹洞，蟒蛇殘暴、猙獰的臉赫然映入牠的眼簾。牠如果這樣輕易地死了，誰來替雌雙角犀鳥和小寶貝們報仇呢？誰來把死神從鳥世界裏趕走呢？不，牠不能死，牠要活下去，與蟒蛇搏殺，即使最後被蟒蛇吃掉，也死得光彩。

在離地面還有五米高的時候，牠改變了主意，猛地張開翅膀，一個翻身，重新升上天空。

蟒蛇被呼呼聲響驚醒，睨視了雄雙角犀鳥一眼，傲慢的扭了扭身體，舒展了一下筋骨，又閉目養神了。蟒蛇自恃能一口吞進一頭麂子，所以根本不把雄雙角犀鳥放在眼裏。

雄雙角犀鳥悄悄飛到蟒蛇背後，趁對方不防備，用尖刀似的長喙，在蛇尾上狠狠啄了一口，便立即轉身飛遁。

蟒蛇尾巴被啄開一個小洞，牠疼得「哧溜」一下縮緊身子，扭過脖頸想要反擊，但雄雙角犀鳥早已穩穩地飛落在對面一棵櫟樹上了。

蟒蛇惱羞成怒，從菩提樹上溜下來，爬上櫟樹去追雄雙角犀鳥。雄雙角犀鳥等蟒蛇逼近時，一拍翅膀，又飛到菩提樹上。這樣來回折騰了幾次，蟒蛇累壞了，撲哧撲哧喘著粗氣，放棄了這徒勞的追逐，爬到羅梭江邊一塊空曠的草灘上，把長長的身體盤成一堆圓圈，脖子從圓圈的中心豎起來，守護著自己的身體。

雄雙角犀鳥佇立在樹枝上，與蟒蛇對峙著，耐心地等待機會。

太陽偏西了，落日的餘暉把草灘曬得暖烘烘的。蟒蛇是出名的睡覺大王，平時吃飽了，一覺要睡十天半月。這時牠太睏乏了，不知不覺縮回脖子，腦袋沈重地靠在身體上，迷迷糊糊打起盹來。

雄雙角犀鳥瞅準機會，平穩地展開翅膀，像一片雲彩，悄然無聲滑翔下來，在蟒蛇脖子上啄了一口，旋即振翮高飛。

蟒蛇「吱」的一聲又豎起脖子，惡狠狠地望了雄雙角犀鳥一眼，鑽進一米多深的斑茅草，想把自己隱藏起來。雄雙角犀鳥居高臨下，目光銳利，一眼便從茂密的茅草叢裏認出蟒蛇躲藏的位置，頻頻出擊。

蟒蛇爬到岩壁下，鑽進石洞。雄雙角犀鳥跟蹤而來，把鐵鉗似的長嘴殼伸進石洞，狠狠夾咬。蟒蛇在狹小的石洞裏轉不過身，只得退出洞來，強打精神與雄雙角犀鳥怒目相對……

七天後，蟒蛇疲憊不堪，實在支持不住了，只好游過羅梭江，逃離葫蘆島，竄進對岸的森林。雄雙角犀鳥緊追不捨。

蟒蛇餓了，一面逃，一面尋找可以充饑的小動物。雄雙角犀鳥一面在蟒蛇頭頂盤旋，一面高聲報警：「戈哈木——戈哈木——」。

正在溪邊喝水的小馬鹿飛快逃進森林，正在荷葉上捲食蚊子的青蛙立刻潛進水塘，正在樹洞裏呢喃的雀鳥馬上展翅遠飛，正在咬噬樹根的老鼠趕緊鑽進洞去。

整整一個月，蟒蛇睡不成覺，也吃不到東西。這天下午，牠終於精疲力竭了，在樹林裏掙扎爬行，黏黏的蛇涎流了一地，聽憑雄雙角犀鳥把牠身體啄得皮開肉綻而無力反撲。

雄雙角犀鳥興奮地高叫著，又一次俯衝下去，想對準蟒蛇的腦袋作致命的一擊。飛到離地面還有兩三丈高的地方，突然，牠覺得自己的翅膀和腳被什麼東西纏住了，動彈不得，整個身體懸在半空。牠仔細一看，原來自己只顧追逐，不小心鑽進了獵人布下的鳥網。

這是一張用透明尼龍絲織成的網，掛在兩棵大樹的中間，網口像隻漏斗，鳥鑽進去後，便自動鎖閉了。

雄雙角犀鳥「戈戈」亂叫，在網裏撲棱衝撞，但尼龍絲堅韌結實，怎麼也掙不破，牠拼命啄咬網眼，也無濟於事。

蟒蛇舒了口氣，逃進莽莽森林，不一會便無影無蹤了。

明媚的陽光透過密密的樹葉灑落下來，千萬條金色的光線被風一吹，飄飄逸逸，像仙女在梳洗長髮。突然，寂靜的樹林裏響起了跫然足音，不一會，樹林裏閃出一個穿著花筒裙和窄袖緊身小衫、圓髻上插著一串噴香的緬桂花的傣族小姑娘，拍著小手，用銀鈴似的嗓音叫道：「阿哥，快來看，鳥網裏關著一隻大鳥！」

一位戴著紅領巾的傣族男孩急忙從後面趕上來，一把扯下鳥網，逮住了雄雙角犀鳥，興奮地叫道：「牠的嘴巴真大，長得真漂亮！」

他們是兄妹倆，哥哥叫岩剛，妹妹叫玉囡，星期天到森林裏來捉鳥玩的。

4

雄雙角犀鳥被兄妹倆帶到一幢竹樓上，裝進一隻大鳥籠。鳥籠是用金竹編織成的，很精緻，也很牢固，懸掛在涼臺的欄杆上。

岩剛從椰子樹幹做的飯甑裏挖了一坨糯米飯，搓成一個個小球，塞進鳥籠，說：「大鳥，你餓了，快吃吧！」

雄雙角犀鳥閉著嘴，呆呆地望著籠外自由的天地，流下了絕望的眼淚。

「阿哥，你看，這隻大鳥真怪，不肯吃飯，還哭！」玉囡趴在欄杆上，歪著腦袋打量著雄雙角犀鳥，焦急地說。

岩剛想了想，說：「鳥頂愛吃蟲，我們捉一些活的來，牠餓極了，肯定會吃的。」

兄妹倆抬起鋤頭，到竹籬笆邊挖蚯蚓，還逮了一些螞蚱和壁虎，塞進鳥籠。雄雙角犀鳥對這些珍饈美肴望都不望一眼。一條壁虎爬到了牠的大嘴殼上，牠也不啄不咬，一擺腦袋，把壁虎甩出了鳥籠外。牠活著是爲了報仇，如今希望破滅了，牠情願死。

一連三天，雄雙角犀鳥不吃也不喝。岩剛和玉囡除了吃飯睡覺，成天默默地望著鳥籠出神，兩張紅潤的小臉變得憔悴了。

第四天中午，天悶熱得像蒸籠。雄雙角犀鳥渴極了，舌頭像塊曬乾的海綿。牠微微張著嘴，蹲在鳥籠裏，已十分虛弱。

玉囡用一隻小竹勺舀了一勺甜井水，送到雄雙角犀鳥嘴下，柔聲勸道：「喝吧，喝點吧。」

雄雙角犀鳥猛翹嘴殼，把一勺甜井水打潑了。

玉囡臉色變得灰白，眼睛裏閃動著晶亮晶亮的淚花，終於忍不住「哇」的一下哭出來。

「誰欺負我的小孫女？」隨著叫聲，一位眉毛花白、纏著紅頭巾、穿著對襟圓領綢衫的傣族老波濤（**傣語：老大爺**）挎著一支獵槍，肩著一對花翎野雉，三步並作兩步奔上竹樓。他是真正的獵人，剛從森林裏狩獵歸來。

玉囡抱著爺爺的大腿，傷心地說：「這隻大鳥不肯吃東西，快要餓死了。嗚嗚……」

老波濤站在鳥籠邊仔細觀看了一陣，說：

「孩子，你們逮著了雙角犀鳥。這是一種名貴的鳥，極有情義，雌鳥和雄鳥形影不離地生活在一起。只有當雌鳥孵窩時，雄鳥才單獨外出找食。一對鳥兒只要一隻遇難，另一隻就會日夜啼叫，絕食而亡。這是一隻雄鳥，牠思念雌鳥和小鳥，太傷心了，所以才不肯吃東西，還淌眼淚。唉，人們把雙角犀鳥稱爲鍾情鳥，果然名不虛傳。」

「爺爺，這麼好的鳥，我們放了牠吧！」岩剛動情地說。

「讓牠快點回家，和雌鳥、小鳥團圓。」玉囡也仰起頭來央求道。

老波濤把岩剛和玉囡摟進懷裏，高興地說：「好孩子，爺爺同意你們放了牠。雙角犀鳥是國家規定保護的珍禽，我們應該保護牠們。」

玉囡從爺爺懷裏掙脫出來，抓起一團蚯蚓，塞進鳥籠，說：「大鳥，快吃吧，吃飽了，我們就放你回家去！」

雄雙角犀鳥從玉囡溫和的眼光和充滿柔情的聲調裏領會了她的善意。牠輕輕地呼叫一聲，大口大口地吃起蚯蚓來。

岩剛和玉囡的臉上綻開了笑靨，像兩朵美麗的金鳳花。等雄雙角犀鳥吃飽後，兄妹倆打開了鳥籠。

雄雙角犀鳥鑽出鳥籠，在岩剛和玉囡頭頂盤旋了幾圈，長鳴一聲，向森林飛去。

5

雄雙角犀鳥沿著羅梭江搜尋了兩個月，還不見蟒蛇的蹤影。

這天，牠飛到野象谷，突然聽到樹林裏傳來「格瑪——格瑪——」的淒慘叫聲。牠急忙飛過去一看，原來在一棵大榕樹上棲著一窩棕頸犀鳥。雄棕頸犀鳥外出覓食時，不知是中了獵人槍彈還是遭到猛獸襲擊，反正沒有回來。雌棕頸犀鳥和四隻雛鳥被封在厚實的土牆裏，已經餓得奄奄一息了。

西雙版納密林中的犀鳥共有四大家族：雙角犀鳥、白喉犀鳥、冠斑犀鳥及棕頸犀鳥。白喉犀鳥脖頸上的羽毛純白，翅膀灰黃；冠斑犀鳥頭頂上只隆起一隻角，亦稱獨角犀鳥；棕頸犀鳥喉部的皮膚裸露，底色金紅，鑲有天藍色花紋，看上去非常美麗。

這四種犀鳥雖然不是同宗同族，但像親戚一樣，相處得很友好，因此，雄雙角犀鳥一看棕頸犀鳥遭難，就毫不猶豫地飛到榕樹上，篤篤篤，用堅硬的大嘴殼使勁把土牆啄開了。接著，牠飛到樹林裏，叼來螻蛄、螞蟻、四腳蛇、雞嗦果等食物，把雌棕頸犀鳥和四隻雛鳥餵飽。

過了一會兒，四隻雛鳥恢復了力氣，圍著雄雙角犀鳥撒起嬌來。有的爬上牠的背脊，有的騎在牠的脖子上，有的用小嘴殼撥開牠的翅膀，要玩捉迷藏呢。小傢伙不懂事，把牠當作親爸爸了。

雄雙角犀鳥望著這些天真爛漫的小棕頸犀鳥，心裏一陣痛楚。牠想起了自己的孩子，恨不得立刻找到蟒蛇，拼個你死我活。牠小心翼翼地將四隻小棕頸犀鳥送回媽媽懷裏，退出樹洞，準備繼續去尋找不共戴天的仇敵。

這時，雌棕頸犀鳥耷拉著長長的尾翎，翅膀顫抖起來，四隻雛鳥也一起哀叫起來。雄雙角犀鳥望著小棕頸犀鳥，心軟了。牠們都剛剛換上硬毛，要學習飛翔和覓食了。這是最危險的階段。牠們稚嫩的小嘴殼和柔軟的小翅膀還不能有效地保護自己，極容易遭到蛇類與禿鷲的傷害。牠們需要勇敢的爸爸來保衛牠們。

雄雙角犀鳥動了惻隱之心，留了下來。

早晨，牠教雛鳥張開翅膀，從高高的樹洞滑降到綠茵茵的草地上，耐心地教牠們用小嘴刨開草根，啄食躲在腐草和落葉下的蟋蟀與屎殼郎；傍晚，牠張開大嘴殼，含著雛鳥飛回榕樹洞；入夜，牠像個門衛，蹲在樹洞口一塊木疙瘩上，防備懶猴、九節狸等夜間活動的野獸來偷襲。

雌棕頸犀鳥從遙遠的田野裏銜來新鮮的稻草，從深深的峽谷採來香茅草，鋪在樹洞裏，榕樹洞散發出誘人的溫馨。每當夜闌林靜，雌棕頸犀鳥便縮起身子，緊貼洞壁，讓出半個窩，「瑪瑪——」低聲叫喚，邀請雄雙角犀鳥到樹洞裏來避避夜露晨霜。

雄雙角犀鳥搖搖頭，謝絕了雌棕頸犀鳥的好意。牠知道，自己只要後退一步，就能重新得到一個溫暖的家，但是，牠不能讓雌棕頸犀鳥的脈脈溫情消蝕了自己復仇的決心。牠寧可頂著料峭山風露宿洞外，天天蒙一身清霜。

一個月後，四隻小棕頸犀鳥的翅膀長齊了，嘴殼長硬了，已經能追捕到飛翔中的蝙蝠和叼啄花斑小蛇了。雄雙角犀鳥看到自己的使命已經完成，就決定告辭了。

這天，牠帶領小棕頸犀鳥找到一窩土撥鼠，飽餐一頓後拍拍翅膀，準備離開。雌棕頸犀鳥用美麗的脖子撫摸著牠那被風風雨雨弄得有些零亂的羽毛，纏纏綿綿，戀戀不捨；小棕頸犀鳥在牠腹部蓊白的絨毛間鑽來鑽去，苦苦哀求牠不要離開。牠深情地用大嘴殼給四隻小棕頸犀鳥梳理了一遍羽毛，嗚叫一聲，毅然飛離了野象谷。

6

雄雙角犀鳥找遍了整個原始森林，還不見蟒蛇。這天，牠飛回葫蘆島，剛剛越過羅梭江，就聞到一股刺鼻的腥臭。牠警覺起來，順著葫蘆形的島岸飛了一周，發現沙灘、草地和岩石上，都殘留著蛇爬行後的痕跡，於是牠繞著一棵棵大樹盤旋觀察。飛到一棵麻栗樹前，牠突然發現一根掩映在綠葉中的樹枝特別粗壯，形狀也扭曲突兀，十分顯眼。

「戈哈木！」牠衝著這根奇形怪狀的麻栗樹幹叫了一聲，抬起大嘴殼，作出一副準備搏擊的姿勢，進行試探。

那根麻栗樹枝蠕動起來，樹葉沙沙作響，突然鑽出一隻三角形蛇頭，嘶嘶吞吐著舌鬚，蛇眼惡狠狠地盯著雄雙角犀鳥。

正是那條兇惡的蟒蛇。三個月來，牠吞食了兩頭鼷鼠和四窩斑鳩，不但養好了傷，還養得身強力壯。一個月前，牠重新佔領了葫蘆島，作爲自己的巢穴。剛才，牠盤在岩石上曬太陽，看到雄雙角犀鳥飛臨葫蘆島，大吃一驚，急忙躲到麻栗樹上來，企圖把自己棕色的蛇皮與麻栗樹棕色的樹皮融爲一體，想騙過雄雙角犀鳥的眼睛，但是牠的詭計失敗了。牠晃著腦袋，張開巨口，色厲內荏地進行恐嚇。

雄雙角犀鳥勇敢地撲過去，像上次搏鬥中那樣，靈巧地避開蛇頭，啄咬蛇身和蛇尾。幾個回合下來，蟒蛇像上次那樣敗下陣來，倉皇溜逃，雄雙角犀鳥緊追不捨，雙方繞著葫蘆島，又展開了一場持久的追捕。

五天五夜後，蟒蛇漸漸地放棄了反撲，爬到懸崖上一片罌粟花裏，躺著不動了。雄雙角犀鳥用翅膀劈倒罌粟花枝，毫不留情地猛啄蛇身。蟒蛇艱難地扭動著長長的身體，看上去連蜷縮的力氣也沒有了。過了一會兒，蟒蛇把頭埋在一蓬粉紅的罌粟花下，挺了挺脖子，終於變得木然僵直了。

雄雙角犀鳥又啄了十幾次蛇尾和蛇身，蟒蛇像根砍倒的木頭，一動也不動。牠歡呼一聲，拍拍翅膀飛到蟒蛇頭頂，去啄咬蛇頭。牠尖尖的嘴殼剛剛撥開那蓬粉紅的罌粟花、碰到滑膩膩的蛇頭，突然，蟒蛇「刷」的一聲，閃電似的豎起脖子，仰起腦袋，張開血盆大口朝牠咬來。

狡猾的蟒蛇，原來是裝死。牠急忙轉身想避開，但已經來不及了。牠只覺得左腳像被火烙似的一陣劇疼，身體像綁著一塊鉛塊似的往下墜。低頭一看，原來蟒蛇咬住了牠的左腳，正在往下拽呢。牠大吃一驚，拼命扇動翅膀，翀翥升騰，想把左腳從蟒蛇的嘴裏抽出來。

蟒蛇沈重的身軀跟隨撲撲棱棱的雄雙角犀鳥，爬出很遠，仍然緊緊咬住雄雙角犀鳥的左腳不放。前面遇到一棵檳榔樹，蟒蛇一甩尾巴，死死纏住檳榔樹幹。

雄雙角犀鳥悲憤地鳴叫著，用盡全身力氣猛扇翅膀，翅膀上的羽毛一片片散落下來，在風中打著旋。漸漸地，牠的力氣快耗盡了……

蟒蛇得意得臉都扭歪了，眼珠子也變得賊亮賊亮。

雄雙角犀鳥眼看自己就要被蟒蛇拽進懷裏，突然尖叫一聲，猛地收斂翅膀。蟒蛇正在用力拖拽，突然一鬆勁，腦袋不由自主向後倒去，撞在樹幹上，「咚」的一聲，眼冒金星。

雄雙角犀鳥乘機貼近蛇頭，用力一啄，把蟒蛇的右眼啄瞎了。

蟒蛇疼極了，使勁一擰，「喀嗒」一聲，把雄雙角犀鳥的左腳扭斷了。雄雙角犀鳥飛上天空。

蟒蛇瞎了右眼，看不清楚，脖子一弓一弓向天空亂咬。

雄雙角犀鳥忍住傷痛，飛到蟒蛇背後，冷不防又狠狠一啄，把蟒蛇的左眼也啄瞎了。

瞎蟒蛇疼得從檳榔樹上摔下來，在地上打滾。雄雙角犀鳥對準乳白的蛇腹連連啄擊。蟒蛇胡亂竄逃，滾下懸崖，摔得稀爛。

「戈哈木——戈哈木——」

雄雙角犀鳥歡叫著，向莽莽森林飛去，召喚那些逃散流浪的鳥兒，回葫蘆島來重建安寧幸福的樂園。牠那被蟒蛇咬斷的左腳，流出一滴滴殷紅的鮮血，一路灑在碧綠的草地上，像一朵朵美麗的小紅花。

天命

1

驚蟄過後，老天爺下起一場鵝毛大雪，已朦朦朧朧泛起一片新綠的日曲卡山麓，又跌回天寒地凍的冰雪世界。

雪花淒迷的天空，一隻鷹拍扇著早就被雪塵濡濕了的翅膀，頂著刺骨的寒風歪歪扭扭飛著。這是隻母鷹，暗褐色的頸項與脊背間混雜著一些細密的小白羽，像結了層晶瑩的霜，名字就叫霜點。從清晨到中午，牠沿著這條狹長的山谷來回飛巡覓食。遺憾的是，氣候太惡劣了，天空中沒有鵪鶉和野鴿的影子，樹林裏也望不見松鼠和兔子的蹤跡。寒風、饑餓和失望折磨得牠疲憊不堪。

飛臨巨犀崖上空，突然，霜點銳利的鷹眼透過迷茫的雪，看見崖腳衰草掩遮的小石洞，有條兩米長的眼鏡蛇正緩慢地朝外游動，火紅的蛇信子吞吐伸縮，在白雪的映襯下格外顯眼。

這是一條已蛻過七次殼的老蛇，金竹般粗，整個身軀佈滿黑白兩色環帶，頸部那對眼鏡狀斑紋呈棕灰色，蒼老瘦削的軀幹上有兩塊梅花狀瘢痕，這也許是金雕的傑作，也許是蛇雕留下的紀念，也有可能是蒼鷹烙下的瘡傷，反正是猛禽留下的爪痕。剎那間，霜點憂鬱的眼睛流光溢彩，一仄翅膀，從天空向地面劃去一道漂亮的弧線。

不知是牠翅膀割裂氣流的聲響太大，還是狡猾的老蛇早有提防，還沒等牠俯衝到崖腳，柔軟的蛇骨一陣蠕動，吱溜，老蛇縮回石洞去。洞口十分狹窄，牠無法鑽進去啄咬；石洞很堅硬，牠的鷹爪也無法把洞口刨開。

牠在蛇洞上空盤旋著，捨不得離去。蛇肉鮮美滋潤，是鷹的上等佳肴；有兩隻饑腸轆轆的幼鷹正眼巴巴等著牠回家餵食，牠必須設法把這條該死的眼鏡蛇捉住。

牠飛著飛著，突然翅膀一歪，彷彿餓暈了一般，歪歪地朝下飄落，一直落在蛇洞前。牠在積雪和碎石間扭滾掙扎，呀呀嘶叫，好像已身負重傷奄奄一息。

牠想把老蛇騙出洞來。

叢林中，食肉動物相互爲食的現象並非罕見。豹吃狼，但假如強壯的狼碰到病中的老豹，也會撕碎了吞吃乾淨。鷹和眼鏡蛇也屬於這種情況。一般來講，鷹憑藉能飛的優勢，把蛇列入自己的食譜；但大蛇遇到因負傷或衰竭而倒地的鷹，也會毫不客氣地當作自己的美餐。

霜點就想讓龜縮在小石洞的眼鏡蛇把自己視作可以毫不費力來撿食的一隻垂死的鷹。

老蛇從幽深曲折的洞底游曳到洞口，三角形的蛇頭在枯草間晃動，玻璃珠似的蛇眼閃爍著饑餓貪婪的光；扁扁的脖頸膨脹開來，蛇嘴張得老大，露出白森森的毒牙，下顎邊垂掛著一絲透明的口水。

來吧，別遲疑，莫彷徨；來吧，別猶豫，莫徘徊！

但老蛇卻在洞口定格了，用疑慮重重的眼光久久打量著牠。

霜點猛烈晃動身體，像在痛苦地抽搐，一隻翅膀反扭到極限，顫抖著伸向天空，山風把翼羽吹得七零八落，像一塊陳舊的黑幡。這是高難度的詐死動作，超一流的傑出表演，但願能消除老蛇的懷疑。

也不知過了多長時間，密集的雪花蓋在霜點身上，牠變成一隻臃腫的白鷹，冷得渾身發麻，可惡的老蛇仍凝然不動地待在洞口，那雙蛇眼深沈老辣，還有幾分狡黠。

或許，富有叢林生活經驗的老蛇感覺到了牠體內旺盛的生命力；或許牠身上有一種只要一息尚存就無法掩飾的猛禽的靈光，蛇類天生畏懼這種靈光；或許牠表演得有點過火，反而弄巧成拙，使疑心很重的老蛇看出了蹊蹺。

也有這種可能，曾經有一隻猛禽也用類似方法欺騙過這條老蛇。那次老蛇上了當，被猛禽尖利的爪子抓上天空，後來不知出於一種什麼原因，老蛇僥倖地從猛禽爪下逃脫，但軀幹已被抓得皮開肉綻，嚇得靈魂出竅，使老蛇牢牢地記著了這血的教訓，所以，儘管餓得要死，也不敢輕易鑽出來冒險。

也許，是多重原因的綜合與歸納。

積雪差不多把霜點整個身體都掩埋起來了，再繼續待下去，恐怕會弄假成真，活活被凍僵凍死的。牠無可奈何地長嘯一聲，倏地活轉過來，撲扇翅膀升上天空。

2

刀砍斧削般筆陡的巨犀崖上，傲立著一棵蒼老遒勁的瓔珞松。樹冠虯髯狀，枝椏間用各種獸骨、鳥羽、蘆葦稈和黏性極強的紅山泥搭建著一個碩大的橢圓形的鷹巢。這就是霜點的家。

牠收斂翅膀，棲落在巢前那根粗如蟒蛇的橫杈上。母性的心是十分敏感的，牠剛在橫杈上站穩，就感覺到異常。以往，牠只要飛臨瓔珞松上空，巢內兩隻幼鷹聽到熟悉的翅膀振動聲，就會爭先恐後地從巢洞伸出毛茸茸的腦袋，兩張嫩黃的嘴喙竭力撐大，咿呀咿呀朝牠發出嗷嗷待哺的尖叫。可是現在，巢內無聲無息，安靜得讓牠恐慌。

嘎，牠短促地嘯叫一聲；咿呀，過一會兒巢內才傳來一聲微弱的回應。牠急忙弓起肩胛鑽進巢去，昏暗的光線下，牠看見兩隻幼鷹都萎靡不振地縮在角落。那隻名叫黑頂的幼鷹情況稍好些，雖然那雙麻栗色的鷹眼已變得十分呆滯，但見牠進來，還能掙扎著站起來向牠靠攏。那隻名叫紅腳桿的幼鷹情況非常糟，翅膀軟耷耷拖在地上，細嫩的脖頸一會兒伸直，一會兒緊縮，站也站不起來，雙眼半睜半閉，嘴殼微微翕動，發出若有若無的呻吟。

霜點是隻有經驗的母鷹，一看就知道，紅腳桿是餓壞了。倒春寒，鬼門關，牠已整整三天沒覓到一點食物，小傢伙已餓得支持不住了。牠心裏一陣隱痛，趕緊把紅腳桿裹進自己的翼下，但願自己的體溫能緩解小寶貝的饑餓，能驅解這徹骨的寒冷，能使寶貝恢復元氣。

紅腳桿在牠的翅膀底下用嘴喙亂啄亂咬。

霜點身上除了融化的雪水和無法融化的憂傷外，什麼也沒有。

咿兒——紅腳桿用嘶啞的嗓音在牠翼下悶悶地叫了一聲。這是餓極了的幼鷹對沒能帶回食物來的母鷹的責怪和埋怨。

霜點又傷心又委屈。三天來，牠早出晚歸在風雪中翱翔覓食，差點沒累死。爲了能得到食物，牠曾不顧一切地向佇立在懸崖邊緣的一隻狼崽發起攻擊，企圖將狼崽推下懸崖去摔死，但牠的運氣不佳，鷹爪還沒落到狼崽身上，狡猾的母狼就頻頻朝天空撲竄噬咬，差點沒咬斷牠的鷹爪。

昨天黃昏，牠鋌而走險越過風雪埡口，飛到百里外一個冒著裊裊炊煙的小村莊上空，想偷襲家禽。凡鷹都知道，捕捉人類豢養的家禽等於在做死亡遊戲。但爲了能給兩隻幼鷹帶回活命的食物，牠毫不猶豫向一隻正在屋檐下散步的花翎公雞俯衝下去。還沒等牠降到屋頂，討厭的牧羊狗就發現了牠，朝天空狂吠亂吼。霎時間，芒鑼噹噹，鼓聲咚咚，牛角號嗚嗚，整個村莊喧鬧起來，花翎公雞逃進了樺皮樹木屋，好幾支獵槍朝天射擊，霰彈打斷了牠的兩根尾翎……

紅腳桿在牠翼下躁動了一陣，又漸漸安靜下來，進入可怕的昏迷狀態。

霜點已是第二次做母親，去年牠曾孵化出一隻名叫白尾的幼鷹，絨毛剛長齊就遇上了罕見的黑風暴，也是幾天沒找到食物，結果活活餓死了。臨死前，白尾也是翅膀耷落，細細的脖頸機械地一伸一縮。

霜點明白，假如再沒有食物餵紅腳桿，紅腳桿怕是熬不到天黑了，巢外北風呼嘯，陰霾的天穹烏雲密布，雪花漫舞，到哪裡去弄食物？蛇！看來只能重打崖腳下小石洞裏那條眼鏡蛇的主意了。

3

霜點焦躁不安地在巢前那根橫杈上踱來踱去，心裏掂量著是否該使用那個辦法來對付崖腳那條該死的老蛇。

鷹是天之精靈，智慧遠勝於一般的鳥雀，當牠在蛇洞前詐死失敗後，就想到這個絕佳辦法了。很簡單，就是用一隻幼鷹作誘餌，把老蛇從石洞裏釣出來。

細皮嫩肉的幼鷹是眼鏡蛇垂涎三尺的美食。鷹的巢一般都築在高聳入雲的山崖或大樹上，不用擔心虎豹豺狼的襲擊，唯一須提防的就是眼鏡蛇了。狡猾的眼鏡蛇會趁著母鷹外出覓食的機會，沿著絕壁爬上山崖，或順著枝幹爬上樹梢，鑽進鷹巢吞食毫無防衛能力的幼鷹。更有甚者，眼鏡蛇在春夏交替的季節躲藏在鷹巢下的灌木叢裏，那時節正值幼鷹練飛，常有身體單薄者在第一次試飛時歪歪扭扭跌落在地，眼鏡蛇就突然從灌木叢裏鑽出來把幼鷹叼走。眼鏡蛇看到幼鷹，猶如貓看到鼠，狼看到羊，豹看到鹿，不可能不動心的。更何況是一條被倒春寒困在石洞裏、已餓得眼睛發綠的老蛇。

霜點十分瞭解和熟悉蛇的品性，蛇在深深的地洞裏蟄伏休眠了整整一個冬天，身體中儲存的脂肪早已被消耗空了，驚蟄雷聲一響，蛇從冬眠狀態中醒來，便饑餓難忍，急著想覓食，沒料到驚蟄剛過，突然下起鵝毛大雪，蛇既然被驚蟄雷聲驚醒，就不可能再繼續休眠。牠的脂肪在漫長的冬季消耗盡了，皮包骨頭，更會感覺到奇冷無比。外頭是冰雪嚴寒的世界，蛇是冷血動物，很容易被凍僵，不敢輕易出洞，就是出得洞去，也極難找到食物，很多蛇就這樣被餓死了。

倒春寒對蛇來說，也是一場凶多吉少的磨難。

霜點心裏有譜，只要使出這個絕佳辦法，別說是蛻過七次皮的老蛇，即使是蛇精、蛇怪、蛇神、蛇祖，也休想從牠鷹爪下逃脫。然而，牠還是下不了決心去這樣做。這個絕妙而且有絕對把握的辦法，同時又是個絕望而又絕情的辦法，風險極大，做誘餌的幼鷹可說是九死一生。首先，牠不能將充當誘餌的幼鷹平穩地送到蛇洞前的雪地裏，那樣的話，老蛇一眼就會識破圈套，讓誘餌白白在雪地裏挨一場凍，爲了迷惑老蛇，牠只能順著山谷的氣流無聲地滑翔到蛇洞上方，在距離地面很高的天空上就把幼鷹扔下去，看起來像是淘氣鬼自己失足從崖頂瓔珞松上的鷹巢摔落下去的。

幼鷹的翼羽還沒長硬，還不會飛翔，從高空直線跌落，不折斷骨腿，也會震傷內臟。就算有厚厚的雪層鋪墊，幼鷹僥倖沒跌傷，能闖過下跌這一關，危險也還一點沒減少。牠不可能陪伴在充當誘餌的幼鷹身邊，也不可以在低空盤旋，牠只能佇立在高高的瓔珞松上等待。瓔珞松與蛇洞上下垂直，老蛇才不會發現牠在伏擊。但瓔珞松和地面相距起碼十多丈高，天空又飄舞著雪花，迷茫混沌，要想叫老蛇不傷著幼鷹，實在是難上加難的事。這很像人類的釣魚，要想魚兒咬鉤，難免要犧牲掛在魚鉤上的蚯蚓。

可是除了這個辦法，牠無法將餓暈了的紅腳桿從死神的魔爪下救活。現在鷹巢裏有兩隻幼鷹，這其實是道並不怎麼複雜的算術題，二減一等於一；假如捨不得減去，只好是二乘零等於零，與其讓兩隻幼鷹都餓死，當然還不如捨一保一。牠別無選擇，只好硬起心腸來做這道生命的算術題。

巢裏兩隻幼鷹，一隻是親生的，一隻是抱養的。具體地說，紅腳桿是牠含辛茹苦孵化出來的寶貝，而黑頂是母鷹黑燦的遺孤。

母鷹黑燦的巢就築在山谷對面的角龍崖上。半個月前的一天，霜點飛到尕瑪兒草原上空覓食，正巧黑燦也在那兒盤旋。突然，霜點發現在融化的殘雪與腐草間有一隻兔子在晃動，牠剛想俯衝下去，黑燦比牠快了一拍，已一斜翅膀向驚慌失措的灰兔撲了下去。

霜點正在懊惱，思忖著該不該去奪，靜謐的草原突然一聲巨響，冒起一團蘑菇狀的青煙，牠看見黑燦翅膀一挺，在空中翻了個筋斗，像塊石頭一樣筆直地墜落下去。原來那隻灰兔是獵人的誘餌，可憐的黑燦死於非命，牠嚇得趕緊疾飛而去。

在回巢的路上，牠經過角龍崖，聽到黑頂在巢裏咿呀咿呀叫，出於一種同類間的憐憫，牠把黑頂抱回了自己的巢。

那時，寒冬已快過去，天氣正在轉暖，驚蟄雷聲就要炸響，食物很快就會變得豐盛，牠想，多辛苦一點，是有能力養活兩隻幼鷹的。

沒想到會有這場白魔般的暴虐的倒春寒。

在親生與抱養間選誘餌，沒有那種割心還是割肝的爲難與痛苦。當然，牠將黑頂抱回巢來餵養已有半個多月，讓黑頂去做誘餌，也於心不忍，也難捨難分，但這種感情與牠同紅腳桿親生母子間的感情相比，畢竟淡薄許多，脆弱許多。牠很快演算完這道生命的算術題。

4

霜點鑽進巢去，來到黑頂身邊，用一隻翅膀推搡著，要把黑頂推出巢洞。

牠想，牠不該有任何猶豫的，讓黑頂去做誘餌是順理成章的事。這不能怪牠狠心，假如不把該死的老蛇引出洞來，紅腳桿就會餓死。黑頂也堅持不了多長時間，就會步上紅腳桿的後塵。牠想，紅腳桿餓成這個樣子，黑頂是有不可推卸的責任的，假如沒有黑頂，三天前逮到的那隻金背小松鼠留給紅腳桿單獨享用，紅腳桿也不至於會餓得虛脫。

可不知爲什麼，牠推搡著黑頂，總覺得心裏虛得很，彷彿在幹一樁罪孽深重的盜竊勾當。

牠想，牠此刻沒有必要去看紅腳桿，只要專心致志地把黑頂推出巢去就行了。可不知怎麼搞的，牠一雙鷹眼不知不覺骨碌一轉，又落到紅腳桿身上去了，好像紅腳桿身上有一種吸引牠視線的特殊磁力。牠安慰自己，牠眼光滑到紅腳桿身上，不過是想看看紅腳桿是否從半休克狀態中甦醒過來，是出於一種母親的慈愛與關懷。可是牠明白，自己想得很虛偽，自己滑向紅腳桿的眼光其實是掂量鑒別遴選的眼光，還含有一絲邪惡歹毒。

牠被自己的舉動和想法嚇了一跳，趕緊把這不祥的眼光從紅腳桿身上收回來，原封不動地轉移到黑頂身上。

這種猶豫絕非出於道德上的顧慮。對鷹來說，生存就是最高道德，任何符合生存利益的行爲都不會受到良心譴責。再說，即使用道德標準來衡量，牠把黑頂推出巢去做誘餌，也是無可非議的。要是牠半個月前不把黑頂從角龍崖抱回來，黑頂早就離開這個世界了。失去了母鷹的供食、照料和庇護，羽毛未豐的幼鷹必死無疑。母鷹黑燦和牠霜點沒有任何血緣關係，不過是棲身在同一座山脈，翺翔在同一塊藍天的關係極平常的鄰居，牠對黑頂沒有血親間生死與共的責任和義務。黑燦也不是爲救牠而死的，黑燦的死和牠毫不相干，自然牽涉不到臨終托孤的信義問題。

霜點心裏清楚自己爲什麼不想猶豫卻偏還要猶豫：黑頂和紅腳桿站在一起一強一弱，差別太大了。

瞧黑頂，眼睛明亮，爪子粗壯，小小年紀，腿羽已蓋滿膝部；嘴喙尖利，尾羽細長，整個身體呈漂亮的流線型。背部的毛色已由淺棕轉爲灰褐，泛著一層釉光。飛翼的外基部已長出四根硬紮的黑羽，並鑲著兩條耀眼的白紋。對鷹來說，翼帶白羽，超凡靈秀。更難得的是，黑頂腦殼上長著一撮漆黑的絨毛，微微凸起，如黑色雲霓。

鷹的學名叫黑耳鳶，耳羽黑褐色，這黑褐色越向頭頂蔓延，越顯示高貴與強健。雄鷹黑冠猶如皇帝加冕，將來無疑是出類拔萃的天之驕子。雖然已餓了三天，卻還能站立起來，顯示出頑強的生存意志和非凡的生命力。

瞧紅腳桿，兩隻瞳仁一隻色澤灰黯，一隻在中央部位有一點可怕的白翳。與黑頂同齡，身上只蓋著薄薄一層絨羽，翅膀還半裸著，模樣醜陋。骨骼比黑頂瘦弱了整整一圈，尤其糟糕的是，腳爪呈半透明狀的粉紅色，紅腳桿，捉雞難，細小乏力，無法向獵物、向天敵進行凌厲的搏擊。

三天前，當倒春寒剛開始時，牠預感到會發生饑荒，就很偏心地將逮到的那隻金背小松鼠分作四份，牠和黑頂各吃一份，餵了紅腳桿兩份，儘管這樣，紅腳桿還是早早就餓倒了。這說明紅腳桿的生存意志和生命力都相當脆弱。

毫無疑問，黑頂是將來能八面威風搏擊長空的雄鷹，而紅腳桿只能是啄食老鼠與地狗子的庸鷹和草鷹。

假如黑頂也是自己親生的幼鷹，霜點想都不會多想，就把紅腳桿送到蛇洞前去當誘餌。汰劣留良，這符合生存法則。然而，牠現在卻要汰良留劣了。

不不，霜點驚恐不安地收回自己的思緒。牠覺得自己不該犯糊塗的。一個是親子，一個是養子，這才是最最重要的事實。就算黑頂將來能展翅萬里，能扶搖九霄，能狼群覓食，能捕捉兇悍無比的扁頸蛇，但那是已故黑燦的骨肉，別人家的輝煌。就算紅腳桿長得猥瑣窩囊，像牠父鷹禿脖兒那般沒有出息，但那是牠霜點的親骨肉，自家的後代。

生命都是自私的，任何生命都酷愛自己的親生後代，生命體只有透過血脈因襲基因遺傳，才能獲得永恆。

牠不能再猶豫，天經地義該黑頂去做誘餌。

5

黑頂在霜點翅膀的驅使下，蹣跚著鑽出巢洞，來到粗如莽蛇的橫杈上。凜冽的寒風吹得牠搖搖晃晃，鵝毛般的雪片灑落在牠還很稚嫩的脊背上，冷得牠簌簌發抖。牠本來已餓得有氣無力，這時突然清醒活躍起來，小腦袋拼命拱動著，想鑽回溫馨的巢去。

霜點堵在巢洞口，就像關嚴了門。

黑頂大概感覺到不幸將降臨在自己頭上，悸動翅膀，咿呀哀叫，麻栗色的鷹眼射出哀怨淒涼的光，望望霜點，又望望天空。

霜點也凝望著天空。天空蒼蒼茫茫，除了紛迷的雪，什麼也沒有。要是有一隻雄鷹在牠身旁，牠絕不會落魄潦倒到要用一隻幼鷹的生命去交換一頓食物。雄鷹會和牠比翼齊飛，互相配合從斷崖上掠來狼崽，或從牧羊犬的眼鼻底下擄走花翎公雞。雄鷹強有力的翅膀能剪斷風、剪斷雪、剪斷困境、剪斷危難、剪斷悲苦、剪斷籠罩在母鷹頭上的烏雲，剪出一片明亮的新天地。雄鷹是力量的象徵，是生存的代名詞。遺憾的是，日曲卡山麓已經很久很久沒有真正的雄鷹了。

日曲卡山麓過去是有雄鷹的，翅膀像黑色閃電，囂叫聲頂風能傳十里，讓豺狼見了都會心驚膽顫的雄鷹。可是有一天，一隻碩大無朋的銀鳥轟隆轟隆怪叫著飛臨日曲卡山麓上空，撒下一大片乳黃色的粉末，彷彿撒下了一個神秘莫測的謎，這一帶的雄鷹數量銳減，質量下降。不，這一帶從此就沒有雄鷹了，只有最次等的公鷹。

這是一種什麼樣的公鷹啊，簡直就是長著鷹羽的雞，骨骼比雌鷹單薄瘦弱，不是禿脖兒，就是紅腳桿，再就是瞳仁上長著白翳的白眼兒。這些公鷹的壽命都短得可憐，往往剛當上新郎就做新鬼。牠的第一位丈夫，就是去年冬天在黑風暴中餓死的白尾的父親，在牠剛孵出白尾的第二天，就被一陣不怎麼厲害的旋風吹折雙翼，墜地而亡。而牠的第二任丈夫，也就是紅腳桿的父親禿脖兒，命運就更慘了，一天清晨迎著陽光飛翔，突然就雙目失明，一頭撞在崖壁上。而與這些長著鷹羽的雜交配後繁殖出來的後代，凡是公的，都秉承了單薄瘦弱、猥瑣醜陋、渺小病態的遺傳基因。

這是退化的變異，種氣的衰微。

唉，要是當初自己能像黑燦那樣堅毅勇敢就好了，霜點想，親子就不會是紅腳桿，而是健康強壯、頭頂長著皇冠般絨羽的小雄鷹了。

去年春末當尋找配偶的季節來臨時，黑燦對長著鷹羽的雜們不理不睬，振翅飛向遠方，融化在地平線盡頭一片炫目的陽光裏。半個月後，黑燦才帶著滿足與自信，風塵僕僕飛回日曲卡山麓，產下一枚蛋，孵化出了黑頂。霜點不清楚黑燦這半個月究竟去了那裏，也許去了梅里雪山，也許去了玉龍雪山，也許去了碧羅雪山，但有一點霜點是明白的，黑頂是遠方雄鷹的種，是新的混血，新的雜交，新的品系。

霜點突然明白了自己爲什麼在黑燦不幸罹難後，毫不猶豫地將黑頂抱回來餵養。牠渴望日曲卡山麓鷹的家族繁榮興旺，牠渴望逶迤的山脈寬廣的天空有真正的雄鷹頡頏飛翔。在黑頂身上，寄託著牠的思慕與企盼，理想和追求，寄託著牠作爲年輕的母鷹所做的五彩的夢。

不不，牠想，牠去年冬天已失去了白尾，今年冬天，無論如何不能再失去紅腳桿。牠將一隻爪子踩在黑頂背上，牠要把牠踩趴下，這樣就可以用雙爪將牠摟住起飛，送往蛇洞前。

吱溜，黑頂朝前猛地一拱，從牠胯下的豁口鑽回巢去。

霜點回轉身，想重新逮住黑頂。

巢內的一隅，黑頂與紅腳桿擠在一起，就像鷹和雞站立一排。

不不，母不嫌兒醜，紅腳桿是牠的心肝寶貝。

你要一代天驕，還是要一隻長著鷹羽的雞？

沒有雄鷹的天空，是寂寞的天空，灰暗的天空，沒有靈性的天空，缺乏盎然生趣的天空！

突然，霜點將雙眼閉緊，走進巢去胡亂摸索。牠覺得自己精神快崩潰了，無法再理智地選擇，那就讓命運來抉擇吧，聽天由命，摸著誰就是誰去做誘餌！

牠的雙爪摟住一個柔軟的物體，牠摟著那物體滾出巢去，牠展翅飛離瓔珞松，牠順著山谷強大的氣流飄到蛇洞上方，牠鬆開了雙爪，牠睜開了眼。

不不，牠捨不得讓親子去做誘餌，牠的本意是要把黑頂扔下去的。牠想換一換，可是，已經來不及了。啪，蛇洞前的雪地傳來物體砸地的聲響，揚起一團輕煙似的雪塵，還傳來紅腳桿從昏迷狀態中跌醒後的掙扎與驚叫。

6

跟預料的差不多，霜點佇立在瓔珞松橫杈上，過了一會兒，老蛇嘶嘶吐著火紅的信子從小石洞裏躥了出來，紅腳桿駭然尖叫。

當蛇尾游出洞口後，霜點縮緊翅膀，從高高的瓔珞松一頭扎了下去。

這動作對鷹來說相當危險：鷹不是鶚，習慣直線下降；鷹骨骼較大，平時俯衝都要適度撐開翅膀，有個旋轉角度，不然的話，有可能會在空中失去平衡，身體像石頭墜落。霜點不顧一切地像鶚扎進水裏捉魚那樣扎下去，是想搶在老蛇的毒牙咬到紅腳桿之前，自己的雙爪能攫住蛇身。只要有一絲可能使紅腳桿蛇口餘生，牠就要竭盡全力去爭取，希望既能捉住老蛇，又能保全紅腳桿。

老蛇的反應比牠想像的更敏捷，在牠從橫杈扎下去的瞬間，抬頭瞥了一眼，細長的蛇身扭了扭，似乎要躥回石洞去。嘎呀——霜點在半空中發出一聲尖嘯。牠巴望老蛇能回躥。牠扎下去的落點就在石洞口，老蛇的動作再快，也絕不可能搶在牠落地前躥進並縮回小石洞的。極有可能蛇頭剛躥進洞口，牠的鷹爪也同時落地，可以不費事地就抓準老蛇致命的七寸。關鍵是老蛇一回躥，就無暇去咬紅腳桿了。

但老蛇只是扭了扭身體，並沒按霜點的意願轉身回躥，這條眼鏡蛇一定經過無數次劫難，老辣得快變成蛇精了。牠在極短的瞬間就明白自己中了圈套，並已陷入絕境；除非蛇身上長出翅膀，不可能搶在霜點封住退路前縮回小石洞的。牠放棄了逃命的企圖，細長的蛇身子弓動起伏，閃電般躥向正在前面雪地上掙扎悸動的紅腳桿。

千刀萬剮的老蛇，曉得自己無法逃脫變成鷹食的厄運，索性一不做二不休，臨死也要賺個墊背的。

霜點墜落到離地面一丈的高度，猛地撐開翅膀，做了個短暫的滑翔。牠降落在洞口，衝力太大，一個趔趄摔倒在地。牠一秒鐘也不敢耽誤，就尖嘯著跳躍著撲向老蛇。

老蛇頭都不回，朝前猛躥猛咬。霜點顧不得調整姿勢，也顧不得在地面扇動巨大的翅膀會拍斷寶貴的翼羽，劈叭劈叭狠命搖動飛翼，身體騰升起來，一隻鐵鉗似的鷹爪狠狠朝老蛇抓去。

可惜，已經遲了，老蛇已一口咬中紅腳桿裸露的肩胛。咿——紅腳桿發出最後的絕望的哀叫。老蛇還想咬第二口，霜點一隻爪子抓住蛇腹，一隻爪子抓住蛇脖，將老蛇攫上天空。老蛇在鷹爪下徒勞地蠕動。

霜點一次一次升上天空，一次一次將老蛇往下扔，直到老蛇摔得像團爛草繩……

霜點將死蛇叼回瓔珞松上的鷹巢。牠撕一片蛇肉塞進黑頂的嘴，就殘忍地從黑頂的背上啄下一片羽毛。

記住，這是用血的代價換來的救命食物！

紅腳桿死了，你理應爲牠祭灑幾滴熱血！

黑頂拚命吞咽著蛇肉，不叫喚不躲避也不呻吟，任憑霜點撕扯著自己身上的羽毛。

山風灌進巢洞，帶血的鷹羽飄舞飛旋。

7

幾個月後一個夏天的清晨，一隻頭頂長著一撮皇冠般黑羽的年輕的雄鷹，追逐著草灘上一隻驚慌失措的野兔。牠黑褐色的雙翼間有一道醒目的白羽，猶如掛著一條雲帶。牠的頭影在地面迅疾移動，像一張黑色的網，緊緊籠罩在野兔身上。

突然，野兔在草地上打了個滾，仰躺在地，兩條細長有力的後腿緊縮腹部。這是野兔家族用來對付來自天空襲擊的祖傳絕招——兔子蹬鷹，十分厲害，往往把鷹蹬得皮開肉綻羽毛飄零負傷而逃。

巨犀崖那棵古老的瓔珞松上佇立著一隻神情有點憔悴的母鷹。母鷹的視線一刻也沒離開年輕的雄鷹。當看到野兔翻身仰躺，母鷹冷凝的眼神刹那間流露出一抹焦慮與不安。

年輕的雄鷹不慌不忙飛臨野兔頭頂，伸出一雙爪子虛晃了兩下。野兔兩條後腿拚命朝天空踢蹬，卻蹬了個空；年輕的雄鷹已從野兔頭頂掠過，野兔翻身爬起，一溜煙朝右側一片灌木叢躥去，年輕的雄鷹早有準備，猛地偏仄翅膀，在低空瀟灑地一個急拐彎，攔住了野兔的去路，一雙紫褐色遒勁有力的爪子，閃電般刺進野兔背脊的肋骨。

野兔尖叫著還往灌木叢躥，企圖把雄鷹拽進密匝匝的灌木，讓鋒利的荊棘割斷鷹翼。雄鷹奮力拍扇巨大的翅膀，草灘上拔地而起一道黑色的虹，年輕的雄鷹氣宇軒昂扶搖直上，野兔四肢騰空在鷹爪下徒勞掙扎。

太陽升上日曲卡山峰，照耀著山頂終年不化的積雪。年輕的雄鷹昂著頭，雙眸炯炯，顯得英氣勃發。山風吹拂著牠身上光滑如錦的羽毛，嘎嘎嘎嘎，牠興奮地朝初升的太陽甩去一串高傲的尖嘯，聲音宏亮飽滿，富有青春的韻味和彈性，在靜謐的山谷間跌宕迴盪。牠矯健的身影在霞光裏劃出一道道粗獷的弧線，孤單寂寞的天空變得熱鬧而輝煌。

久違了，日曲卡山麓的雄鷹。

久違了，一代天驕。

嘎呀——佇立在瓔珞松上的母鷹發出一聲混含著甜蜜與苦澀、欣慰與憂傷的長嘯。

缺陷

本篇故事發生的地質時代是中生代的侏羅紀，距今一億多年；本篇故事的「主角」叫晶，是當時眾多的爬行類動物裏的一種，究竟屬什麼綱什麼目什麼科不得而知；為動物分類並命名是人類做的事情，那時候，這顆蔚藍色的地球上還沒有人類，人類要一億年以後才開始出現。

晶蹲在銀杏樹洞口，憂鬱的眼光望著正在枝椏間蹣跚學步的品、磊和淼。品、磊和淼是晶四個月前孵化出來的一窩小寶貝。像一切孱弱的母獸一樣，晶十分擔心自己小寶貝的命運；弱肉強食的大林莽裏，每時每刻都可能發生血腥的屠殺。

小寶貝們也實在長得太弱小了。牠們的身體就是發育到頂，也只有在侏羅紀時代稱王稱霸的中國盜龍的卵一半大，只抵得上梁龍的一點尾巴尖。這是一個靠發達的四肢、鋒利的牙齒和尖銳的指爪求生存的時代，龐大的恐龍橫行天下。晶這樣的弱小種族只好小心翼翼地躲在樹上過日子；即使整天待在樹上，危機仍接踵而來，那些身手矯健的小盜龍、北票龍、鸚鵡嘴龍會瞪著貪婪饑饉的眼，順著樹幹爬上來，毫不客氣地把晶這樣的小生命一口吞食掉。

蠻荒世界沒有公理。不是我吃掉你，就是你吃掉我。弱小就意味著被吃。

晶對自己的種族十分失望。好像還嫌體格嬌小得不夠，頷下的牙齒退化得稀鬆酥軟，無法進行有力噬咬，給天敵構成威脅；嘴巴雖然角質化，出現了類似喙這樣的器官，但只能啄得開新鮮的漿果；兩條前肢也越來越萎縮，四根指爪只剩下三根叉狀軟骨，既無法在搏鬥中撕扯，也不能在覓食時攫抓，前爪的原始功能基本衰退，只在爬樹時還勉強能拉住粗糙的樹皮；在前肢部位靠近肩胛的地方，莫名其妙長出兩塊S狀的骨骼，寬大薄脆，能遮蓋半個身體，既不能作防衛武器，也不能當獵食工具，反而使靈巧的身體變得笨拙，走起路來左右搖晃，難以保持平衡，嚴重影響奔逃速度；最要命的是，肩胛那兩片寬大薄脆的骨骼上還長出厚厚一層毛來，那毛也特別，不像別的動物身上的毛那樣絲絲縷縷呈細線狀，而是一片一片像細長的樹葉，層層疊疊覆蓋著；那時候，地心翻騰的岩漿不斷釋放著熱能，太陽高懸空中，整個地球像個還未冷卻的烤箱，氣候炎熱，根本不需要這層層疊疊的毛來保溫護暖；那骨骼、那毛不僅毫無用處，還成了負擔和累贅，尤其那毛，色澤豔麗，紅黃藍綠，格外醒目，極易成爲兇猛的食肉恐龍捕獵的目標。晶的許多同類，就是因爲肩胛上那層五顏六色的討厭的毛，而招來殺身之禍的。

腦袋與身體的比例也十分不協調。瞧那些在地球上橫行霸道、所向披靡的中國盜龍、梁龍和雷龍，頭與身體相比非常小，大約是身體的兩萬五千分之一或五萬分之一；而晶的種族，頭的體積和重量大約占身體的十分之一。腦袋是個脆弱的器官，對亙古時代的動物來說，大了並非好事，不僅易受傷害，還會飽受感覺敏銳的苦楚。像中國盜龍、梁龍和雷龍這些龐然大物，因腦袋比例小，反應很遲鈍，如果一塊石頭砸在中國盜龍的尾巴上，要過十秒鐘，牠才感覺到疼；而晶的種族，別說石頭砸在身上了，一片樹葉落下來，都會驚恐不安，光聽到天敵吼叫，就會害怕得瑟瑟發抖。

在一個你死我活的生態環境裏，感覺遲鈍不是貶義詞，而是一種運氣，一種優勢，一種造化，一種特異功能。要敏銳的感覺幹什麼？徒增煩惱與痛苦而已！

不僅生理構造方面有缺陷，性格上的缺陷尤爲嚴重。恐龍之所以能成爲這顆星球的霸主，除了身體龐大外，很關鍵的一條，在於性格殘忍，精神世界麻木不仁；恐龍身上沒有友誼和親情，即便母子之間，也沒有養育關係；小恐龍從蛋殼裏鑽出來，幾分鐘後就會覓食；因此恐龍長大後，沒有多餘的感情，也沒有任何精神束縛，無所顧忌，用強健的體魄巧取豪奪，佔據更大的地盤更多的食物。

晶所屬的種族這方面就差得遠了；後代生下來時太脆弱，全身光溜溜的，連眼睛也睜不開，要沒母獸守護在身邊，一天也活不下去，一隻小小的鸚鵡嘴龍都可以毫不費力地把牠們吞吃掉；子獸的餵養期長達半年，這期間，母獸嘔心瀝血，沒日沒夜地冒著風險外出覓食，還要將小寶貝的糞便含在嘴裏，搬運到遠離巢穴的地方扔掉，以免糞便的氣味引來兇惡的天敵。

這艱辛而又甜蜜的養育過程，導致母子雙方交叉感染上一種誰也離不開誰的黏黏乎乎的情感，比如晶，外出覓食，心裏老惦記著留在窩裏的三個小寶貝，牽腸掛肚，忐忑不安；而品、磊和淼，只要牠一離窩，便急切地盼望牠早早歸來，牠的身影在巢穴前一晃動，牠們便會嘰嘰呀呀歡叫，鑽到牠腹下撒嬌。

這種誰也離不開誰的黏黏乎乎的情感，是有毒的，危險的。曾經有個名叫蕊的母獸，撫養莎和薇一對小寶貝，一天，蕊外出覓食，一隻鸚鵡嘴龍闖進蕊的窩，吞食了毫無防衛能力的莎和薇，蕊回來後，肝腸寸斷，守在空窩邊，不吃不喝，悲鳴泣號，幾天後也死去了。假如換了情感粗糙的恐龍類，絕不至於會發生這樣慘不忍睹的殉葬悲劇。

在一個生存競爭十分激烈的環境裏，情感細膩無疑是作繭自縛，情感豐富無疑是浪費能量，是致命的缺陷。

晶不明白自己的種族怎麼會在如此凶蠻的世界裏退化成現在這個樣子的；牠斷定身體的弱小和變異，情感的細膩和豐富，都是一種明顯的退化。也許，造物主造出牠們這個種族來，就是爲兇惡的食肉獸充當食物的。

唉，弱者要想活下去，委實是太難了。

晶愁腸百結，抬頭望望天空，天空碧藍如洗，空曠寂寞，只有幾片黃葉在風中飄旋。

銀杏樹是罕見的分性別的樹種，雄株和雌株共生共長，永相廝守；一億年以後，中生代侏羅紀的絕大部分植物都被埋進地下成了化石，唯獨銀杏樹卻奇蹟般地活了下來，被人類稱爲活化石。

晶的窩搭在雄株銀杏樹上，離得不遠有一棵雌株銀杏樹，樹洞裏住著鑫和牠的一對小寶貝。晶的一家和鑫的一家是鄰居，相處得很友好。鑫的那對小寶貝比晶的三個孩子早十幾天孵化出來，一個叫森，一個叫矗；此刻，鑫正忙著訓練森和矗怎樣在銀杏樹扇形葉片下和樹枝渦旋狀的節疤裏尋找啄食斑點蠕蟲。

明麗的陽光下，鑫的一家子在枝繁葉茂的銀杏樹上東奔西走。

突然，離雌雄兩株銀杏樹不遠的一片樹蕨叢無風自動，傳來唏哩嘩啦的聲響，晶警覺地從樹洞探出頭，透過樹葉的縫隙望過去，嚇得渾身打顫，一條中國盜龍正瞪著饑饉的小眼珠，朝這兒走來。這條中國盜龍長約十三、四米，淺灰色的身體，尾根兩側靠近臀部的地方，有兩塊狀如圓月的黑色斑紋，或許可給牠起個諢名叫黑臀中國盜龍；遍地漫生的蕨類植物被黑臀中國盜龍齊嶄嶄壓出一條甬道來。

晶急忙將在樹枝上蹣跚學步的品、磊和淼拽進樹洞；幸虧三個小傢伙都沒跑遠，就在離樹洞咫尺之遙的一根橫杆上，一眨眼的功夫就都隱蔽妥了；晶還用嘴將兩片樹葉移過來蓋住洞口；母子四個緊緊擠在一起，連大氣也不敢出。

對面雌株銀杏樹上的鑫也同時發現危險正在迫近，也欲把兩個小寶貝拽進樹洞躲藏，但恰巧這時候，森和矗爬到左側樹梢找食去了；左側樹梢離樹洞有好幾丈遠，鑫慌慌張張趕過去，正在把森和矗往樹洞拽的時候，黑臀中國盜龍已來到雌株銀杏樹下；鑫更亂了方寸，心急火燎，蹬落了幾塊樹皮，正好掉在黑臀中國盜龍的腦殼上；唉，亂中出錯，沒亂了天敵，反而亂了自己。

十秒鐘以後，黑臀中國盜龍感覺到樹上有動靜，抬頭望了望，醜陋的臉浮現出猙獰的表情，開始攀爬樹幹。

中國盜龍是侏羅紀最兇悍的食肉類恐龍，別看牠體態龐大，走起路來顯得有點笨拙，但捕捉躲藏在樹冠裏的獵物，卻相當靈巧；中國盜龍強有力的尾尖支在地上，粗壯的四肢緊緊摳住樹幹，豎起十幾米長的軀體，長長的脖頸伸向躲避在樹梢的獵物，鋒利的牙齒一下就可以結果獵物的性命。

黑臀中國盜龍臭烘烘的大嘴伸向驚慌失措的鑫和牠的兩個小寶貝。鑫蹲在樹丫上，用牙齒早就退化了的嘴喙，用萎縮得早就變了形的前爪，朝黑臀中國盜龍啄咬撕扯。弱小的鑫與強悍的中國盜龍搏鬥，無疑是以卵擊石。晶躲在對面的雄株銀杏樹上看得很真切，鑫肩胛上那層五彩的毛蓬鬆奓立，儘量膨脹自己的體形，虛張聲勢地囂叫著；在大小強弱十分懸殊的黑臀中國盜龍面前這樣做，顯得很滑稽可笑。

晶心裏很明白，鑫這樣做，絕不是想入非非，以爲能嚇唬住或制止住黑臀中國盜龍行凶作惡，而是想爭取時間，掩護森和𣛧趕快逃命。鑫用自己的身體擋住森和𣛧，拚命扇動肩胛那兩片薄脆無用的骨骼，用意十分明顯，讓身後的兩個小寶貝趁機鑽進茂密的樹葉，然後順著樹枝爬到毗鄰的樹去。

大林莽裏的大樹一棵緊挨著一棵，樹冠上枝椏交錯，連成一氣，是很容易從這棵樹爬到另一棵樹上去的；黑臀中國盜龍望著膽敢與牠廝殺的鑫，露出驚詫的表情，驚詫小小的鑫怎麼會如此不自量力，要等到驚詫的表情換成憤怒的表情，牠才會張開巨口去咬鑫；中國盜龍反應遲鈍，一種表情轉換成另一種表情，起碼要十秒鐘時間；這段時間足夠森和𣛧逃之夭夭了；死一個總比死三個要好，逃掉一個算一個，這是最明智的選擇了；鑫用血肉之軀拖延黑臀中國盜龍的行動，目的也就是在危急關頭給寶貝創造一個生的契機。

機會轉瞬即逝，理應迅速把握！可是，森和𣛧不僅沒抓住有利時機轉身逃命，反而朝前爬了兩步，和鑫貼在一起，也向黑臀中國盜龍張牙舞爪，呦呦囂叫；唉，小傻瓜啊，你們嬌小的身體稚嫩的爪牙，怎能奈何得了窮兇極惡的黑臀中國盜龍？別說你們三個，即使三十個，還不是黑臀中國盜龍的口中食、腹中餐！何必要死在一起，趕快逃吧！

鑫用肩胛上那兩塊薄脆無用的骨骼猛烈推搡拍打著森和𣛧，竭力想在最後一秒鐘改變全家死在一塊的可悲局面，遺憾的是，森和𣛧還黏在鑫的身邊不走，拆不散也折不斷，天哪，怎麼辦！

十秒鐘很快過去了，生的機會白白溜走了。黑臀中國盜龍小眼珠噴出憤怒的光焰，長長的脖子朝前一個聳動，一口咬住鑫的身體；鑫小小的腦袋從黑臀中國盜龍牙縫間伸出來；晶在對面的雄株銀杏樹洞裏看得很清楚，鑫兩隻眼睛像要從眼眶裏蹦出來，凝望著蒼茫的天穹，上嘴顎和下嘴顎嚴重錯位，整個臉扭曲變形，痛苦異常，發出一聲撕心裂肺般的長嘯，隨著嘯叫聲，嘴腔裏噴出一片殷紅的血花，這是泣血悲鳴，這是血的控訴！

晶也是母親，完全能體會和理解在生命行將結束的最後一瞬間鑫悲苦的心境。這不是身體被鋒利的牙齒噬咬住後肉體的痛苦，而是對自己所屬的種族徹底絕望、信仰被摧毀後的靈魂的痛苦。鑫是在責問老天爺，控訴造物主，爲什麼給了弱的身體，還要追加弱的心靈？爲什麼給了強的身體，還要追加強的品性？

鑫一定在生命的最後時刻痛悔莫及了：假如在漫長的撫養期裏沒和小寶貝培養太濃太稠、太深太沈的有毒有害的情感，小寶貝或許就不會捨不得棄牠而去。

黑臀中國盜龍齶部蠕動了一下，便把可憐的鑫囫圇吞進肚去。

森和矗還犯傻似地待在黑臀中國盜龍的巨口前，既不躲避，也不逃命，伸直脖子發出一聲聲悲鳴；牠們沈湎在母親不幸喪生的巨大痛苦中而不能自拔；牠們的心和母親的心勾得太緊、繫得太緊、連得太緊、貼得太緊、黏得太緊，已無法及時割開了。

這倒方便了黑臀中國盜龍，就像送到嘴邊的點心，不用追逐，不用捕捉，甚至不用挪動身體，省心省力，輕鬆愉快，吃了一個再吃一個，一串地吃，一串地吞進肚。吃完後，舔舔舌頭咂咂嘴，大模大樣地走了。

晶決心要重塑品、磊和淼的品性。

晶覺得，與其說森和矗是死在兇惡的黑臀中國盜龍手裏，還不如說是死在自己性格的缺陷下更確切些。母子間的親情像一條無形的繩索，不僅捆住了森和矗的身體，還捆牢了森和矗的靈魂，使得鑫一家子像捆紮好了的一串點心，讓黑臀中國盜龍吃了個精光。

牠不能讓鑫一家的悲劇在自己窩裏重演；牠不能讓食肉恐龍把牠的三個寶貝也當捆紮好了的點心一串地吞食掉。

晶知道，無論自己如何努力，要改變自己種族的生理構造，彌補身體缺陷，是不可能的。牠無法把小傢伙肩胛上那兩片薄脆無用的骨骼，動外科手術切割下來，也無法將萎縮的爪重新變得鋒利，將蛻化的牙重新變得銳利；無論牠怎樣給小傢伙餵食，也無法使小傢伙嬌小玲瓏的體態變得強健粗獷。

牠曾試著把小傢伙身上那層五彩繽紛極易成爲捕獵目標的長毛一根根拔掉，但沒過多久又照樣長了出來，比原先更茂密更豔麗。生理上的弱小是無法逆轉的。但是，精神上的弱小是可以改變的，性格上的缺陷是可以彌補的。身體弱小再加上精神弱小，就是雙重弱小，生理缺陷再加上性格缺陷，就是雙重缺陷，必然會引發雙重災難，導致雙重悲劇。但如果精神強悍了，性格完美了，就能淡化弱者的劣勢，減輕弱者的災難。

晶要在品、磊和淼身上塑造一種能適應大林莽弱肉強食法則的新品性。具體地說，就是要去掉那股在關鍵時刻會束縛住靈魂的無形繩索，把豐富的感情稀釋到最少，把細膩的情感磨礪得粗糙。大林莽需要狠毒無情，需要麻木不仁。

改變一個生命的行爲方式，最有效的辦法莫過於用食物來誘導了。晶叼來軟體小蟲，不再像過去那樣順著次序餵食，而故意將小蟲高懸在三個小傢伙的頭頂，搖晃著，誘惑著。

小傢伙們在饑餓的催逼下，頭伸得老長，躍動著，竄跳著，想吃到這美味佳肴。晶偏不給，長時間逗引。餓極了的小傢伙互相擠兌，你推我，我搡你，你軋我，我啄你，爭鬥搶奪。這很好，晶心裏十分滿意，爭鬥搶奪理應是「人」生的第一課；草和草搶奪陽光，樹和樹搶奪養分，一切生命都靠力量搶奪生存權。在爭搶食物中，品表現得尤爲出色，品總是用後爪踩住磊的背，用兩隻萎縮的前爪掐住淼的脖子，把牠們全都壓制在自己身下，一口啄走晶嘴裏的小蟲。

這叫巧取豪奪；大林莽讚美這種作風。

磊和淼也不甘示弱，幾次眼瞅著被品獨享食物，急眼了，一起撲到品身上又撕又咬，把小蟲從品的嘴裏又搶出來，然後磊和淼轉眼間又由盟友裂變成對手，互相噬咬爭搶。銀杏樹洞裏一派烏煙瘴氣。

這才是磨練膽魄的最佳環境。

沒多久，小傢伙們就變了，不再互相依偎成團，也不再互相嘰嘰喳喳唱友愛的歌，牠們明亮活潑的眸子變得陰沈呆板，在小小的樹洞裏，東南西北各自佔據一個角隅，睡覺也睜著一隻眼睛，像防賊似地互相防備著，那冷酷的眼神，恨不得把對方給生吞活剝了。同胞間虛偽的情誼被蕩滌得一乾二淨。

心血沒有白費，成效還算是顯著的，晶想。

晶著手強化孩子們靈魂深處已萌發的那種你死我活的競爭意識。光停留在同輩之間的競爭是遠遠不夠的，還應該學會用冷漠的眼光看母親，看洞外的大林莽，看整個世界！牠要讓孩子們學會，緊急關頭，毫不踟躕地棄母親而去。鑫一家子的悲劇給晶留下的教訓太深刻了，牠有一種預感，總有那麼一天，類似的大禍也會降臨到自己和三個小寶貝頭上，為了能讓孩子們逃過劫難，牠一定要割斷由於長時間孵化餵養而形成的母子親情。

第一步，就是要疏遠，要讓親密無間變成隔閡鴻溝。

晶不再讓孩子們鑽到自己肩胛下來親暱耍鬧，也不再溫柔地替牠們梳理背上的毛，除了必要的餵食外，不再和牠們有任何接觸。

那天下午，天下暴雨，霹靂落在銀杏樹梢，發出震耳欲聾的巨響。淼是雌性，又是在三個孩子中最後一個鑽出蛋殼的，身體更弱些，膽子也更小些，被雷聲嚇壞了，嘰嘰嘰驚恐地叫著，從角隅撲向晶，企圖鑽到晶肩胛那兩片寬大薄脆的骨骼底下去；以往天上打雷時，小傢伙們總是把母親肩胛上那兩片微微拱起的骨骼當保護傘；習慣成自然了。

這不行，晶想，假如不是打雷，而是食肉恐龍在吼叫，淼也來往牠肋下鑽，豈不成了捆紮成一串的點心？牠狠起心腸，用肩胛上那兩隻萎縮的前爪粗魯地將淼推開。淼不知是平時嬌寵慣了，還是真的被雷嚇破了膽，被推開了又黏上來，在晶身邊繞來繞去，削尖腦袋拼命朝晶的肋下鑽；暫時還縮在角隅的品和磊，情緒也受到感染，也蠢蠢欲動想往晶的懷裏鑽。

晶怒不可遏，跳起來，用強有力的後爪在淼身上猛烈蹬踢了一下，淼尖叫著在洞裏打滾。品和磊也委屈地嗚咽起來。

一瞬間，晶心軟了，孩子們到底年紀尚小，需要慰藉，需要保護；牠差不多已將肩胛上蔓生出來的兩片寬大的骨骼撐張開，準備用母性溫柔的懷抱接納驚慌失措的淼；可突然間，鑫一家的厄運浮現在腦子裏；牠現在恢復慈母形象，不是在愛孩子們，而是在害孩子們；爲了能讓小傢伙們在大禍臨頭時能毫無顧忌地各自逃生，牠此刻應當扮演惡魔的化身；現在正是剪斷將母與子捆紮成串的無形繩索的最好時機；牠不能妥協，妥協將使孩子們舊病復發；一切爲了生存；牠心底的憐憫迅速冷凍成冰一樣的堅毅。

牠在淼的背上狠狠啄咬。牠口腔裏的牙齒雖已退化成一排軟骨，但嘴喙已角化成硬殼，啄咬起來還是很厲害的。只兩下，淼背上便毛片飄零，鮮血淋漓。淼嗷嗷叫著，在樹洞裏抱頭鼠竄。晶仍不罷休，繼續窮追猛啄。天空炸響的霹靂就是窮兇極惡的食肉恐龍，眼下是一場生存預演，牠要假戲真做，讓孩子們永遠吸取教訓。

晶無情地啄咬著，淼縮回角隅，委屈地泣鳴。

品和磊見狀，都識相地退回各自的角隅，不再試圖來鑽晶的懷抱了。

又一個驚雷落在銀杏樹梢，借著閃電的光亮，晶看見三個小傢伙都背對著牠，頭悶在洞壁上，身體瑟瑟發抖。

牠們害怕雷霆，但牠們更畏懼嚴厲的懲罰。

但願小傢伙們從此以後學會遇上災禍時，別想著擠成一團來鑽母親的懷抱，而是要各自奪路逃命。

很快，晶的家昔日那種甜美溫馨的氣氛消失得無影無蹤，窩裏再也沒有親暱的撒嬌聲，再也沒有對母親的信任與依戀，除了爭食時的呰罵與憤怒的囂叫外，窩裏無聲無息，冷寂得像個冰窖。三個小傢伙麻栗色的瞳仁上結了一層冷霜，不管看什麼，都是冷冰冰的；眼是心的窗，只有心像冰塊，眼才會結霜。

牠們是順著晶的心願在重塑品性。

牠們是順著晶的心願在彌補種族的缺陷。

按理說，晶該高興，牠的願望正在逐漸成爲現實。可不知爲什麼，牠高興不起來，相反，心情變得惆悵。過去，當牠辛辛苦苦叼來糯滑可口的軟體小蟲，剛爬回到樹洞口，窩裏便嘰嘰呀呀地歡騰起來，小傢伙們那熱烈企盼的眼光，蜜樣的甜；那無限依戀的叫喚，醉心的暖。如今，這一切都蕩然無存了。生活好像缺少了點什麼，好像變質變味了。特別是望著小寶貝們射過來的哀怨的眼光，望著昔日溫情脈脈的家變得像冤家仇敵相聚的戰場，牠禁不住會覺得惋惜和傷感。

不不，牠不能動搖，更不能半途而廢。牠的努力是有價值的，牠想，任何事情要成功，總要付出一定代價的。比起能生存下去，溫馨的家庭氣氛算得了什麼。有所得，必有所失。生活總有缺憾，不可能十全十美。爲了孩子們能平安地活下去，牠願意承擔一切犧牲。

一隻黃褐色的中國鳥龍順著雄株銀杏樹幹往上爬。這是一種小型食肉類恐龍，身體大約是晶的一倍；生就一張大嘴，喜食像晶、磊和淼這樣還未成年的小動物。較之雷龍和中國盜龍這樣的龐然大物，中國鳥龍不算太大的威脅，但畢竟是食肉獸，貪婪兇狠，與晶所屬的種族是吃與被吃的關係，需要認真防範或躲避。

一般情況下，遇到中國鳥龍的侵犯，像晶這樣的種族會採取以多敵寡的策略；一家子佔據在樹腰的枝杈上，居高臨下，啄咬順著樹幹往上爬的中國鳥龍；中國鳥龍體態圓胖，爬起樹來很笨拙，在筆直的樹幹上，只有四隻爪緊緊摟抱，才勉強不滑落下去，因此，無法騰出爪來反擊；中國鳥龍那張大嘴雖然厲害，但脖頸粗壯，扭動起來不太靈活，很難在樹幹上進行有效噬咬；中國鳥龍兩隻鼓凸出來的大眼睛，對晶的種族來說，是最好的攻擊目標；中國鳥龍一張嘴敵不過幾張嘴，在筆直的樹幹上遇到強有力的反擊後，很快會放棄偷食的念頭，敗退下去的。

然而，晶明明看見中國鳥龍爬上樹來了，卻沒採取任何防禦措施。

晶想，倘若牠把品、磊和淼叫喚到自己身邊，同仇敵愾對付中國鳥龍，母子間和同胞間那股會把彼此的靈魂捆紮成串的無形繩索又要像幽靈般地回來了，牠過去的努力就會付之東流；試想一下，當一家子同心協力對付天敵，感情還能繼續冷漠下去嗎？

不能因為一隻中國鳥龍的出現，就讓種族的缺陷在孩子們身上重現原形。

中國鳥龍一路無阻擋，順利地通過樹幹，爬上橫杈；中國鳥龍到了橫杈上，比在筆直的樹幹上要靈活多了，不僅追攆的速度明顯加快，還能像風似地嗖嗖向前竄躍；中國鳥龍怪異的臉一派得意，鼓凸的眼饞饞地望著細皮嫩肉的淼，嘴角滴下一線口水，向樹洞旁正在曬太陽的淼步步進逼。

淼朝後退縮著，驚恐不安地囂叫著；那叫聲像一支支毒棘，剜著晶的心。

晶很清楚，孤單單的淼決不是中國鳥龍的對手；淼在橫杈上的爬行速度也不及中國鳥龍；如果牠不去干預的話，淼很快就會成為中國鳥龍的腹中餐。可是，待在樹冠另一頭的品和磊正望著牠，牠若上去救淼，這兩個小傢伙必然也會學牠的樣前來助戰，這樣一來，眼下這場危機興許能克服了，但以後呢？晶這個種族處在大自然食物鏈的底端，天敵無數，比中國鳥龍兇悍強大的敵手多得是，如果以後遇著中國盜龍這樣的龐然大物，孩子們也依樣畫葫蘆，團結禦敵，豈不白白把自己送入敵口！

晶雖然是遠古動物，對數字的簡單概念還是有的；是現在要一個，還是將來賠三個？三減一等於二，三減三等於零。牠強忍著心裏的悲痛，蹲在原位置沒動彈。

寧可犧牲一個淼，也不能讓可怕的種族缺陷死灰復燃。

中國鳥龍朝前頻頻躍進，很快追上驚慌失措的淼，四肢彎曲，身體前後聳動著；晶有經驗，曉得這是中國鳥龍準備進行撲躍攫捉的前兆。牠閉起眼，扭轉頸，不忍心看心愛的小寶貝被咬死的慘狀，沒勇氣面對血淋淋的悲劇。

牠絕望地等待淼最後那聲撕心裂肺的慘叫。

可傳入耳膜的，卻是一聲普通的驚叫。

牠睜眼奇怪地望去，銀杏樹橫杈上情況突變，不知什麼時候，淼已站在下一層樹腰的一根嫩枝上了；看模樣是在躲避中國鳥龍噬咬時不小心滑落下去的；算淼的命大，這一跌把性命給撿回來了；肥碩笨拙的中國鳥龍決不敢跳到下面還在閃閃悠悠的嫩樹枝去追逐淼的。

孩子，你只要緊緊抱住嫩樹枝別亂動，別繼續往下跌，你就算安全啦！

晶只顧爲淼的僥倖脫險而高興，忘了自己還處在中國烏龍的捕捉範圍內；牠的視線聚焦在死裏逃生的淼身上，忘了該注意中國烏龍的下一個動作。

就在晶喪失警覺時，中國烏龍已及時調整方位，迅速撲向離牠最近的晶。

等晶發覺自己已成爲中國烏龍的第二個捕捉目標，想逃，已經來不及了，中國烏龍已離牠只有一步之遙，最要命的是，牠待的這條樹枝孤零零的伸向天空，與別的樹不相連，無法逃到別的樹去，想在樹冠上轉移位置吧，退路已被中國烏龍封鎖。無奈，只好邊嘯叫邊朝後退卻，很快，就退到樹枝頂端，再也無路可退了。

牠朝下張望，希冀下面也有條嫩樹枝好讓牠像淼那樣跳落下去，不幸的是，下面沒嫩樹枝可供牠落腳，離地面太高，直通通跌下去，非死即傷，難免被中國烏龍白撿便宜。

怎麼辦？好爲難。

還沒等晶想出脫險之策，中國烏龍已竄躍上來，唰地一下，把晶的一隻前爪連同肩胛上那片薄脆的骨骼一起銜進巨嘴裏。

晶拼命掙扎，中國烏龍四肢緊緊摟抱住樹枝，像塊頑石，凝然不動。

這是中國烏龍獨特的獵食伎倆，以靜制動，以耐心勝浮躁；別看牠入定似的垂著眼簾一動不動，當獵物掙扎得精疲力盡時，牠會突然「醒」過來，毫不費力地咬斷獵物的喉管。

晶明白，自己是極難從中國烏龍的大嘴裏掙脫的；中國烏龍全身裹著一層佈滿小疙瘩的厚韌的皮，就像穿著件鎧甲，不怕啄咬；中國鳥龍身上只有一個部位易受傷害，那就是眼睛；但中國鳥龍死死咬住牠的肩胛，使牠的後爪和嘴喙怎麼也搆不到中國鳥龍的眼睛。

淼待在樹腰下層的嫩樹枝上，品逃到樹冠與別的樹相連的枝椏間，磊的動作最快，竟然已鑽進雌株銀杏樹鑫的舊窩；晶多少有點安慰，自己雖然很快就要死了，但三個小寶貝總算逃過了這場劫難；牠餵養牠們已達五個月，雖然小寶貝離正常的成熟期還有一個月，但勉勉強強已能獨立生活；最重要的是，牠親眼目睹了小傢伙們在災難臨頭時毫無顧忌地各自逃生，證明在牠們身上種族缺陷已基本彌補，再也不會變成一串點心了。牠死也可以瞑目了。

三個小寶貝從不同的方位目不轉睛地盯著牠看。牠不指望牠們趕過來幫牠救牠；牠已毀滅了母子間的依戀和親情，牠們在牠的誘導下，感情早已變得粗糙冷漠，不會再把母親的痛苦當作自己的痛苦了。可牠們此時此刻盯著牠看，看得牠心寒；牠們竟然有興趣欣賞母親的垂死掙扎！是的，我不會讓你們過來救我，但你們至少應該朝我泣鳴一聲，或者垂下眼簾扭轉頭去以示哀悼，也不枉我辛辛苦苦孵化和養育了你們一場。

然而，品、磊和淼誰也沒朝牠泣鳴，誰也沒扭轉頭去。

罷罷罷，就當牠彌補種族缺陷的努力卓有成效，給小傢伙們鑄就了一副鐵石心腸。晶這樣自我安慰，可心裏還是泛起一片苦澀。

中國鳥龍緊了緊喉嚨，晶肩胛部位火燒火燎般疼，忍不住發出一聲淒厲的慘叫。

淼彷彿聽到了召喚，從樹腰下層的嫩樹枝急急忙忙向晶所在的位置爬來，樹冠上的品和對面雌株銀杏樹洞裏的磊，也像突然醒悟了似的趕過來。

不不，你們應當無動於衷地看著我被中國鳥龍吞食掉！

孩子們不理會牠的囂叫，從三個不同的方向圍攏來，用稚嫩的爪和喙，向中國鳥龍猛烈攻擊。中國鳥龍四隻爪子雖然厲害，但在樹枝上無法施展威力，大嘴雖然可怕，但銜著晶，也無法咬，只好拖著晶，慢慢朝樹下退卻。

聰明的淼爬到中國鳥龍背上，去啄鼓凸的眼。啄了個正著，中國鳥龍疼痛難忍，惱羞成怒，張嘴欲咬淼；啊哈，晶趁機從中國鳥龍的巨嘴裏脫出身來；你還想咬我心愛的孩子，讓你嘗嘗瞎眼的滋味；晶用盡生平最大的力氣，狠狠朝中國鳥龍眼珠啄去；噗，中國鳥龍眼窩變成一個小黑洞，旋即汪出墨黑的汁和殷紅的血；中國鳥龍失去了沈穩和耐心，爪牙並用，急於反撲，在光溜溜的樹枝上失去平衡，咕咚摔下樹去。

樹枝離地面很高，又恰巧砸在石頭上，中國鳥龍摔得血肉模糊，一命嗚呼。

銀杏樹上，三個小傢伙嘰嘰喳喳歡叫起來，忘乎所以地向晶靠攏來，想依偎在母親身邊慶賀這來之不易的勝利；牠們爬到離晶還有半步遠的地方，突然想起了什麼，不約而同地停了下來，也不再歡叫，怔怔地你望我我望你。

樹椏上一片寂靜。

晶知道孩子們爲什麼要停下來；牠們一定是想起牠這段時間來的冷漠與疏遠，怕親暱的舉動會遭到嚴厲的懲罰，才踟躕不前的。

一瞬間，晶理智的堤壩被感情的洪流沖垮了；牠愛牠們，牠需要牠們，牠離不開牠們；牠再也控制不住自己，撐開肩胛那兩片薄脆的骨骼，搖晃著，召喚著，嘴裏發出一串清脆悅耳的啼叫：來吧，孩子，來吧，寶貝，來吧，親密無間，來吧，溫馨甜美。讓冷漠見鬼去吧！

品、磊和淼欣喜如狂，湧到晶的身上，交頸廝磨，相依相偎。母子間、同胞間的隔閡冰消雪融，心和心又緊緊地黏在一起。

晶溫柔地替孩子們梳理背上凌亂的毛，挨個兒摩挲牠們的腦袋，尤其對淼，更是百般疼愛；牠覺得自己虧欠了淼很多很多；牠曾粗暴地啄咬過淼，還差點把淼奉送給中國烏龍；牠要彌補自己的過失。

銀杏樹上一片濃情蜜意。晶耗盡心血抑制了一個月的種族缺陷變本加利地重新出現了。

唉，這缺陷與生俱來，深入骨髓，鐫刻基因，滲透血脈，看來是無法更改，也無法消除了。

血光之災終於降臨到晶一家的頭上。

那條凶蠻的黑臀中國盜龍又來了，這傢伙大概吃了鑫的一家覺得味道挺鮮美，難以忘懷，就再次光臨銀杏樹。剛巧晶正帶著三個小寶貝在樹梢練習怎樣叼食躲藏在樹皮褶皺裏的斑點蠕蟲，老遠就被黑臀中國盜龍看見了。很快，黑臀中國盜龍犬牙交錯的大嘴就從樹葉下冒出來，赫然出現在晶的面前。

晶是母親，大難臨頭，理所當然用自己的身體擋住三個小寶貝，一面朝黑臀中國盜龍虛張聲勢地嗷嗷嘯叫，一面劇烈搖晃身體，示意小傢伙們趕快逃命。三個小傢伙卻擠成一團，緊緊黏在牠的身後。

那情景，簡直就是鑫一家子遇難前的翻版。

晶痛悔莫及，牠早就預感到會有這麼一天的，牠早就預感到鑫一家的悲劇會在自己身上重演。假如牠堅持不懈地按既定方針重塑孩子們的品性，假如不是因爲可惡的中國鳥龍破壞了牠的計劃，此時此刻，三個小傢伙早就各自奪路逃命了。

黑臀中國盜龍美滋滋地咂著舌頭，不慌不忙地朝晶伸過嘴來，那模樣，簡直像是應邀來吃免費宴席，不吃白不吃。

晶無比憤慨，又無比內疚；牠恨黑臀中國盜龍的霸道，更恨自己的嚴重失誤；當初牠如果痛痛快快地讓中國鳥龍把自己吃掉，而不是在被中國鳥龍咬住後發出慘叫，使得孩子們趕過來救牠，那差不多已彌補了大半的種族缺陷，就不會在孩子們身上死灰復燃，重現弱者原形。現在，那股會把母與子捆紮成串的無形繩索不僅沒掙斷，反而比過去更堅韌更牢實了；牠無法讓三個小寶貝棄牠而去；肯定又是送到黑臀中國盜龍嘴邊的一串點心。是牠害了自己的孩子，是牠葬送了牠們的錦繡前程。牠不是個好母親。唉，後悔也晚了。

黑臀中國盜龍漫不經心地朝晶咬了一口，晶猛縮脖頸，黑臀中國盜龍咬了個空。

晶不是怕死，牠早就把生死置之度外了；牠也不是幻想能僥倖脫身，遇上像黑臀中國盜龍這樣的龐然大物，是絕無生的可能的。牠是不甘心身後的三個小寶貝陪著自己一起死。牠希望能想出一個自己死而換取孩子生的辦法來。哪怕只有一個孩子能逃出魔掌，也是好的。而這樣被黑臀中國盜龍咬住，免不了與鑫一家子同樣結局，一個接一個被吞食乾淨。關鍵的關鍵，是要把母子四個分散開；要把黑臀中國盜龍的注意力從孩子們身上轉移開。

突然，牠急中生智，想出一個主意來：黑臀中國盜龍不是盯著牠咬嗎，牠從樹上掉下去，也許黑臀中國盜龍也會跟著到樹下來吃牠；牠從樹上失蹤了，孩子們也許就會分散逃命；黑臀中國盜龍下樹來吃了牠，再攀爬到樹上去找小傢伙，要耽誤一段時間，或許小傢伙們就可以趁機逃掉了。

這當然不算是最好的辦法，漏洞不少，最大的漏洞是小傢伙們在牠從樹上掉下去後，會不會趁機逃命，牠心裏一點把握也沒有，也有可能牠掉下樹後，三個小傢伙仍傻乎乎地在原地擠成一團；但不管怎麼說，這總比在樹枝上必然被一個接一個吃掉要好些；起碼，孩子們分散開的可能性是存在的；只要有這種可能性，就值得一試；牠已沒有時間去想更好的辦法了。

牠心裏很清楚，自己從這麼高的樹上掉下去，肯定會像中國鳥龍一樣摔得血肉模糊；牠不怕，只要能給心愛的小寶貝帶來一線生機，牠粉身碎骨也甘心。

黑臀中國盜龍又張嘴朝牠咬來了，牠猛地一蹬，借著樹枝的反彈力，跳到黑臀中國盜龍的頭上，抓咬了一下；以晶的力量，這抓咬用來對付黑臀中國盜龍，如同搔癢；牠的目的也不是要給黑臀中國盜龍什麼打擊，而是要吸引黑臀中國盜龍的視線。

牠的爪離開了樹，牠的身體騰空了，並開始往下掉，牠這才想起自己在慌亂中遺忘了一個十分重要的細節：黑臀中國盜龍感覺很遲鈍，對外界的變化要十秒鐘才會有所反應。也就是說，牠從樹上往下掉，這過程要延長到十秒鐘，黑臀中國盜龍的注意力和食欲才會跟著牠從樹上轉移到樹下去。牠就這樣往下掉，須臾之間就落地了，黑臀中國盜龍根本還弄不清是怎麼回事呢；這十秒鐘之內，黑臀中國盜龍還按事情變化前的意識行動，朝前噬咬，當然咬不到牠晶，卻會咬到三個小寶貝；這就是說，牠想捨身引開黑臀中國盜龍，給孩子們創造一線生機，結果卻適得其反，更快地把孩子們推上絕路。

這也實在太不划算了！

不不，牠不能白白送死，無論如何牠也要爭取到這可貴的十秒鐘。牠的爪已脫離了樹枝，要想返回去重新抓住樹枝，是不可能的了；牠也沒有特異功能，能使個定身法把自己定在空中；牠本能地撐開肩胛那兩塊寬大薄脆的骨骼拚命扇動，試圖以此來遲緩自己往下掉的速度。

十秒鐘，十秒鐘，牠願意用整個生命換取這十秒鐘。

牠把全部意念、生命和力量都凝聚在兩片薄脆的骨骼上，用極高的頻率上下扇動，就算會折斷骨頭，牠也在所不惜；突然，牠感覺到自己身體發生了奇妙的變化，再不是沈甸甸像塊石頭似地往下墜，而是變得輕盈，像片樹葉似地被風托住；牠發覺自己肩胛兩片薄脆的骨骼上那層五顏六色的長毛下灌滿了山風，向上鼓起一個穹形，產生了一股升力，使自己在空中比在樹上更平穩；牠發覺每搖動一下肩胛，身體下便會生出一股風，送牠向前；一股強氣流吹來，把牠吹出老遠，牠輕輕擺動一下尾巴，身體便靈巧地調轉了方向，比在樹上要靈活敏捷得多了。

晶自己當然不知道，牠的這一舉動，其實是一個劃時代的創舉，標誌著一個嶄新的物種在蔚藍色的地球上誕生了。一億年以後，人類的考古學家在中國遼西這片神奇的土地上挖掘出早已變成化石的晶，把牠定命爲中國始祖鳥——孔子鳥。始祖鳥，顧名思義，就是鳥的祖先。之所以把中國始祖鳥定名爲孔子鳥，是爲了紀念中國最偉大的教育家孔子。

從此，天空不再只有呆板的雲和枯黃的葉，而有了美麗可愛的鳥。

當時，晶只覺得驚奇，牠做夢也沒想到，自己一向十分討厭並認定是個累贅的肩胛上那兩片寬大薄脆的骨骼，竟然有這麼大的功能，讓牠在空中飛翔；這不是生理上的退化和畸形，而是一種進化，一個嶄新的器官——翼！

十秒鐘過去了，晶不僅沒掉下去，還在空中升高了。黑臀中國盜龍呆呆地望著在空中盤旋的晶，不明白是怎麼回事；又過了十秒鐘，這愚蠢的傢伙終於反應過來已不可能再咬著晶了，就把貪婪的眼光投向品、磊和淼。

晶也從驚喜中回過神來，朝還在樹枝上縮成一團的品、磊和淼急切地鳴叫：

——來吧，我的小寶貝，展開你們的雙翼，飛起來吧。

——你們身上五彩繽紛的毛，是太陽用七彩光斑編織的羽，能帶著你們在天空翱翔。

——來吧，小寶貝，投進媽媽的懷抱。

晶相信品、磊和淼一定能朝自己飛過來的，牠和小寶貝之間有一條堅韌的無形的繩索，是任何力量也無法割斷的。

牠在銀杏樹前盤旋鳴叫，召喚著，鼓勵著，催促著。

直到今天，一億年過去了，大自然演化出千姿百態各種各樣的鳥，各有不同的生活習性，但無論什麼鳥，有一點是共同的，在小鳥第一次飛翔時，母鳥都要在窩前盤旋鳴叫，這不是簡單的示範，而是心與心的牽引，情與情的黏合。母鳥的親情，給小鳥稚嫩的雙翼灌注了永不衰敗的力量。

淼率先扇動著翅膀躍入天空，緊接著，品和磊也騰飛起來了。愚鈍的黑臀中國盜龍朝小傢伙們的影子咬去，只咬到一團空氣。

晶的一家平安脫險了，從某種意義上說，永遠脫險了。

世界原本不是兇悍的強者預定的筵席，親情與善良有更自由寬廣的天空。

雌孔雀的戀情

在西雙版納靠近原始森林的村寨裏，有許多人家都像養雞一樣在庭院裏養綠孔雀。家雞和孔雀同屬雉科鳥類，生活習性相近，飼養的方式也大致相同，餵點穀米和螞蚱蟋蟀之類的小昆蟲就足夠了。唯一不同的是，養孔雀的人家，院子裏要用石頭砌一個小水池，因爲孔雀很愛乾淨，晨起有汲水梳理羽毛的習慣。

我養了一雌一雄兩隻綠孔雀，雌孔雀頭頂的冠羽爲墨綠色，我稱牠爲綠傘，雄孔雀頭頂的冠羽爲金藍色，我稱牠爲金鼎。

金鼎和綠傘很快成爲一對恩愛夫妻，陽春三月，陽光明媚春風溫煦，金鼎展開長長的背羽，俗稱孔雀開屏，霎時間，院子裏金光燦爛，一片輝煌。這是雄孔雀向異性求愛的拿手好戲，綠傘望著無數根孔雀毛組合成的那片奇異的色彩，眼光漸漸癡迷，像喝醉酒似地一搖一擺，讓金鼎擁進懷抱……

兩個月後，綠傘孵出四隻小孔雀，絨毛輕柔得像含羞草，整天跟隨在媽媽身後，嘰嘰喳喳地叫喚覓食，十分可愛。

半個月後的一天早晨，我在屋後的荒草叢中方便，突然聽見院子裏傳來綠傘咿嘎——咿嘎

——尖厲刺耳的鳴叫聲，顯然，牠遇到了迫在眉睫的麻煩。我顧不得拉屎才拉了一半，也來不及用手紙將身體的某個部位揩乾淨，跳起來，提著褲子就往院子裏跑。

從屋後到院門要繞半個院牆，隔著竹籬笆，我看見一隻渾身漆黑的山貓從屋頂跳下來，正張牙舞爪地向綠傘逼近。綠傘撐著翅膀，將驚慌失措的四隻小孔雀護衛到自己的翅膀底下，一面緊張地往後退卻。

這時候，金鼎正站在和綠傘平行的水池子前。山貓倏地一下往前躥躍，盯著綠傘撲咬，綠傘本能地搖扇翅膀想往金鼎身後躲藏，才邁出去一步，藏在牠翼下的四隻小孔雀就暴露出來，像無頭蒼蠅似地到處亂竄，綠傘立刻又回轉身去，重新用翅膀把小寶貝們罩起來。

可是，有一隻頸部水紅色的小孔雀大概是嚇壞了，沒往綠傘的翅膀底下鑽，而是暈頭轉向地往金鼎身邊逃去。黑山貓已經逼近了，綠傘偏著腦袋，呀呀呀急切地朝金鼎鳴叫，用意十分明顯，是要拜託金鼎照看一下那隻胡亂逃竄的紅頸小孔雀。

我那時候已趕到院門口，一面跑一面揮舞著拳頭，吼叫著企圖將黑山貓嚇唬走。山貓是一種機敏兇猛的食肉獸，幾乎比普通家貓要大一倍，膽子大得出奇，敢偷襲母野豬身邊的小野豬。這傢伙抬頭瞄了我一眼，大概是看出我手中沒拿武器，也有可能是覺得能搶在我動手之前得到食物，竟對我的威脅置之不理，仍惡狠狠地向那隻紅頸小孔雀撲去。

這時，紅頸小孔雀已逃到金鼎身邊，我看見金鼎張開了翅膀，我想，牠一定會用自己的翅膀把紅頸小孔雀罩起來的，只要能堅持幾秒鐘，我就可跨進院子趕到水池邊，把黑山貓趕走或消滅掉。

紅頸小孔雀尖叫著一頭鑽進金鼎的翅膀下，可是金鼎並沒斂緊翅膀進行護衛，而是雙腿一蹬，翅膀搖扇飛了起來，飛到了屋頂，還覺得不保險不安全，又一次起飛，飛到了院外一棵枝繁葉茂的大青樹上。

可憐的紅頸小孔雀，無處躲藏，被黑山貓啊嗚一口咬死並吞進肚去。綠傘發出一聲淒厲的哀叫。

貪婪的黑山貓轉身又朝綠傘撲去。綠傘用尖利的嘴喙和爪子勇敢地與黑山貓搏鬥，牠跳起來朝黑山貓又啄又撕，可惜，牠終究不是窮兇極惡的黑山貓的對手，只一個回合，牠的翅膀就被黑山貓咬了一口，被迫朝後退卻。三隻小孔雀在水池邊的空地上嘰嘰驚叫著，陀螺似地在原地旋轉。

黑山貓饞涎欲滴地舔著嘴唇，賊亮的眼睛盯著三隻小孔雀。

這時，我已衝進院子，飛奔到屋檐下，摘下掛在土牆上的那張紫檀木做的硬弩，迅速上弦扣箭，衝到水池邊，對準正要行兇的黑山貓扣動了扳機。砰，野牛筋做的弩弦發出一聲悶響，犀利的金竹箭從黑山貓的兩眼之間穿了過去，黑山貓慘嚎一聲，仰面朝天跌倒在地，嗚呼哀哉了。

這裏有個很重要的細節需要交代，當地男子都喜歡在木弩上黏貼各種鳥羽，既作爲裝飾，又顯示自己打獵本領高強；我自然不能免俗，就撿了些孔雀換羽時掉的孔雀毛，黏在木弩上；木弩掛在牆上，遠遠望去，就像一隻小孔雀，我自己把這張木弩稱爲孔雀弩。

綠傘用一種感激的眼光望著我手中的孔雀弩，帶著三隻倖存的小孔雀走到我跟前，不是對我，而是對我手中的孔雀弩呀呀興奮地叫著，還用嘴喙親暱地啄啄木弩上的孔雀毛，好像要替牠梳理羽毛似的。

這以後，我發現，雌孔雀沒事的時候，老愛跑到我掛木弩的牆下去，抬頭望著牆上的孔雀弩，呀呀輕聲叫喚著，好像要把孔雀弩從牆上叫下來和自己一起玩。

有一次，寨子裏一輛新買的手扶拖拉機從我院子前開過，雌孔雀受了驚嚇，沒像以往那樣帶著已經會飛的三隻小孔雀飛到屋頂去躲難，而是跑到那張掛在牆上的孔雀弩下面，就像跑進了避風港一樣，不再驚慌害怕。

春去春回，轉眼過了一年，又到了孔雀的繁殖期。雄孔雀金鼎開始向雌孔雀綠傘大獻殷勤，在院子裏找到一條蚯蚓，叼在嘴裏，腦袋一伸一縮地送到綠傘面前，反反覆覆啄起又扔下，希望綠傘能與牠共同分享，可綠傘寧可跑到草叢裏去吃草葉，也沒興趣去享用美味的蚯蚓。清早起來，當綠傘在水池邊梳洗打扮時，金鼎便湊上前去，啄起一串串水珠，要幫綠傘梳理羽毛，可綠傘用一種輕蔑的神態瞥了金鼎一眼，一扭身躲開了。

那天下午，陽光曬得大地暖融融，鳥語花香，溫馨如夢，金鼎站在水池邊，突然翹起了背羽，像拉開了巨大的摺疊扇，寶石藍的扇面上，佈滿了一圈圈金黃的環斑，集中了世界上最華美的色彩，整個院子熠熠生輝。我的眼睛都看呆了，可近在咫尺的綠傘卻彷彿什麼也沒看見似的，無動於衷，繼續埋著頭在草叢裏啄食草籽。

金鼎又面朝著綠傘，有節奏地搖晃起身體，開屏的孔雀羽毛搖曳生姿，發出沙沙的磨擦聲，金光四射，飄逸起一片夢幻般的色彩，絢麗奪目，美不勝收。就連拴在緬桂樹下的老黃牛，都忘了嚼嘴裏的草料，瞪著一雙牛眼，直愣愣地望著金鼎發呆。

美是一種誘惑，美是一種征服。我想，世界上沒有哪隻雌孔雀能抗拒這種美的。我想，綠傘很快就會收起矜持與傲慢，就像去年那樣，羞答答地投入金鼎的懷抱。

可我想錯了，綠傘平靜得就像一潭枯水，只顧吃草籽，連瞧都不瞧金鼎一眼。

金鼎一面繼續抖動比任何畫都要美的背羽，一面雙爪急促地刨著地面，激動地向綠傘靠攏過來。綠傘像遭到了侵犯似地轉過身來，面對著金鼎，頸毛姿張，雙眼噴著怒火，一副凜然不可侵犯的表情，呀呀短促地叫著，似乎在警告金鼎：你別胡來，不然，我就要不客氣了！

金鼎像被兜頭澆了一盆冷水，如火的熱情剎那間熄滅了，嘩一聲閉謝開屏的背羽，訕訕地跑開去。

綠傘這樣做，未免太不近人情，太不懂感情了嘛，我覺得。

翌日清晨，我在院子裏鍘馬草，看見綠傘在水池邊格外仔細地梳理好自己的羽毛，身上麻栗色的彩羽油光水滑，宛如一朵出水芙蓉，不，打扮得就像個花枝招展的新娘。牠一步三搖地來到屋檐下，癡癡地望著我那張黏滿孔雀羽毛的木弩，呀呀深情地叫喚著。

我心裏忍不住哆嗦了一下，產生了一種不祥的預感，這隻雌孔雀，把感情投放到我的孔雀弩上了！

預感果然應驗，一陣風刮來，吹得木弩上的孔雀毛蓬鬆飄舞，就像一隻小型孔雀開屏了一樣；綠傘突然面色潮紅，扭怩羞澀，表現出雌孔雀在開屏求偶的雄孔雀面前那種心旌搖曳、心醉神迷的姿態來，翹著尾巴，仄著身體，在屋檐下像跳華爾茲似地旋轉舞蹈，企盼著孔雀弩從牆上下來同牠相會。

沒有生命因此也就沒有感情的木弩，自然不可能對綠傘的纏綿愛意有什麼反應。風停了，木弩上的孔雀羽毛停止了飄舞顫動，綠傘也失望地停止了旋轉舞蹈，可當風兒再起，木弩上的孔雀毛再次活躍起來時，綠傘又開始宣洩濃濃的愛意……

與一張沒有生命的木弩愛戀，肯定是愛不出什麼結果來的。爲了能讓綠傘再生下一窩雛孔雀，我必須阻止牠這種不合常規的瘋狂的愛。

那天早晨，當牠又來到孔雀弩面前搔首弄姿時，我走過去，從牆上取下弩來，當著牠的面，一根一根將孔雀毛從木弩上扯下來，扔在地上。我慢條斯理地扯，臉上還帶著嘲諷的微笑。哦，妳看清楚了，這不是什麼值得妳愛的雄孔雀，而是一把普通的木弩！瞧，我很容易就剝去了牠的僞裝，妳現在該醒悟了吧！

我每拔一根黏在木弩上的孔雀毛，綠傘就哆嗦一下，發出一聲痛苦的哀鳴，就好像我在拔牠身上的毛一樣。我也管不了那麼多了，心想，現在讓牠痛苦一陣子，總比將來讓牠後悔一輩子要好。我把木弩上的孔雀毛拔了個乾淨，把木弩掛還牆上，再把地上的孔雀毛掃除掉，事情總算結束了，我鬆了口氣。

沒想到，一連幾天，綠傘見到我就喉嚨裏發出粗啞的嘎呀嘎呀聲，一聽就知道是一種刻毒的詛咒，還會衝上來兇猛地啄我的手，在牠的眼裏，我這雙手拔掉了牠所鍾情的雄孔雀身上的毛，因此是罪惡的手。好幾次我的手背被牠啄出了血，我無心懲罰牠，也不願跟牠計較，儘量躲著牠一點，希望時間能癒合牠心靈的創傷，慢慢能平靜下來。同時，我細心地用豬油給金鼎擦了一遍羽毛，使得牠開屏後羽毛亮燦燦像掛著無數個太陽，更加英俊瀟灑，美豔絕倫，希望牠因此能贏回綠傘的一顆芳心。

可半個月過去了，綠傘對金鼎仍提不起絲毫興趣，對我的詛咒也一刻沒有停止。

那天中午，我犁田歸來，隔著籬笆牆看見綠傘站在屋檐下，望著牆上的木弩發呆，過了一會兒，牠扭頭用嘴銜住自己胯部的一根羽毛，脖頸用力一挺，活生生將那根羽毛拔了下來，然後，撲扇著翅膀飛起來，把那根羽毛往木弩上黏。可惜，沒黏牢，羽毛飄到水溝裏去了。牠毫不氣餒，又從自己背上拔下一根羽毛，再次跳飛起來往木弩上黏……有幾根帶血的羽毛靠著血的黏性，果真黏在木弩上了，牠格外興奮，呀呀叫著，毫不心疼地一嘴一嘴從自己的背上、胸部和腿側拔下血淋淋的羽毛來，送給牆上的木弩。

牠是要還木弩一身美麗的羽毛，重新塑造一隻理想中的雄孔雀！我想用暴力將牠從屋檐下趕走，可又下不了手，但就這樣聽之任之，恐怕用不了幾天，綠傘就會變成一隻赤膊鳥的。沒辦法，那天晚上，我悄悄把孔雀弩從牆上摘下來，藏進房間的床底下。妳的愛戀對象不辭而別，影蹤全無，看妳還能不死心？

可是，好幾天過去了，綠傘仍執迷不悟，從早到晚守在屋檐下，翹首凝望著曾經掛過木弩的那塊牆，牠食欲不振，面容憔悴，就像一個被拆散並隔絕在天涯海角的癡情女，盼望心上人早日歸來，海枯石爛也不變心。

每次從屋檐下經過，看到綠傘那種喪魂落魄的期待，我就會覺得自己像個殘忍地拆散美滿姻緣的惡魔。沒辦法，我只好將木弩從床底下翻出來，黏上許多孔雀毛，重新掛到牆上去。

我永遠也不會忘記當我捧著孔雀弩從房間走出來時，綠傘的眼睛駭然一亮，興奮得忘乎所以，呀呀囂叫著，拼命往我身上撲……

這年春天，其他人家的雌孔雀都孵出了活蹦亂跳的小孔雀，而我的綠傘產下的四枚蛋卻因為沒被真正的雄孔雀愛過，永遠也變不成小孔雀了。

唉，錯誤的戀情。

唉，沒有結果的戀情。

唉，讓人心碎的戀情。

會占卦的佛法僧

佛、法、僧並稱爲佛教三寶，另外，佛學中還有三皈依的說法，指的就是皈依佛、皈依法、皈依僧。有一種鳥，學名也叫佛法僧，又叫三寶鳥。我沒考證過這種鳥跟佛教有什麼淵源關係，也許這種鳥喜歡在寺廟裏壘窩築巢，也許這種鳥的品性與佛教有某種相似之處，所以才起了這麼個奇怪的鳥名。

二十年前，我養過一隻佛法僧，黃背藍翅，翼羽尖端鑲著一圈紫色絨毛，胸腹爲深棕色，頭尾黑色，體長約三十釐米，婀娜嬌美，聰明伶俐，我給牠起名叫佛兒。經過一段時間訓練，牠學會了占卦算命。

算命當然是假的，無非是按我的指令完成一種遊戲。具體的操作步驟是，我用硬紙片做了一百零八張錄有各種能演繹吉凶福禍的讖語的牌，分爲官運、財運、壽運、婚姻、子嗣五大門類，當有人前來求籤問卦時，我當著來人的面，將一百零八張牌插亂洗勻，再疊整齊後，放進一隻長方形的木匣子裏，然後讓來人在一張點過朱砂的黃裱紙上寫下自己的姓名和生辰八字，我把黃裱紙燒著後，口中念念有詞，在佛法僧頭頂繞三匝，牠就會跳到木匣子上，抖動翅膀，嘰呀嘰呀叫著，像喝醉酒似地旋轉舞蹈，就好像神靈依附到牠身上了似的，以期博得客人的信任，然後，牠用短闊的紅嘴喙，從木匣子裏抽出一張牌來，我則根據牠給我的牌上讖語的內容，爲客人指點迷津。至於牠要抽哪一張牌，則完全掌握在我的手裏——我做出一個特定的手勢，牠就去啄標有記號的那張牌。

我身體弱，幹農活掙不到飯吃，爲了糊口，在鎮上擺了個算命攤。那年月，混亂多災，想要消災祈福求平安的人不少，因此，生意不算興隆但還過得去。

佛兒極有靈性，自從扮演了神鳥角色後，連續做了一千多筆生意，每次我暗示牠取哪張牌，牠就準確地將我所需要的牌從木匣子裏抽出來交到我手裏，幾乎從未出過差錯。只有一次例外，那是兩個月前一個風雨晦暗的黃昏，我正要收攤回家，突然，街對面藥鋪裏走出一個面色菜黃的中年婦女，猶猶豫豫地穿過青石板路往我的算命攤前走來。

「大嫂，算個命吧，神鳥占卦，百試百靈，消災解難，每次兩元。」我熱情地招呼道。

「我……那就……」她惶恐地支支吾吾道。

「大嫂不必開口，只消把妳的尊姓大名寫下來，神鳥就會把妳心中所想的事算出來，靈不靈當場試驗，算得不準分文不取。」

我說得斬釘截鐵，口氣十分肯定。算命嘛，靠的就是察顏觀色。我對她從頭到腳細看了一遍，對她的遭遇已猜了個八九不離十。她眼睛又紅又腫，顯然，已到了淚兒哭乾的悲慘境地；她從藥鋪出來，很明顯，家裏有人病臥在床；抓了藥又來求卦，百分之百那人已病入膏肓，快求醫無門了；假如是老人染疾，她不會如此憔悴疲憊，就像一棵被霜砸過的小草；假如是兒女生病，她不該六神無主，印堂發黑，就像大樑即將斷裂的一間舊屋。毫無疑問，病者是她的丈夫，一家之主。

當點有朱砂的黃裱紙焚燒後，我便打定主意，要讓佛兒抽一張下籤出來。我一百零八張牌裏頭，有五十張是預示大吉大利的上上籤，有三十張是預示富貴吉祥平安的上籤，有二十五張是預示坎坷即將過去、坦途就在眼前的中籤，只有三張是預示凶兆和惡運的下籤。我擺算命攤半年多來，極少動用這三張下籤，倒不是沒碰到過在生活中走投無路、身陷絕境的倒楣蛋前來求籤問卦，而是我沒百分之百的把握，不敢輕易給客人抽下籤。我想，這女人的楣運都寫在臉上了，抽她一張下籤，必定很快應驗，這樣一來，我和佛兒就會名聲大噪，生意就會興隆起來，何樂而不爲？

我悄悄地將兩手的食指交叉成X狀，這是暗示牠去啄第一百零六張牌，那張牌上的讖語是這樣寫的：「車斷軸，房斷樑，魚斷水，鳥斷翅，一座高山被水淹，一縷青煙西歸去。」我覺得這段讖語和她目前的境遇相吻合。

佛兒看了看我的手勢，跳到木匣上，舞兮蹈兮，然後，伸出鮮紅的嘴喙，在木匣裏搜尋了一番，好像找不到我所要的那張牌，又抬起腦袋，偏著臉用一種詢問的表情望著我。我又做了個兩根食指交叉的手勢，牠縮著脖子翹起嘴喙，做出一副凝神思考狀。

這時，那位中年婦女有點沈不住氣了，囁嚅著問：「牠……牠不願替我算命嗎？」

我趕緊說：「不，不，是妳的命太苦了，牠在為妳傷心呢。」

我這一句話，就像打開了她的淚匣子，她雙手掩臉，瘦削的肩頭猛烈抽搐著，淚水從她指縫間溢流出來。

佛兒看著她，全身的羽毛蓬鬆顫抖，哀哀地叫了一聲，嘴喙伸進木匣，叼出一張牌來，遞到我的手裏，我一看，不是我所需要的那張下籤，而是一張中籤。

中年婦女滿懷希望地盯著我看，我不可能當著她的面再讓佛兒換一張籤，只好照本宣科：「一棵大樹枝葉黃，樹上鳥兒心慌慌，東去尋得聖水來，澆灌病樹發新芽。」

念罷，我解釋道：「大嫂，按讖語所言，妳丈夫病得不輕；妳從這兒往東走，或許能找到救妳丈夫的辦法。」

她黯然的眼睛裏跳出一絲光亮來，半信半疑地說：「醫院都不給治了，說是他想吃什麼就給他吃點什麼，讓我們準備後事。你這鳥，真的比醫生還管用嗎？」

我淡淡一笑說：「人算不如天算，妳就到東邊去試一試吧。」

待她走後，我用手指戳了一下佛兒的腦殼，狠狠地罵道：「笨蛋！」

牠自知理虧，羞赧地把腦袋插進翅膀底下去了。

沒想到，半個月後，那位中年婦女滿面春風地來到我的算命攤，對我千恩萬謝，說是她按照我的指點，往東走了約三里，碰到一個滿頭白髮的老道士，給了她三顆藥丸，她丈夫服下後，未期肝癌竟奇蹟般地治癒了。

沒想到，佛兒抽錯了牌，竟歪打正著，救了一條人命！這事兒一傳十，十傳百，很快，佛兒名聲大振，人人都說我的佛兒是觀音菩薩點化的神鳥，專門到塵世來救苦救難的，我的生意也隨即興隆起來。但我心裏十分清楚，佛兒絕不具備什麼特異功能，不過是因爲我極少指示牠啄取下籤，牠對我要牠抽下籤的手勢生疏了，犯了一個小小的錯誤罷了。

他穿著一身舊軍裝，戴著造反派的紅袖章，神氣活現地站在街上。立刻，路兩邊擺地攤的小販們慌慌張張收拾起東西，像害怕瘟神似地躲開了。我也立即動手將佛兒關進鳥籠，手忙腳亂地將筆墨紙硯和算命的招牌裹成一捲，準備逃遁。

他姓永，因爲是狗年出生的，文革前的名字叫永狗年，文革中改名叫永造反。過去的職業是殺豬的屠夫，文革開始後，拉起一幫狐朋好友成立了一支造反隊，一把屠刀鬧革命，靠幾場武鬥中立下的汗馬功勞，當上了鎮革委會主任。是個在象山鎮說一不二的響噹噹的人物，毫不誇張地說，他跺跺腳，象山鎮就會搖三搖。

我曾被他整過一次，領教過他的厲害。那是半年前我剛剛擺算命攤的時候，那天上午，我正給一個下臺的老鄉長在算卦，永造反突然就出現在我的算命攤前，獰笑著，臉上橫肉拉緊，怪聲怪氣地對滿臉土色的老鄉長說：

「老傢伙，你的命早就捏在我們革命造反派的手心裏，你偷偷摸摸跑來算命，就是妄想變天！來人，給我把這死不悔改的走資派壓回牛棚裏去。」

收拾完老鄉長後，他就轉而來對付我。

「不准在這裏搞封建迷信！」他豬嚎般地吼道，揚起手中的軍用皮帶，一下就把我紙糊的算命招牌抽得稀爛，又狠狠一腳把我的攤子給踢散了，似乎還不解氣，又從我手裏搶過那只用竹子編織的精緻的鳥籠，摔在地上。

鳥籠在地上打滾，佛兒在籠子裏跌撞甩碰，嘎咿呀，嘎咿呀，發出痛苦的驚叫聲。

「什麼屁的神鳥，老子今天送你去見閻王！」他罵罵咧咧地追上去，抬起腳來朝鳥籠踩去。

我心頭一緊，以爲佛兒肯定會被踩成肉漿了，豈不料他一腳踩在鳥籠的底座上，砰，扣緊的籠門彈開了，機靈的佛兒倏地一聲從竹籠裏飛出來，羽毛凌亂，頭破血流，驚恐萬狀地升上天空，咿呀咿呀咒罵著，在永造反頭頂盤旋著，尾羽一翹，屙出一泡鳥屎，就像飛機扔炸彈一樣，正正落在永造反的臉上，引起圍觀的人群一陣哄笑。他暴跳如雷，拔出手槍連開了三槍，不知是他的槍法太差，還是佛兒命不該絕，沒打中，佛兒一掠翅膀，飛掉了。

第三天夜裏，佛兒才飛回我的家。

這以後，我像害怕老虎似地害怕永造反，一見到他的影子，一聽到他的聲音，趕緊逃之夭夭。

我提著鳥籠夾著紙捲剛要往小巷子裏鑽，突然，背後傳來嘶啞的吼聲：

「算命的小子，你給我站住！」

我拔腿想跑，才跑出兩步，後領便被一隻汗毛很濃的有力的手給揪住了。我趕緊縮起腦袋，聳起肩膀，弓起背脊，彎下腰桿，做出一副低頭認罪的可憐相，哭喪著臉說：

「永主任，我再也不敢到街子上來擺攤算命，搞封建迷信了，你就饒了我這一次吧，我回生產隊一定好好勞動。」

嘿嘿，他瞇起一雙綠豆小眼，笑得很曖昧。

我搞不清他爲什麼要笑，腿兒打顫，嚇得要死，頭垂得更低，差不多要碰到膝蓋了。唉，卑躬曲膝，無師自通啊。倒是關在鳥籠裏的佛兒，自打看見永造反後，嘎呀——嘎呀——衝著他一聲接一聲鳴叫，聲音壓得很粗也很硬，養過鳥的人都知道，那是鳥兒憤怒的囂叫。

佛兒的叫聲終於引起了永造反的注意，他的視線從我的臉上移到我提在手中的鳥籠，又嘿嘿笑了兩聲，說：「聽說這隻鳥算命算得很準啊。」

我頭皮發麻，下意識地把鳥籠藏到屁股後面，摸索著抽開籠門，想把佛兒放飛掉。可牠仍一個勁地朝永造反謾罵，老半天也沒從洞開的籠門飛出來。

「嘿嘿，我要出門了，讓這隻鳥替老子算一卦，怎麼樣？」

我以為他是在對我玩貓捉老鼠的把戲，連忙謙恭地說：「永主任，不瞞您說，算命嘛，都是騙人的鬼把戲，混口飯吃的。」

「少囉嗦，快替老子算一卦！」他沈下臉來說。

我懸吊著的心落了地，謝天謝地，他今天不是來找麻煩的，更不是來砸我的算命攤的。我趕緊說：「永主任要占卦，我敢不從命。」

我煞有介事地端詳著他那張倒掛的豬頭似的臉，口是心非地接著說，「其實，永主任天庭飽滿，地角方圓，生來就是大富大貴的命，何須算卦。」

「天有不測風雲，誰曉得將來是怎麼回事啊。」他歎了一口氣說。

我重新擺好攤子，按程序讓永造反寫下他的名字和生辰八字，然後焚紙念敕令，暗中給佛兒做了一個手勢。

在這個過程中，我已經把永造反的來由猜了個準。我早就聽人說過，上面很賞識永造反捨得一身剮、敢把皇帝拉下馬的大無畏革命精神，要調他到縣裏去當縣革委會的副主任，他想知道自己這一去在仕途上是否會一帆風順。

要是能保障我的生命安全，要是能讓我隨心所欲地抽一張籤，我一定給他一張下下籤，給他一張去地獄報到的通行證，希望他一出門就踩著一塊香蕉皮，跌斷脊梁永遠癱在床上，永造反變成永癱瘓。可現在，我的小命拿捏在他的手裏，我就是吃了豹子膽，也不敢給他個下籤，不僅不敢給下籤，連中籤也不敢給，只能違心地給他一張上上籤。

我圈起右手的姆指和食指，給佛兒做了個抽第三張牌的手勢。那張牌的讖語是：「吉人自有天相，鵬程萬里遠去，位及人臣第一家，恩澤遍灑人間。」我想，他拿到這張上上籤，一定會喜笑顏開的。

佛兒多次抽過這張上上籤，對我的手勢很熟悉，是不會抽錯的，我想。

佛兒在木匣子上極不情願地旋轉舞蹈，看到我的指令後，嘎兒——發出一聲長長的哀鳴，偏仄腦袋，用一種明顯的惱恨的神態瞥了我一眼，嘴喙一伸，叼出一張牌來，撲扇翅膀，飛到我手上，堅決果斷地一甩脖子，將牌扔到我手掌上。

我一看，差點沒急出心臟病來；這傢伙，沒按我的指令叼出那張上上籤，而是把第一百零六張牌，也就是把兩個月前，我讓牠抽給那位丈夫患末期肝癌、淚汪汪前來算卦的中年婦女的那張下籤給抽了出來。這籤要是讓永造反看見了，我難免會被打倒在地，再踩上一隻腳，永世不得翻身。

永造反見籤已抽出，身體斜過來看，我沒等他看清籤上的讖語，靈機一動，趕緊將那張下籤揉成一團，塞進嘴裏，一面嚼一面念念有詞，脖子一伸，吞進肚去。

永造反驚愕地望著我，厲聲問：「你這小子，在搞什麼鬼？」

我陪著諂媚的笑說：「貴人命硬，光抽一張籤是算不準的，必須我先吃下一張籤去，再抽一張籤在外頭，裏應外合，方能算出大吉大利來。」

他大概平日裏也聽說過一些算命求卦的事，對我即興杜撰的裏應外合的算命法並不相信，狐疑的眼光在我臉上掃來掃去，最後說：「你小子別再耍什麼滑頭了，趕快讓神鳥再替我抽！」

在我急中生智把那張下籤吞進肚去時，佛兒激動地在案臺上跳來跳去，把毛筆都弄掉到地上了。牠抖動翅膀，嘰哩呀嘰哩呀朝我發出短促的鳴叫，那是在向我提出強烈的抗議。

我一把抓住牠，伸手從牠的腹部拔下一根羽毛來，牠疼得嘀地發出一聲尖叫。我這是在向牠發出最嚴厲的警告：不准再調皮搗蛋，不准再惹是生非！

我又圈起右手的姆指和食指，再次命令牠去抽第三張牌。

牠跳到木匣上，毫不遲疑地啄起一張牌來，跳回我面前。那牌的正面亮在外頭，我的眼光一落到那醒目的讖語上，立刻渾身黏乎乎的嚇出一身冷汗來。那又是一張下下籤：「過河拆橋，落井下石，瞞得過人眼瞞不過天眼；摘掉烏紗，剝去龍袍，行惡之人終將得到報應。」

我手臂僵麻，不知道該不該去接那張牌。永造反搶在我面前，一把將牌奪了過去，掃了一眼後，臉一會兒變得像豬肝，一會兒變得像青石板，突然，他一個餓虎撲食，一把從案臺上抓住佛兒，凸突的指關節嘎嘎作響，臉上橫肉顫抖，獰笑著說：

「裝神弄鬼，搞封建迷信，老子捏死你！」

佛兒開始還踢蹬爪子，尖叫掙扎，很快就叫不出聲了，眼睛爆突，嘴喙張大，噴著唾沫星子。

我心如刀扎，又不敢去救，只好堆起尷尬的笑，趕緊說道：

「永主任，您千萬別發怒，這第二張籤，也不是抽給您的；我剛才吃了一張籤，鳥兒也要吃下一張籤，人鳥共同裏應外合，才能給您算命呢。」

他先是訕訕地朝我陰笑，想了想，慢慢把手指鬆開了些，說：「那好吧，我再看看牠能使什麼鬼花樣！」

他把那張下下籤揉成一團，粗魯地塞進佛兒的嘴腔，然後用一根食指用力將紙團捅進食管去。可憐的佛兒，無力抗拒粗暴，脖子一挺，把紙團咽進肚子去了。他一揚手，將半死不活的佛兒扔回到案臺上。

我想，他絕對不會相信我關於人鳥共同裏應外合的算命法，他之所以放佛兒一馬，給牠再算一卦的機會，用意很明顯，是在自己即將到縣上赴任之機，不願被那張下下籤攪得心神不寧，不想沾上什麼晦氣，讓佛兒替牠叼一張上上籤出來，喜上加喜，以壯行色。

佛兒蹲在案臺上，梗著脖子，翻著白眼，咿呀咿呀地倒抽著氣。我噙著淚，用手絹沾著水，替牠擦去嘴喙上的髒物，替牠擦洗凌亂不堪的羽毛。唉，佛兒啊佛兒，你幹嘛那麼死心眼呢，我知道你恨他，可他掌握著你的生殺大權，你又何必去雞蛋碰石頭呢？

過了一會兒，佛兒從半昏迷狀態中甦醒過來，瞅瞅我，又瞅瞅永造反，甩了甩腦袋，咿呀——朝永造反吐出一聲厭惡的鳴叫。我趕緊把牠的身體扳轉過來，輕輕地捋牠的小腦袋，喃喃地說：

「乖佛兒，好佛兒，唔，聽話，去抽一張上上籤，抽完籤，我們就回家，我去挑最肥最嫩的竹蟲給你吃。」

牠用嘴喙磨蹭我的手掌，態度好像變得柔順了些，我想，牠剛才吃了大虧，差點被永造反捏死，大概會吸取教訓，不再逞強了。於是，我又圈起右手的姆指和食指，在牠眼前晃了晃。牠像受了侮辱似的，朝我呀呀叫著，好像在責問我，這個人那麼壞，你幹嘛還要給他上上籤？

唉，佛兒啊，你是鳥類，你不可能理解人類的複雜，人心的險惡。

永造反像練什麼武功似地捏著自己的手指頭，粗大的像竹節似的凸突出來的指關節被他捏得嘎巴嘎巴響，我知道，他這是在對佛兒進行威逼恫嚇。

牠全身羽毛陡立，瘸著被永造反捏傷的一條腿，蹟蹟顛顛地跳躍旋轉，顯得無比激動，突然，牠跳到木匣子上，昂起頭，宣誓般地向著太陽長鳴一聲，啄起一張牌來，不再飛到我的手上吐給我，而是徑直飛向永造反，丟進他的懷裏，然後，一掠翅膀，想飛上天去，但永造反似乎早有準備，眼疾手快地一把揪住了佛兒。

他一隻手捏住佛兒，一隻手撿起飄落到地上的那張籤。他只瞟了一眼，便兩眼冒火，露出一副咬牙切齒的凶相。我像掉進了冰窟，全身冰涼，不用看我也知道，倔強的佛兒把最後一張下下籤抽給了永造反。一百零八張籤我都背得滾瓜爛熟，最後一張下下籤上的讖語是這樣的：「日落西山道路黑，榮華富貴變幻影，嘣兒一聲魂歸去，荒塚增添一新墳。」

誰拿到了這張籤，就等於接到了下地獄的通知書。

永造反豬頭似的臉上升起一團殺氣，捏著佛兒的手一點點用力。佛兒嘴喙大張，眼珠爆突，呀地尖叫一聲，從喉嚨裏噴出一團東西來，蘸滿了鮮血，就像一團燃燒的火焰，射到永造反的臉上。我知道，那是剛才被永造反強行塞進去的第二張下下籤。寧死不屈的佛兒，到生命的最後一刻，仍頑強地把預示著厄運和可恥下場的讖語送給了迫害牠的人。

三年後，粉碎了「四人幫」，永造反因爲在武鬥中犯有好幾宗人命案，被判處死刑，應了讖語上那句話：「嘣兒一聲魂歸去，荒塚增添一新墳。」

巧的是，永造反被拉到法場槍斃的這一天，正是佛兒殉難三周年的忌日。

會捉大鯢的魚鷹

孔雀湖周圍的村寨，好多人家都養魚鷹。魚鷹是老百姓一種通俗的叫法，其實這種鳥跟鷹沒有任何瓜葛，牠的學名叫鸕鷀，與鵜鶘有親緣關係。

通常漁夫在捕魚前，都要用細麻繩在魚鷹的脖子上打個活扣，然後，吹一聲呼哨，魚鷹便貼著湖面巡飛，一發現水裏有魚的影子，就斂緊翅膀，一個猛子扎進水裏；當魚鷹在捉獲較大一點的魚時，被「頸圈」所阻，無法吞咽進肚，只好浮出水面，將魚吐到漁網裏來。

在孔雀湖一帶所有的魚鷹中，要數波農恬豢養的那隻名叫鐵木兒的雄魚鷹最爲出色。鐵木兒年齡五歲，正處在生命的巔峰，體格健壯，黑色的羽毛油光閃亮，肩胛和翅膀泛著青銅般的金屬光澤，嘴喙像用生鐵澆鑄出來似地冷凝堅硬。牠不僅是捕魚的好手，還聰明伶俐善解人意，尤其值得稱道的是，牠曾替波農恬捕捉到一條大鯢。

那是一年前的事了，波農恬的兒子上山打獵，被一隻狗熊一巴掌摑斷了三根肋骨，送到州醫院治療，急需一筆昂貴的手術費。

波農恬一清早就帶著鐵木兒泡在湖裏，指望能多捉幾條魚，賣了錢好替兒子繳住院費。遺憾的是，早春季節，湖裏的魚都還沒長大，忙碌了整整一天，只捉到小半筐巴掌大的緬瓜魚，根本不夠繳住院費。夕陽西下，月亮從遼闊的湖對岸升起來了，湖面波光粼粼，像撒了一層碎銀。波農恬憂心如焚，想著躺在醫院裏等著做手術的兒子，忍不住涕泗滂沱，嚎啕大哭。

鐵木兒從船頭跳到主人身邊，呀——呀——呀——發出三聲高亢嘹亮的鳴叫，振翅朝對岸疾飛。湖對岸是九溪溝，有好幾條溪水從山澗流入孔雀湖。約莫過了半個時辰，鐵木兒飛回來了，讓波農恬驚訝的是，牠竟銜回來一條半米多長的大鯢！

大鯢因爲叫聲酷似嬰兒的啼哭，故又稱娃娃魚，是一種生活在山溪間的兩棲動物。大鯢數量稀少，肉質鮮美，又是治療小兒羊癲瘋、瘧疾和貧血症等病的特效藥，因此，價格昂貴。大鯢除覓食外，整天隱匿在溪流旁的暗洞裏，極難捕捉。當地養魚鷹已有幾百年歷史，還從未聽說過有哪隻魚鷹捉到過大鯢。

波農恬賣了那條大鯢替兒子治好了傷。人人都誇鐵木兒是隻神奇的魚鷹。

波農恬的兒子要娶媳婦了，娶媳婦要送彩禮、蓋新房、置家具、宴請賓客，對一個普通農戶來說，零零總總的費用加起來，是筆沈重的負擔。

那天，我和波農恬一起划一條獨木舟進湖捕魚，時運不濟，在湖裏待了大半天，收穫甚少。

太陽快下山時，波農恬歎了口氣說：「唉，捉十筐貓魚，還不如來半條娃娃魚呢。」

我說：「你的鐵木兒不是能捉娃娃魚的嗎？何不叫牠再給你捉一條來呢？」

他苦笑一聲說：「我何嘗不是這樣想的，可牠好像忘了自己會捉娃娃魚，我好幾次把船划到對岸的九溪溝前，指望牠去捉娃娃魚，可牠每次飛到九溪溝上空，盤旋幾圈，又折回湖心去了。」

我說：「牠大概要等你特別傷心的時候，才肯幫你去捉娃娃魚的。」

波農恬眼睛一亮，用力拍了一下自己的腦袋瓜，連聲說：「對對，嘿，我怎麼沒想到這一層呢，還是年輕人的腦子開竅哇。」

我倆在進行這番對話時，鐵木兒佇立在船頭，用嘴從尾根部油脂腺裏啄起黃色的油脂，均勻地塗抹在自己的身上。這是所有的游禽都非常熱衷的一項工作，就像姑娘愛化妝打扮，爲的是使自己的羽毛光滑柔軟，在游水時不被水浸濕。

波農恬瞄了鐵木兒一眼，沈默了一會，就像演員進入角色前要醞釀感情一樣，然後，坐在船中央，抽抽噎噎地哭起來，開始是小聲抽泣，聲音逐漸放大，越哭越悲傷，肩膀痙攣，好像快哭暈過去了。

我坐在船艙注意觀察，隨著波農恬哭泣，鐵木兒顯得焦躁不安，在船頭急得團團轉。當波農恬越哭越厲害時，牠也越來越激動，渾身顫抖，羽毛蓬鬆，嘴殼微張，看得出來，情緒處於高度亢奮中。我不知道波農恬天生就是演員還是悄悄往眼睛裏擦了辣椒粉，反正，他眼眶裏果真流下了一串串淚。

鐵木兒跳到船中央，用牠光滑的大嘴殼，摩挲波農恬褶皺縱橫的臉，幫他抹去那傷心的淚。牠呀呀輕聲叫著，好像在勸慰主人不要太傷心了，又好像在爲自己未能給主人捕到更多的魚表示歉意。

波農恬愈發哭得天昏地暗，鐵木兒神態漸漸嚴峻起來，翹起頭，瞭望天邊蒼茫的雲團，呀——發出一聲悲壯的囂叫，然後一蹬腿，飛上天空，繞船三匝，呀呀高聲叫著，向對岸的九溪溝飛去。

我倆在獨木舟上等了約半個小時，天快擦黑時，九溪溝方向的天空出現一個小黑點，逐漸放大，嘿，是鐵木兒回來了！牠嘴裏叼著一條和牠身體差不多長的娃娃魚，牠飛得十分艱難，就像一架出現了嚴重機械故障的飛機，一會兒沈落到湖面，一會兒又拔高到半空，歪歪仄仄，扭扭斜斜，翅膀大幅度地搖扇著，老遠就聽得見翼羽振動的呼呼聲響。飛臨我們頭頂，牠幾乎是從空中筆直地栽落到船艙裏。娃娃魚額頂一雙綠豆小眼睛被啄瞎了，但還活著，我和波農恬趕緊將牠關進竹簍去。

鐵木兒蹲在船頭，呀呀呻吟著，痛苦地扭動著。波農恬按住牠仔細看了看，大嘴殼上橫一道豎一道的抓痕，眼瞼下方白色的下巴也被撕得稀巴爛，翅膀凌亂不堪，幾十根尾羽幾乎都掉光了，一隻腳也在下降跌落時扭傷，一瘸一拐的。

大鯢有一張巨大的嘴，有一條強有力的大尾巴，還有四隻雖談不上鋒利，卻也夠天敵消受的四隻爪子，一隻魚鷹想要成功地捉住大鯢，談何容易啊。從鐵木兒身上的傷痕和牠驚魂甫定的表情來分析，不難判斷，牠經歷了一次九死一生的搏鬥。

完全可以想像，當鐵木兒從空中發現泡在溪流裏捕食的大鯢後，一次又一次地俯衝下去啄咬，牠不像老鷹或金雕那樣有尖利的爪子可以摳抓撕扯，牠唯一的武器就是那張大嘴殼；雙方激烈打鬥，鐵木兒的大嘴殼瞄準大鯢眼睛拼命啄咬，大鯢張開巨嘴，幾次險些咬斷鐵木兒的脖子，經過好幾十個回合的較量，鐵木兒終於啄瞎了大鯢的眼睛，當牠用大嘴殼夾住大鯢的脖子，試圖將大鯢帶上天空時，大鯢的四隻爪子緊緊摳住溪流裏的石頭，怎麼也不肯離開地面；雙方拔河比賽似地互相拉扯著，突然，大鯢一甩尾巴，打在鐵木兒的尾部，黑色的羽毛凋零飄落，鐵木兒狼狽地逃回空中，想放棄這場對牠來說力不能勝的捕獵，可牠一想到主人悲慟的哭聲和滾燙的淚珠，又鼓起勇氣奮不顧身地再次俯衝下去……終於，牠憑藉著為主人分憂解愁的巨大的精神力量，把沈重的大鯢銜到了空中。

鐵木兒精疲力盡地癱倒在船頭。

波農恬笑嘻嘻地掬一把湖水洗了個臉，洗去臉上陳舊的淚痕，輕鬆愉快地對我說：「牠傷得不重，調養幾天就會好的。即使一隻魚鷹換一條娃娃魚，我也大賺了。嘿嘿，到底是畜生，真的假的牠分不清。我以後就用假哭的辦法，讓牠每天為我捉條娃娃魚來。哈，我兒子彩禮和喜酒錢算是有著落啦。」他越說越得意，眉開眼笑，笑得闔不攏嘴。

在波農恬的歡笑聲中，我看見，鐵木兒直楞楞望著牠的主人，臉上的表情急劇變化，迷茫、困惑、驚訝、失望、憤慨，牠慢慢站了起來，全身的羽毛激動得像風中的樹葉一樣瑟瑟發抖。牠當然聽不懂波農恬究竟在說些啥，但牠從波農恬油滑的腔調輕浮的笑聲和眉眼間狡黠的神情中，感覺到了圈套、陷阱和騙局。牠淒厲地長囂一聲，一蹬腿，飛進暮色蒼茫的天空，振翅向遠方飛去。

「鐵木兒，回來！鐵木兒，回來！」波農恬扯起喉嚨焦急地呼喊著。

可是，鐵木兒頭也沒回，越飛越遠，很快消失在鉛灰色的雲層裏。牠永遠離開了波農恬，也永遠離開了人類。

雞王

西雙版納盛行鬥雞，逢年過節村村寨寨都舉行鬥雞會。最熱鬧的要算潑水節時在鄉里舉行的一年一度的雞王選拔賽，各村各寨彙集了上百隻雄赳赳氣昂昂的大公雞，在高臺上鬥得天昏地暗，用淘汰的方式最後遴選出一隻最勇敢最善鬥的公雞，授以雞王桂冠，雞王的主人可以獲得一筆數目很可觀的獎金。

曼廣弄寨波農丁養的一隻名叫哈兒的綠翎大公雞，已經蟬聯了六屆雞王。普通公雞能坐上一次雞王的寶座，已是極大的榮耀，哈兒當了六屆雞王，名聲大振，成了家喻戶曉的明星。波農丁也因此發了財，據他自己說，他家那棟高大寬敞的竹樓，就是靠雞王的獎金蓋起來的。

哈兒長得高大矯健，寶石藍的尾羽亮得像用豬油擦過，在陽光下閃動著耀眼的光芒，琥珀色的嘴喙像鸚鵡嘴一樣彎如魚鉤，一雙雞爪遒勁有力，與鷹爪相比毫不遜色。我觀摩過牠的鬥雞賽，一遇到對手，牠脖子上的彩羽就蓬鬆姿張開，像撐開了一把陽傘，奔過去，彎鉤似的嘴喙暴風驟雨般地猛啄，跳飛到半空，鐵爪一把一把將對手身上的雞毛揪下來，三下五除二，就把對手打得落花流水。

可惜的是，花無百日紅，職業鬥雞也不可能永遠雄據雞王寶座；歲月不饒人，歲月也不饒雞，哈兒七歲，作爲雞，已進入了老年期。在牠第七次參加雞王選拔賽時，最後一場是和一隻連雞冠都是烏黑烏黑的黑公雞相鬥。

黑公雞雖然看上去不如哈兒健壯，也不如哈兒那麼有打鬥經驗，但只有一歲半，年紀輕，耐力好，靈活機警。好一場惡鬥，開始時，黑公雞連連失利，雞冠被啄碎了，雞毛像黑色的雪片漫天飛舞，但十幾個回合後，哈兒漸漸體力不支了，再也無力飛到半空居高臨下用鐵爪撕扯，啄咬的頻率和力度也明顯減弱，黑公雞卻越鬥越勇，頻頻反擊。很快，哈兒眼角被啄出了血，一隻翅膀似乎也扭傷脫節，耷落在地上。

雞王到底是雞王，絲毫也不氣餒，仍頑強搏鬥。最後，雙方扭抱在一起，像隻彩球似地激烈翻滾了一陣，等分開時，哈兒渾身是血，倒在地上掙扎了半天也沒能起得來，而黑公雞還能勉強站起來，仰天發出蹄叫。哈兒衛冕失敗，雞王的桂冠讓給了年輕力壯的黑公雞。

鬥雞生涯，無一例外地都是以失敗而告終的，這也是在人們的意料之中。

一般來說，鬥輸的雞，已失去了利用價值，會被主人當做菜雞宰了吃掉。但波農丁感念哈兒曾經爲主人掙來了不少榮譽和財富，不忍心把哈兒當一般的鬥雞看待，抱回家後，替牠治好了身上的傷，聲明要給牠養老送終。

養好傷後的哈兒變得十分難看，尾羽折斷，頸羽稀疏脫落，嘴喙從中間裂開，指爪斷了好幾根，一隻雞眼被扎瞎了，雞脖子好像也擰歪了，走起路來歪頭歪腦，趔趔趄趄，模樣既滑稽又可憐。

光陰荏苒，轉眼又到了潑水節。一年一度的雞王選拔賽如期舉行，高臺下人頭攢動，雞武士一個個登臺亮相。經過一場場激烈的競鬥，去年那隻黑公雞挫敗了眾多的強手，再次摘取了雞王桂冠。牠被牠的主人抱在懷裏，鄉長親自給牠的雞脖子上掛紅綬帶。人們都用羨慕的眼光看著黑公雞和牠的主人，黑公雞驕傲地伸直脖子，喔喔喔，得意洋洋地打起啼來。

就在鄉長把紅綬帶往黑公雞頭上掛時，突然，高臺旁一棵緬桂樹上，傳來一串蒼老嘶啞的雞鳴聲，接著，一隻綠翎大公雞，從樹枝上飛撲下來，正正落在黑公雞頭上，一把將黑公雞從牠主人的懷裏拽下地來。所有的人都看得清清楚楚，是已被摘除了雞王桂冠的哈兒！

看來，哈兒是不甘心去年的失敗，要和黑公雞一決雌雄。

黑公雞趾高氣揚地朝哈兒睨視了一眼，喔——長啼一聲，聲調傲慢輕浮，好像在說：你是我的手下敗將，知趣點，趁我還沒把你的另一隻雞眼啄瞎，快滾吧，不然的話，我就要不客氣啦！

哈兒歪著頭，一步一步向黑公雞逼去。

黑公雞的主人想要把哈兒趕開，卻遭到了臺下觀眾的反對，按規矩，每一隻公雞只要願意，都有資格參加雞王的角逐。

哈兒和黑公雞終於扭打在了一起。哈兒顯然不是黑公雞的對手，牠老態龍鍾，歪頭歪腦又瞎了一隻眼，十次啄咬九次落空，嘴喙也裂開了，即使偶然被牠啄中，也無法讓對方造成任何創傷，那腳爪也失去了以往的犀利與威風，即使抓住對方的身體，也最多抓下一兩根黑色的絨毛。黑公雞靈活地躲開哈兒的啄咬，一會兒繞到邊側，一嘴啄下哈兒的一撮頸毛，一會兒跳到上方，一口咬裂哈兒的雞冠。很快，哈兒傷痕累累，空中飄舞著五彩雞毛。

這已經不像是在鬥雞，而是黑公雞在練靶子，而且練的是活靶子。

我覺得哈兒太不自量力了，牠年老體弱，又身帶傷殘，是絕無取勝希望的，而且堅持不了多久，就會被鬥趴在地上的。果然，幾分鐘後，牠氣喘吁吁，虛弱得快站不穩了。

體魄強健的黑公雞又跳到哈兒身上一陣狂撕猛啄。

哈兒滿頭滿臉都是血，簡直變成了一隻血雞。可牠仍姿張著帶血的頸毛，亮出殘缺的嘴喙，脖子一伸一伸地做著啄咬的動作；牠身體劇烈顫抖，要倒要倒的樣子，可始終沒有倒下去，不僅站著，還步履蹣跚地艱難地向黑公雞追來。

按照不成文的鬥雞規則，一方要麼倒在地上起不來，要麼扭頭逃出場子，才算決出了勝負。哈兒既沒有倒在地上，也沒有逃出場子，所以還不能算輸。

黑公雞終於有點心虛了，明擺著的，除非哈兒當場氣絕身亡，是不可能退出比賽的，不知道牠是被哈兒的勇敢震懾了，還是不忍心對一隻已快走進黃泉路的老公雞施暴虐殺，咯咯咯發出一串無奈的叫聲，轉身退出了場子。

按照鬥雞規則，退出場子就算輸了。

哈兒站在鬥雞場中央，昂著頭，喔——發出一聲帶血的啼鳴，便一頭栽倒在地。牠終於如願以償，死在雞王的寶座上。

魔雞哈扎

自古以來，西雙版納村村寨寨就流行鬥雞。滇南一帶的家雞，長翎高冠，叫起來「茶花兩朵——茶花兩朵——」，也叫茶花雞，和山上野生的原雞在形體、羽色和習性上相差無幾，據專家考證，茶花雞是由原雞直接引種的，且馴化的時間不長。或許就因爲這個原因，公雞體態矯健，尖爪利喙，野性十足，特別善鬥。

農閒時候，或逢年過節，寨子裏就會舉行鬥雞擂臺賽，在平坦的打穀場上圍出一塊空地，兩隻雞武士放入場中，互相撕咬，男女老少圍在四周興致勃勃地觀看，喝彩、助威、歎息、罵街聲此起彼伏，好不熱鬧。

一個男人，尤其是一個獵人，沒有一隻善鬥的雞，就像女人脖子上沒掛項鏈一樣，是很丟臉的事。

我在曼廣弄寨子插隊時，很想有一隻鬥雞，但職業鬥雞價格昂貴，我無力問津。後來有一次，我孵了一窩二十幾隻雞雛，發現其中有一隻小公雞在吃食時特別霸道，總是兇猛地用嘴喙將其他小雞驅逐開，獨霸食盆。我覺得這是鬥雞的好苗子，就把牠與其他雞雛隔離開，單獨飼養。

我給牠起名哈扎，傣語裏是魔王的意思。我每天捉蜈蚣或蠍子給牠吃，有時捉不到蜈蚣或蠍子，就把青蛙剪碎了，在辣椒粉裏滾一滾再餵牠，據說用這樣的食譜餵出來的鬥雞，脾性暴烈，英勇無畏。我把牠囚禁在遠離雞窩的柴堆旁的一隻大竹籠裏，從不讓牠與別的雞廝混在一起，據說這樣能塑造出鬥雞孤傲乖戾的性情，鬥風熾烈，冷酷無情，不會有任何惻隱之心。

皇天不負苦心人，半年後，哈扎果然出息成上品鬥雞，紫紅的雞冠高聳在頭頂，像戴了一頂皇冠，琥珀色的嘴喙彎得像老鷹嘴，硬得能啄碎石頭，腳桿烏黑，爪長而尖，踩在濕地上，一步一個深深的梅花印，一發怒，脖頸上的羽毛便朝兩邊姿張開來，活像眼鏡蛇的脖子，背上和翼上的羽毛五彩繽紛，濃縮了世界上最華貴的色彩，尾翎呈寶石藍，像旗幟似地翹向天空。

牠不僅模樣威武漂亮，在擂臺上表現尤其出色，第一次出場，就把村長家那隻蟬聯了三年雞王桂冠的黑公雞打得趴在地上站不起來。後來又跑到鄰近村寨去鬥，趕了十幾個場子，所向披靡。

牠打鬥的風格殘忍而狠毒，總是一上去就狂風驟雨般地朝對手的頭部連連啄咬，一旦咬到雞冠或眼睛，便死也不鬆口，所有和牠交過手的鬥雞，不是成了獨眼雞就是成了無冠雞。牠還有一個怪僻，當對手被牠打趴在地上後，牠就會雄赳赳氣昂昂地踩到對手的背上，一根接一根啄拔對手頭上的毛，神態得意，動作優雅，好像在繡花一樣，若人不上去把牠攆開，要不了幾分鐘，倒楣的對手就會變成一隻光頭雞。

很快，哈扎名聲大噪，成了方圓幾十里獨領風騷的雞王。村長不無嫉妒地對我說：「你的哈扎真像你給牠起的名字那樣，是個魔王哩。」

話分兩頭說，我還養了一隻白母雞，除了雞冠上有一點紅以外，全身潔白，沒有一根雜毛，活像是用冰雪雕成的，我戲謔地稱之爲「雪捏」。雪捏的品性也像雪，軟得沒有一點骨質，隨便一捏就捏出水來了；牠膽小如鼠，從小就是雞群裏的受氣包，吃食時，常被其他小雞啄咬驅趕；長大後，膽子沒跟著身體同步長大，仍是這副德性，見到比牠小得多的雞朝牠奔來，嚇得轉身就逃，見到比牠大的雞無端地來欺負牠，嚇得渾身發抖，逃也逃不動了，蹲在地上，把頭埋在胸窩，咯咯咯，咯咯咯，叫救命；有一次，天都要黑透了，牠還在窩外徘徊，神情緊張，如臨大敵，我以爲雞窩裏盤著一條毒蛇哩，一手提馬燈一手用棍子去掏，結果掏出一隻我丟棄的破鞋子來，可能是被狗叼進雞窩的。

嘿，膽子小到這種地步，不知能否進入金氏紀錄。

和哈扎比起來，雪捏簡直就是一個膽小鬼。不過我想，這也沒有什麼奇怪的，同樣是人，不也有英雄和懦夫嗎？

也許是出於性格的反差越大，彼此的吸引力也就越大這樣一種規律，也許是出於剛柔相濟互補互滲的自然需要，哈扎和雪捏成了難分難捨的一對。

看得出來，雪捏很樂意有哈扎這樣一個靠山，老是黏在哈扎的身邊，遇見哪隻雞膽敢對牠粗暴或非禮，便咯咯咯叫起來，哈扎就像消防隊員聽到警報，飛奔過來替牠解圍，用爪和喙狠狠教訓同類中的不法之徒；驚嚇過後，雪捏便會歪著脖子曲著腿，一副嬌弱羞怯而又感激不盡的神態，依偎在哈扎的胸前，哈扎則半撐開翅膀，像擁又像抱似地把雪捏攬在結實的翅膀下，伸直脖子，五彩頸羽撐得像條眼鏡蛇，喔喔喔喔威武地發出一串鳴叫。

英雄美女，天造地設的一對。

不久，雪捏產下了十幾枚蛋，經過三七二十一天的孵化，變成十二隻毛茸茸可愛的小雞雛。小雞雛成天跟在雪捏的屁股後頭，唧唧唧，唧唧唧地叫。雪捏變得更小心謹慎，一有風吹草動，便驚慌地左顧右盼，有一次我親眼看見，一條四腳蛇從草叢裏竄出來，雪捏嚇得臉通紅通紅，一下跳開，張開翅膀咯咯咯、咯咯咯急叫，把小雞雛喚到自己的翅膀下，腿也軟了，趴在地上，一動不動。哈扎聽到警報後，大踏步趕過來，一嘴啄中四腳蛇的腰，把四腳蛇凌空舉起，然後一弓脖子，把四腳蛇活活吞進肚去。

唉，要是沒有哈扎相幫，真不知雪捏怎麼把這窩小雞帶大。

那天下午，我扛著一捆山茅草爬上房去修補漏雨的屋頂。萬里無雲，太陽很辣，村民們都下田割穀子去了，寨子一片靜宓。我的雪捏正帶著那窩小雞在大水塘邊覓食。

我埋頭將新茅草塞進爛窟窿，正忙乎著，突然，我發現天空投下一片濃重的陰影，迅速掠過金黃的茅草屋頂，向大水塘方向滑去。我急忙手搭涼篷抬頭望去，不好，一隻茶褐色的老鷹正背著太陽向雪捏和那窩小雞俯衝下去。

我立即揮舞茅草噉噉高叫了兩聲，企圖將惡鷹嚇走，但狡猾的鷹一定看出我離大水塘有一百多米的距離，遠水救不了近火，對牠捉雞構不成實質性的威脅，因此並不理睬我的恫嚇，仍朝大水塘飄落下去。

此處用飄落這個詞，是很貼切的，牠撐著翅膀，靜止不動，飛翼間幾根白色的羽毛被陽光摩擦出耀眼的光芒，像片枯葉，悄無聲息地朝目標滑翔。牠背著太陽，即使雞有所查覺，朝天空張望，也會被猛烈的陽光刺花眼，看不出什麼名堂。但有一利必有一弊，背著太陽飛翔必定會落下恐怖的投影。

我看見，當那隻惡鷹飄到離雪捏還有四、五十米遠的半空時，那濃重的陰影剛好投射在雪捏的身上；雪捏反應極快，就在鷹的投影擦過牠脊背的一瞬間，咯咯咯咯咯，連續不斷地朝散在沙地上啄食小蚯蚓的小雞們發出危險正在逼近的警告聲，小雞們迅速向雪捏靠攏，雪捏將十二隻小雞罩在自己的翅膀下，一面驚慌地咯咯叫著，一面朝七、八米開外的一棵龍血樹跑去。

大水塘附近是片很大的開闊地，沒有房屋，也沒有可以躲藏的灌木叢，唯一可以藏身的地方，就是這棵龍血樹了，樹下有一個碗口大的樹洞，勉強能容納下一隻大雞，雪捏身材嬌小，十二隻小雞出殼才一周，我想，擠一擠是能擠進這個樹洞的。

惡鷹離雪捏還有二十來米，雪捏已護衛著十二隻雞雛逃到離樹洞僅有一米的地方了，我心裏的一塊石頭掉了地，那惡鷹即使一面從屁眼裏排屁一面飛——變成隻噴氣鷹，也休想搶在雪捏進樹洞前行凶了。

真該感謝雪捏的膽小與怯懦，時時處於草木皆兵的高度警覺狀態，任何一點可疑的異常動靜都會嚇得屁滾尿流，不然的話，牠或牠的寶貝們肯定就成了這隻惡鷹的美味佳肴。嘿，膽小鬼也有膽小鬼的優勢呵！

我從容地開始從屋頂往下爬，想趕到大水塘去把惡鷹攆走，把擠在樹洞裏的雪捏和牠的孩子們帶回家。

我的雙腳剛踏上搭在屋檐的竹梯子上，突然，我聽見喔喔喔——大水塘傳來一串公雞嘹亮的鳴叫，聲音透著驚駭和慌亂，我扭頭望去，原來是哈扎！剛才我只注意雪捏和那窩小雞，沒看見哈扎也在大水塘邊；哈扎是從一叢低矮的馬鹿草後面閃出來的，頸毛姿張，雙翅搖扇著，一面啼叫一面飛跑，跑得心急火燎，那五彩雞毛像團燃燒的野火，竄向那棵龍血樹。

哦，這傢伙平時就目空一切，少了根警惕的心弦，雖然勇敢，反應卻比雪捏慢了半拍，現在才發現來自天空的危險。我想，牠連飛帶跑竄向龍血樹，毫無疑問，是去救援雪捏的。我想，哈扎趕到樹洞前，肯定會尾朝樹洞，頭朝天空，為保護身後的雪捏和小雞，與惡鷹決一雌雄的。

唉，你也太自不量力了，你雖然是雞中的魔王，但到底是雞，而雞是老鷹的食譜，你終究敵不過那隻惡鷹的！雪捏領著牠的孩子已快鑽進樹洞，平安無事，你的救援豈不是多此一舉？情義可嘉，精神可嘉，卻未免顯得太魯莽了些。

我倒寧可雪捏和那窩小雞被老鷹捉了去，別傷著我的寶貝哈扎。

一眨眼的工夫，哈扎已趕到與雪捏平行的位置。我簡直不敢相信自己的眼睛，哈扎在雪捏的腦袋剛伸進樹洞的一瞬間，突然加速，擠到雪捏身邊，遒勁的脖子一甩，把雪捏的腦袋從樹洞裏撥拉出來，強壯的身體狠狠一撞，把雪捏連同那窩小雞一起趕出洞口，牠身壯力大，雪捏和小雞哪裡是牠的對手，被擠出一丈多遠；然後，哈扎搶先一步鑽進樹洞；牠體格碩大，腦袋進去後，肩膀卡在洞口，掙扎了好一陣，翅膀縮到脊背上，屁股拼命扭動，雙爪在樹根上狠命踢蹬，就好像穿了小一碼的鞋一樣，好不容易才擠進去；樹洞委實太小了，哈扎身體進去了，尾翎還露在外面，隨著身體的顫抖而抖動，像高舉著一面乞降的旗幟。

雪捏被哈扎撞了個趔趄，翼羽下的雞雛全暴露在光天化日之下，唧唧唧、唧唧唧四處亂躥。老鷹撲扇著翅膀，已飛到離雪捏還有一公尺高的頭頂，兩隻鷹爪就像飛機要降落時放下的起落架，垂直下伸，爪指彎曲，已做好了攫捉的準備。

完了，完了，我想，雪捏本來就膽小，還不嚇得屁滾尿流呀？或許牠能連飛帶竄，逃脫鷹爪的追捕，但那窩小雞難免要遭殃了。瞧兩隻鷹爪，果真瞄準雞雛要抓下去了。

老鷹捉小雞，比人吃嫩豆腐還要容易。

突然，又一個我意料不到的鏡頭出現了：雪捏站穩歪歪扭扭的身體後，又撐開雙翅，咯咯咯，咯咯咯叫喚起來，叫聲平穩有力，焦急而不浮躁，彷彿在對雞雛們說，孩子們，不用怕，媽媽在這裏，快，鑽到媽媽的翅膀下來！

跑散的小雞聽到叫聲，扇動著可憐的小翅膀，連飛帶跑又回到雪捏的翅膀底下。對這些小雞來說，樹洞已被哈扎塞滿，在大水塘這片空曠的開闊地，母雞雪捏的翅膀是唯一的保護傘了。

我一面迅速從屋頂爬下來，一面密切注視著龍血樹下的動靜。

那雙可惡的鷹爪終於落到雪捏的背上了，雪捏毫無懼色地揚起脖子，像啄螞蚱似地狠狠朝鷹爪啄去，可惜鷹爪不是螞蚱，雞嘴啄一下，就像被蚊子叮一口，無礙大局，鷹爪仍抓住雪捏的背，只見老鷹輕輕搖曳那雙雄健的翅膀，就像起重機吊東西似地把雪捏從地上拔了起來。

雪捏咯咯叫著，離地兩、三公尺高時，突然一個翻身，雞爪刺進老鷹的胸窩，拼命撕扯，一淡褐色的鷹羽在空中飄零；老鷹或許是被突如其來的反抗嚇了一跳，或許是被雞爪抓疼了，一鬆鷹爪，雪捏從空中摔了下來。咚一聲，背部先著地，看樣子摔得不輕，翻身站起來後，腳也跛了，一隻翅膀也折斷了，脖子也扭傷了，歪頭歪腦，又悲慘又滑稽。牠站起來後，梗著脖子，耷著翅膀，瘸著腿，朝雞雛們跑去，一面跑還一面咯咯咯召喚著，雞雛們又集合到牠殘破的翅膀下。

一把破傘，也能遮擋幾許風雨。

老鷹在低空兜了個圈，再次俯衝下來，這一次，牠吸取了失敗的教訓，極認真地將兩隻犀利的爪子深深嵌進雪捏的脊背，把雪捏抓上了天空。

等我趕到大水塘，老鷹已升到龍血樹梢，越飛越高，不一會，變成一個金色的小圓點，消失在燦亮的太陽光裏。

我數了數雞雛，十二個，活蹦亂跳，一個也沒受傷。

哈扎還鑽在樹洞裏，尾羽還在洞口顫抖。我費了九牛二虎之力，才把牠從狹窄的樹洞裏拔蘿蔔似地拔出來。牠除了翅膀擦破點皮外，其他都完好無損。開始，牠還驚魂甫定，心有餘悸的樣子，過了一會，看看天空已恢復了平靜，又看見我在樹旁守著，便很快振作起來，有一隻鄰居的公雞跑到大水塘邊來覓食，牠啼叫一聲，猛撲上去，鄰居的公雞見狀，嚇得連飛帶跑，逃進荊棘密布的灌木叢去了。

威風仍在，魔王依舊。

按理說，在這場飛來橫禍中，免不了會有無辜的犧牲者，死雪捏，生哈扎，是符合價值規律的，也正是我所希望看到的結局，但不知爲什麼，我看著哈扎在同類面前神氣活現的兇猛樣，總覺得很彆扭，很刺眼，很不舒服。

我開始覺得，鬥雞只能鬥出殘忍，而絕對鬥不出真正的勇者來的。

太陽鳥和眼鏡王蛇

太陽鳥是熱帶雨林裏一種小巧玲瓏的鳥，從喙尖到尾尖，不足十釐米長，叫聲清雅，羽色豔麗，赤橙黃綠青藍紫，像是用七彩陽光編織成的。每當林子裏灌滿陽光的時候，太陽鳥便飛到爛漫的山花叢中，翅膀以每秒八十多次的頻率拍扇著，身體像直升機似地停泊在空中，長長細如針尖的嘴喙刺進花蕊，吮吸花蜜。

曼廣弄寨後面有條清亮的小溪，溪邊有一棵枝繁葉茂的野芒果樹，就像是太陽鳥王國的所在地，上面住滿了太陽鳥。幾乎每一根橫枝上，相隔數寸遠，就有一個用草絲和黏土爲材料做成的結構很精巧的鳥巢。早晨牠們集隊外出覓食時，天空就像出現了一道瑰麗的長虹，黃昏牠們棲落在枝椏間啄起晶瑩的溪水梳理羽毛時，樹冠就像一座彩色的帳篷。

那天下午，我插完秧到溪邊洗澡，正是太陽鳥孵卵的季節，野芒果樹上鳥聲啁啾，雄鳥飛進飛出地忙著給孵在窩裏的雌鳥餵食。

我剛洗好頭，突然聽見野芒果樹上傳來鳥兒驚慌的鳴叫，抬頭一看，差點魂都嚇掉了，一條眼鏡王蛇正爬樓梯似地順著枝椏爬上樹冠。眼鏡王蛇可以說是森林裏的大魔頭，體長足足有六米，頸背部畫著一對白色黑心的眼鏡狀斑紋，體大力強，在草上爬起來疾走如飛，只要迎面碰到有生命的東西，牠就會毫不遲疑地主動攻擊，別說鳥兒兔子這樣的弱小動物了，就是老虎豹子見到了，也會退避三舍。人若被眼鏡王蛇咬一口，一小時內必死無疑。

我趕緊躲在一叢巨蕉下面，在蕉葉上剜個洞，偷偷窺視。

眼鏡王蛇爬到高高的樹丫，蛇尾纏在枝杈間，後半部身體下墜，前半部身體豎起，鮮紅的蛇信子探進一個鳥窩，自上而下吸食鳥蛋；橢圓形、晶瑩剔透的小鳥蛋，就像被一股強大的吸力所牽引，排好隊一個接一個咕嚕咕嚕向上滾動，順著細長的蛇信子滾進蛇嘴去，那份瀟灑，就彷彿人在用吸管吸食果汁。

所有正在孵卵的太陽鳥都湧出巢來，在外覓食的雄鳥也從四面八方飛攏來，越聚越多，成千上萬，把一大塊陽光都遮斷了。有的擦著樹冠飛過來掠過去，有的停泊在半空，怒視著正在行兇的眼鏡王蛇，嘰嘰呀呀驚慌地哀叫著。

唉，可憐的小鳥，這一窩蛋算是白生了，我想，這麼嬌嫩的生命，是無法跟眼鏡王蛇對抗的；牠們最多只能憑藉會飛行的優勢，在安全的距離外，徒勞地漫罵，毫無價值地抗議而已。唉，弱肉強食的大自然是從不同情弱者的。

眼鏡王蛇仍美滋滋地吸食著鳥蛋，對這麼大一群太陽鳥擺出一副不屑一顧的輕蔑神態，鳥多算什麼，一群不堪一擊的烏合之眾！

不一會，左邊樹冠上的鳥巢都被掃蕩光了，貪婪的蛇頭又轉向右邊的樹冠。

就在這時，一隻尾巴岔開像穿了一件燕尾服的太陽鳥，本來停泊在與眼鏡王蛇平行的半空中的，突然就升高了，嘀——長鳴一聲，一斂翅膀，朝蛇頭俯衝下去。牠的本意肯定是要用尖針似的細細的嘴喙去啄蛇眼的，可牠飛到離蛇頭還有一米遠時，眼鏡王蛇突然張開了嘴，好大的嘴，可以毫不費勁地一口吞下一顆椰子，黑不隆咚的嘴腔裏，似乎還有強大的磁力，岔尾太陽鳥翅膀一偏，身不由己地一頭撞進蛇嘴裏去。

我不知道那隻岔尾太陽鳥怎麼敢以卵擊石的，也許牠天生就是隻勇敢的太陽鳥，也許這是一隻雌鳥，正好看到眼鏡王蛇的蛇信子探進牠的巢，出於一種母性護巢的本能，為了自己辛辛苦苦產下的幾枚蛋免遭荼毒，與眼鏡王蛇以死相拼的。

救不了牠的卵，反而把自己也給賠了進去，真是可悲，我想。

然而，眾多的太陽鳥好像跟我想得不一樣，岔尾的行為成了一種榜樣、一種表率、一種示範；在岔尾被蛇嘴吞進去的一瞬間，一隻又一隻鳥兒升高俯衝，朝醜陋的蛇頭撲去；自然也是飛蛾撲火，自取滅亡，牠們無一例外地被吸進深淵似的蛇腹；眼鏡王蛇大概生平第一次享受這樣的自動進餐，高興得搖頭晃腦，蛇信子舞得異常熱烈興奮，好像在說，來吧，多多益善，我肚子正好空著呢！

在一種特定的氣氛裏，英雄行為和犧牲精神也會傳染蔓延的，幾乎所有的太陽鳥，都飛聚到眼鏡王蛇的正面來，爭先恐後地升高，兩三隻一排連續不斷地朝蛇頭俯衝撲擊，洞張的蛇嘴和天空之間，好像拉起了一根扯不斷的彩帶……

我沒數究竟有多少隻太陽鳥塡進了蛇腹，也許有幾百隻，也許有上千隻，漸漸的，眼鏡王蛇癟癟的肚皮隆了起來，就像缺碘的病人脖子上鼓起了一隻巨大的瘤；牠大概吃得太多也有點倒胃口了，或者說肚子太脹不願再吃了，閉起了蛇嘴。

說時遲，那時快，兩隻太陽鳥撲到牠臉上，尖針似細長的嘴喙啄中了玻璃球似的蛇眼。我看見眼鏡王蛇渾身顫動了一下，頸肋倏地擴張，頸部像鳥翼似地膨扁開來，這表明牠被刺疼了，激怒了，唰地一抖脖子，一口咬住膽敢啄牠眼珠子的那兩隻太陽鳥，示威似地朝鳥群搖晃。

太陽鳥並沒被嚇倒，反而加強了攻擊，三五隻一批下雨一樣下到蛇頭上去。牠們好像曉得沒有眼瞼因此無法閉攏的蛇眼，是眼鏡王蛇身上唯一的薄弱環節，專門朝兩隻蛇眼啄咬。不一會，眼鏡王蛇眼窩裏便湧出汪汪的血，牠終於有點抵擋不住鳥群奮不顧身的攻擊了，闔攏頸肋，收起了囂張的氣焰，蛇頭一低，順著樹幹想溜下樹去，一大群太陽鳥蜂湧而上，盯住蛇頭猛啄。

眼鏡王蛇的身體一陣陣抽搐，好像害了羊癲瘋，蛇尾一鬆，從高高的樹冠上摔了下來，咚的一聲，砸得半死不活。密匝匝的鳥群轟地跟著降到低空，許多鳥兒撲到蛇身上，我看不到蛇了，只看得到被鳥緊緊包裹起來的一團扭滾蹦躂的東西。隨著眼鏡王蛇掙扎翻滾，一層層的鳥被壓死了，又有更多的鳥前仆後繼地俯衝下去……

終於，狠毒兇猛連老虎豹子見了都要退避三舍的眼鏡王蛇，像條爛草繩似地癱軟下來。

地上，鋪了一層死去的太陽鳥，落英繽紛，就像下了一場花雨。

哦，美麗的太陽鳥，嬌嫩的小生命，勇敢的小精靈。

被摔死的「鷹」

在離我住的茅草房約兩百公尺遠，有一棵高聳入雲的大青樹，樹梢住著一隻母鷹。老鷹的學名叫黑耳鳶，棕褐色的體羽間，鑲嵌著一條條黑色斑紋，翼間雜有幾根白毛，是一種常年留居的鳥。

這隻母鷹春末孵卵，初冬小鷹翅膀長硬飛走，這期間，不知是因爲巢裏的寶貝牽扯牠的心，使牠不敢遠離大青樹，還是因爲獨自哺育後代心力交瘁，無法到山林獵取食物，牠頻繁地光臨我的院子，捉我養的雞。

牠總是像片枯葉似地悄無聲息地在我的屋頂盤旋，我因此而給牠起了個諢名叫大枯葉。鷹是雞的剋星，也是雞的死神，只要大枯葉恐怖的投影從天而降，母雞就停止生蛋，小雞就一隻隻失蹤。

當地的山民把鷹視爲神鳥，嚴禁射殺，不然的話，我早就送大枯葉到陰曹地府去了。

春天匆匆過去，又快到大枯葉孵卵的季節了。我苦思冥想了好幾天，終於別出心裁地想出了一個整治大枯葉的絕妙的辦法。

那天早晨，我瞅準大枯葉飛離鳥巢到老林子裏覓食去了，就挑了兩隻萊亨雞下的蛋，揣在懷裏，然後爬上大青樹的樹梢，從樹丫一個寬敞的樹洞裏，把兩隻老鷹蛋給換了出來。萊亨雞下的蛋大小和鷹蛋相差無幾，蛋殼也是粗糙灰白，很容易混淆。我還用鷹糞將雞蛋仔細擦了一遍，抹掉雞的氣味。

在以後的一段時間裏，我經常用望遠鏡觀察，見大枯葉先是忙進忙出地用樹枝修築鳥巢，後來除了到附近捕食，便長時間地待在巢裏不出來，再後來牠形容憔悴，一次次將捉到的老鼠、兔子和小雞送進巢去，種種跡象表明，大枯葉中了我的調包計。古時候是狸貓換太子，今天我是小雞換老鷹。

雞雛和鷹雛在行爲舉止上有很大的差異。雞是早成鳥，鷹是晚成鳥；雞雛一出殼，全身毛茸茸的，就會走路，就會啄食；鷹雛出殼時身上光溜溜的，不僅不會走，眼睛也睜不開，只會張大嘴嘰嘰呀呀討食吃。按理說，大枯葉是有理由懷疑自己孵出來的是不是鷹？或許，牠真的懷疑過，但二十多天含辛茹苦的抱窩，可愛的雞雛在牠胸脯間磨蹭所磨出來的一片母性溫柔，蒙蔽了牠銳利的鷹眼，或者說使牠沒有勇氣正視現實。反正，牠按照鷹的正常哺養程序，將兩隻小雞慢慢養大了。

日出日落，春去冬來，轉眼就到了小鷹該展翅飛翔的日子了。

那天早晨，藍天白雲，清風徐徐，是鳥類飛行最理想的氣候。我看見大枯葉沒像往常那樣外出覓食，料想牠是要讓牠的「小鷹」第一次試飛了，便帶著一副借來的軍用高倍望遠鏡，興致勃勃地躲進大青樹下的一叢芭蕉林裏，想親眼看看自己的惡作劇究竟會產生什麼樣的喜劇效果。

大枯葉像過去訓練真正的小鷹那樣，朝樹洞裏發出幾聲威嚴的低囂，把兩隻寶貝——魚目混珠的雞，叫喚到樹洞前，停棲在那根橫枝上。陽光照耀，我看得清清楚楚，這是兩隻黑雞，毛色油亮，雞冠火紅，胖乎乎的，比我養的雞還肥。

大枯葉迎著冉冉升起的太陽，舒展翅膀，飛了起來，牠的姿勢極其優美，長長的雙翼像金色的綢緞，波浪似地搖曳起伏，牠一頭扎進太陽的懷抱，疾飛而去，彷彿是要向太陽請安問好，轉眼間，牠變成一個金色的小圓點，融化在眩目的陽光中。

過了一會，彷彿一支金箭射過蔚藍的天幕，牠又飛了回來。牠被陽光染得通體透亮，風把牠的雙翼鼓得像帆，牠的翅膀幾乎靜止不動，順著氣流滑翔，飛得輕鬆瀟灑。回到大青樹前，牠在空中不停地兜著圈子，呦——呦——柔聲叫著，我知道，牠是在召喚和鼓勵牠的一雙寶貝像牠那樣展翅飛起來。

要是此刻停棲在橫枝上的是真正的鷹，很快就會大著膽子，在征服天空的欲望驅動下，勇敢地扇動翅膀，跟隨母鷹飛起來的。

但雞就完全不同了。雞就是雞，永遠也不可能像鷹那樣自由自在地在天空翺翔。雞其實是一種退化的鳥，或者說是一種劣質鳥，雖然也有一雙翅膀，但只能貼著地面作短距離飛行。我在望遠鏡裏看見，兩隻黑雞膽怯地蹲在橫枝上，雙翅微微撐開，以保持身體平衡避免從樹上摔下來。一陣風刮過，吹得牠們身體前後搖晃，牠們驚慌地咯咯咯、咯咯咯叫起來，先天就患有懼高症。

大枯葉不知疲倦地一遍又一遍在牠的兩隻寶貝（活寶？）面前表演飛行技巧，一遍又一遍地用叫聲召喚和鼓勵牠們飛起來，可對牛彈琴，對雞談飛，牠的努力注定是要失敗的。

日落西山，大枯葉飛累了，嗓子也叫啞了，終於失去了耐心，飛落到橫枝上，強有力的翅膀左邊一拍，右邊一搡，把兩隻黑雞推下樹去。我猜想牠的本意絕非要殘害自己撫養長大的寶貝，而是要幫助牠們邁出艱難的第一步。

既然你是鷹，就必須學會飛翔！

兩隻黑雞喊爹哭娘地驚叫起來，在空中拼命拍扇翅膀，無奈身體太胖太沈，翅膀太小太輕，斜斜地迅速地墜落下去，砰地一聲，砸在草地上，總算是有翅膀的動物，沒砸得頭破血流，但落在地上也像皮球似地打了幾個滾，羽毛凌亂，翅膀折斷了好幾根，腿骨似乎也受了傷，趴在地上起不來，揚起脖子咯嘅咯嘅呻吟。

大枯葉一斂翅膀從大青樹上俯衝下來，兩隻強壯的鷹爪摟抱起其中一隻黑雞，迅速升高。我以爲牠動了惻隱之心，要將受了傷的寶貝送回窩去療養了，沒想到牠升到大青樹梢後，仍扶搖直上，鑽進乳白色的雲層，又穿透雲層飛上藍天，高得我用望遠鏡都快看不清了，突然鬆開了鷹爪，那隻黑雞像顆流星似地從高空墜落下來。牠又用同樣的方式，把另一隻黑雞也送入雲霄，又扔回大地。

牠頻繁地在地面和高空來回穿梭。兩隻黑雞一次比一次跌得重，摔得慘。我看得驚心動魄。

也許，大枯葉是瘋了，爲自己的寶貝竟然像雞一樣不會飛翔而絕望得發瘋了。也許，牠是用這種殘忍的辦法來檢驗牠們到底是雞還是鷹。也許，母鷹生來就是這樣的脾氣，寧可要一隻死鷹，也不願要一隻草雞！

終於，兩隻黑雞摔得氣絕身亡，腳爪朝天躺在草地上。

大枯葉在兩隻死雞上空盤旋了許久，然後，哀鳴一聲，振翅飛向遠方。從此以後，我再也沒有見過牠，牠搬家了，再也不願回到不吉利的會讓牠孵出飛不起來的「鷹」的大青樹來。

弱智「雞」

我從大青樹的鷹窩裏，偷了兩隻鷹蛋，在下樹時不小心壓碎了一隻，還剩一隻。完全是出於一種少年的淘氣與好奇，我把那隻鷹蛋塞進正在孵卵的蘆花雞的窩裏。

二十一天後，其他小雞都破殼而出了，那隻鷹蛋還沒有動靜。鷹的孵化期是三十來天，這裏頭有個時間差的問題。母蘆花十分犯難，望望窩外一群活奔亂跳的雞雛，又偏著腦袋仔細打量還靜靜地躺在草窩中央的那隻鷹蛋，思量了半天，最後還是跳回窩裏繼續抱孵。

又過了十來天，鷹雛終於從蛋殼裏鑽了出來，全身粉紅透明，光裸裸的沒有毛，不僅不能站起來走路，連眼睛也睜不開。母蘆花是隻心腸極好的母雞，不忍心扔下這個醜陋的孩子不管，就在領養一群小雞的同時，抽空刨一條蚯蚓或逮一隻螞蚱，到窩裏來塞進鷹雛嗷嗷待哺的嘴裏。

兩、三個月後，鷹雛身上長出了醬黃色的羽毛，茶褐色的眼睛也已睜開，身體比同窩孵出來的小雞還要大些，可是，走路卻很困難，似乎極難把握好重心，保持身體平衡，走起路來搖搖擺擺的，走也走不快，一群雞在院子裏一會兒鑽進竹叢，忽啦啦又奔到豬圈裏玩耍，鷹雛總是掉隊，孤零零地落在後頭，呦嗷呦嗷焦急地叫喚，似乎在央求母蘆花和小雞們等等牠，每逢這個時候，母蘆花就會撐開翅膀跑回來，做出老母雞護小雞的典型動作，將鷹雛罩在牠的翼下，一起返回雞群去。

這時，小雞們嘰嘰喳喳地交頭接耳，一隻隻明亮的眼睛裏，閃爍著嘲諷與鄙夷的光，似乎在說：瞧這個不中用的傻瓜，連路都不會走！

有一次，雞群要到院外的打穀場偷穀子吃，途中要經過一條寬約三尺的小河溝，半大的小雞們一掠翅膀，連跳帶飛，敏捷地越過了小河溝，輪到小鷹了，牠在岸邊的石頭上躊躇徘徊，半天不敢跳，母蘆花在對岸用叫聲不斷牽引催促，小雞們也極不耐煩地用叫聲埋怨起來，小鷹終於鼓起勇氣，揚起翅膀、雙爪一蹬跳了起來，嘿，牠的動作實在不敢恭維，笨拙得就像擱淺的魚，才跳出兩尺來遠，就撲通掉進河溝裏，翅膀拍得水花四濺，要不是我正巧路過撞見，把牠從河溝裏撈出來，牠肯定淹死了。

在覓食方面，牠的能力就更差了，半大的小雞們不僅能扒開沙土，啄食躲藏在土層中的各種軟體蟲，還能連飛帶撲地捉住正在低空飛行的螳螂、蟋蟀這類小昆蟲，而牠卻連一條正在地上爬行的壁虎也追不上，爪子雖大，卻刨不開鬆軟的沙土，不會從土下找蟲子吃。長得那麼大了，還得靠母蘆花找食來餵牠。

有時，我將吃剩下的豬雜碎倒在院子裏，小雞們撲扇著翅膀飛奔而來，將食物圍得水泄不通，你爭我搶，等小鷹氣喘吁吁地趕到，好不容易擠開雞們鑽到圈子中央，豬雜碎早已被吃得一乾二淨。我怕小鷹餓死，有時就幫著母蘆花給小鷹另開小灶，逮著青蛙、老鼠、小魚什麼的，扔給牠吃，可牠呆笨得不曉得該怎樣保護自己的正當權益，進餐的速度又慢，才吃了兩口，便有聰明的小雞繞到牠的背後，趁牠不注意冷不防衝出去，搶了牠的食物就逃，牠氣得要死，卻拿小雞們一點辦法也沒有。

包括母蘆花在內所有的雞，都把那隻小鷹看成是先天有缺陷的弱智雞。

轉眼半年過去了，小雞們長大成材，有的成了五彩大公雞，有的成了會生蛋的母雞，牠們不再跟隨母蘆花生活，自己單獨建立了窩，有兩隻早熟的母雞還孵出了後代。但那隻小鷹卻仍整天待在窩邊，仍要母蘆花替牠找食。

年輕的母雞領著新一代雞雛到院子找食，路過小鷹身旁，雞雛們乍見到嘴喙彎如鐵鉤、體態比牠們的母親還要大的小鷹，嚇得嘰嘰喳喳尖叫起來，往母雞翅膀下躲藏，母雞便一面咯咯咯咯用輕柔的叫聲安慰那些驚慌失措的雞雛，一面瞅準機會，突然撲到小鷹背後，狠狠啄下一根褐色的鷹毛，像舉著一面勝利的旗幟一樣，凱旋而歸，回到自己的小寶貝中間。母雞們是在告訴自己的小寶貝：別怕，這是一個又傻又呆的傢伙！

望著無端受了欺凌的小鷹，母蘆花只好跑過來用翅膀拍拍羽毛還沒長豐滿的小鷹，表示牠的憐憫與同情。

又過了兩、三個月，小鷹的羽毛長豐滿了，雙翼長得蓋住了屁股，牠仍學不會像雞那樣在草叢裏如魚得水地鑽行，仍對垃圾堆、臭水溝和豬圈牛廄這些雞們所鍾情的場所不感興趣，整天佇立在窩邊，仰望藍天白雲，呆呆地一看就是半天。

這天黃昏，雞群正準備歸巢，突然，母雞們驚慌地咯咯咯咯叫起來，潮水般地朝窩邊退卻。我正在修補籬笆牆，抬眼望去，原來是一條一米多長的大白蛇，吞吐著鮮紅的信子，正吱溜溜不懷好意地游向雞群。母雞護著小雞，緊張得渾身羽毛聳立，退到窩邊，再沒地方可退了，便不約而同地躲到小鷹背後。

我猜想，雞們之所以這樣做，有一種要將小鷹當做擋箭牌的意圖；牠們把小鷹看成是一隻弱智雞，行動笨拙，既然如此，犧牲掉也沒什麼可惜的。只有母蘆花撐開翅膀站在小鷹面前，咯咯咯，咯咯咯，朝大白蛇發出色厲內荏的啼叫。

我抽了根竹棍，剛想趕過去幫忙，突然，我看見小鷹那雙呆滯的眼睛變得流光溢彩，呦地高叫一聲，一下子繞到母蘆花的前面，頸羽姿張，毫無懼色地面對大白蛇。大白蛇張大嘴，倏地竄了上來，要咬小鷹的脖子，不知是受死神挑戰使牠爆發了鷹的潛在力量，還是牠本來就到了可以遨遊蒼穹的時候，小鷹雙爪猛地一蹬，長長的雙翼用力揮動，身體騰空起來。不僅雞們看得目瞪口呆，大白蛇也驚訝地昂頭望天，不明白是怎麼回事。

小鷹開始時飛行動作還顯得有些彆扭，歪歪斜斜的，但在空中盤旋了兩圈後，動作很快變得協調，牠興奮地嘯著，一斜翅膀，俯衝下來，伸出右爪一把抓住大白蛇的七寸，大白蛇揮舞著長長的身體，企圖像繩子似地捆綁住小鷹，沒想到在地面顯得很笨拙的小鷹，在空中竟是如此身手矯健，左爪從腹部閃電般地出擊，一下抓穩了大白蛇的身體，雙翼鼓著雄風，升上藍天。

母蘆花昂著頭，朝天空咯咯咯咯叫喚。

小鷹抓著蛇，在母蘆花上空兜了一圈，然後，長鳴一聲，振翅飛向遠方。

烈鳥

鷯哥也叫秦吉了，和八哥同屬椋鳥科，雄鳥善於鳴叫，叫聲清麗委婉，變化多端，是鳥市上的搶手貨，價錢賣得很俏。

陽春三月，熱帶雨林裏，白色的羊蹄甲花開得層層疊疊，像落了一場鵝毛大雪。我在一棵綴滿鮮紅雞素果的菩提樹旁支了一張鳥網，運氣真不錯，第二天去看時，嘿，尼龍絲纏住了一隻鷯哥。我小心翼翼地解開鳥網，將牠關進一隻編織得十分精緻的鳥籠。

我從沒見過這麼漂亮的雄鷯哥，足足有三十三釐米長，黑色的羽毛閃閃發亮，像塗了一層釉；雙翼鑲嵌著幾根白羽，白得像用冰雕成的；腳爪和嘴喙金黃鮮亮，從眼皮開始到後腦勺，有兩片桔紅的肉垂；整個色彩典雅和諧，美不勝收。我提著鳥籠給寨子裏的養鳥權威波依罕老爹過目，他讚歎道：「爪喙金黃，鷯中之王，肉垂掛臉，喉賽神仙。你抓到的是鷯哥中的極品，起碼值三輛馬車。」

我喜得眉毛差點掉下來，早晚兩次提著竹籠到樹林裏遛鳥，頓頓捉活的竹蟲來餵牠吃，還用清泉水給牠沐浴。幾天後，牠的情緒逐漸穩定下來了，不再用腦袋和翅膀亂撞籠子，不再爲自由而瞎折騰；又過了一段時間，牠在尼龍網裏因掙扎而碰傷的羽毛也重新長齊了，容光煥發，外形具備了商業價值。可是，牠卻從沒開口叫過一聲。

鷯哥值錢，形象美還是次要的，主要是歌喉要美，宛囀啁啾，才會讓人心曠神怡。牠不肯叫，身價必然暴跌，別說三輛馬車了，恐怕連匹小馬駒也換不來。我千方百計地逗牠開口，先是停止餵食，行話叫「逼口」，希望牠能在饑餓的無奈下，開口用叫聲向我乞食，可牠餓得雙腿發軟，嘴喙仍鎖得死死的，奶奶的，跟我玩起寧死不屈來了。

我又向別的養鳥人借來好幾隻雄鷯哥，一隻隻形狀各異的鳥籠，眾星拱月般地把我的紅面鷯哥王圍在中間，你唱我叫，爭妍鬥奇，一片歡騰，行話叫「激口」，意思是形成一種賽歌氣氛，刺激牠不甘落後，不甘寂寞，也情不自禁地躋身於大合唱的行列。

遺憾的是，我的紅面鷯哥王安詳地蹲在竹籠的橫枝上，不時用嘴喙梳理自己身上的羽毛，露出一副不屑與群小爲伍的高傲神態，就是不叫。

沒辦法，我只好又厚著臉皮借來一隻雌鷯哥，關進鳥籠去，行話叫「逗口」，希望用異性逗引的辦法，讓牠滔滔不絕地唱起情歌。

差點把我氣暈倒的是，牠對送上門來的愛情照收不誤，收條也不開一張，卻仍拒絕從喉嚨裏吐出一個音符，趾高氣昂地踩在雌鷯哥背上，彷彿在說：我要這隻雌鷯哥，已經是看得起牠了，已經是委屈了自己了，何必再勞心費神地說情話唱情歌？我一怒之下，捉了一條虎斑游蛇，別出心裁地讓蛇盤在鳥籠上。

蛇是吃鳥專家，貪婪的蛇頭竭力想鑽進編得很密實的鳥籠去，我自己給這種方式起名術語「驚口」，就像人眼瞅著炮彈就要落到頭上開花，會發出歇斯底里的驚叫，企望牠也能在死亡的威逼下急叫起來。我的如意算盤再次落空，牠只是全身羽毛姿張，尖利的嘴喙瞄準蛇眼，堅持要進行一場沈默的戰鬥……

野鳥難養，第一次開口鳴叫都有一點難度，但一經調教，尤其是用「激口」或「逗口」的辦法啓動牠的靈性，引發牠的興致，一般都會開口叫的。心的閘門一旦打開，歌聲就會流成小河。可我所有的辦法都用盡了，這隻紅面鶺哥王就是悶聲不響。我想，牠也許是個小氣鬼，天性慳吝，捨不得用歌聲爲世界添一絲美感；也許牠天生就不會叫，聲帶有缺陷，是隻啞巴鳥。

要是牠真是隻啞巴鳥的話，我可是吃了大虧了，我每天侍候牠吃喝，侍候牠睡覺，侍候牠玩耍，還侍候牠洗澡，俗話說前世不孝，今世養鳥，說真的，我還從沒如此孝敬過父母呢。

我趕緊去找波依罕老爹，讓他給瞧瞧毛病究竟出在哪裡。波依罕老爹提起鳥籠仔細端詳了一陣說：

「我活了這麼大一把年紀，還沒聽說過有啞巴鳥的。唔，這隻鶺哥心氣太高，牠不願和平常的雄鶺哥比叫聲，一般的雌鶺哥也難以搧起牠的激情。牠是鶺哥王，金口難開，但一旦開叫，嘖嘖，聲音會把鳳凰都羞紅臉的。」

「請你教教我，怎樣才能讓牠開口叫？」我拉著波依罕老爹的手央求道。

波依罕老爹皺著眉頭沈思良久說：「看來，只有再找隻鷯哥王來，引起牠的嫉恨，牠或許就會開口叫了。」

「可我到哪兒再去找隻鷯哥王來呢？」

「我聽說曼燕寨康朗甩養著一隻鷯哥王，老倌很吝嗇，就怕他不肯借。」

我冒著烈日走了十幾里山路，去到曼燕寨，找到康朗甩，左說右說，差點磨破了嘴皮，送了一對臘肉條、兩條煙和一壺酒，康朗甩才勉強答應把他的鷯哥王借我用一次。

他提了兩個條件：第一，他本人帶著鳥籠和我一塊去曼廣弄寨，他不放心他的寶貝鷯哥王交到一個陌生人的手裏，讓人隨意擺弄；第二，只要我的紅面鷯哥開口鳴叫，他就算幫完了我的忙，立即帶著他的鷯哥回家。他解釋說，一山容不得二虎，一林容不得二鳳，鷯哥也是同樣道理，一個空間容不下兩隻鷯哥王，要是我的紅面鷯哥王開口鳴叫，叫聲果然不同凡響，他的鷯哥王被壓倒，自尊心受到傷害，牠就有可能從此不再鳴叫，治好了我的啞巴鳥，而讓他的鷯哥王變成啞巴鳥，他就大慘特慘了。

我不能不同意康朗甩所提的條件。

但願我的紅面鷯哥王這次能開啓牠的金口，唱出動聽的歌。

若不和我的紅面鷯哥王比較，康朗甩的鷯哥也算得上是佼佼者了。從頂冠到尾尖約有三十釐米長，嘴喙和腳爪呈杏黃色，臉上也掛著一塊肉垂，顏色稍淺一些，白裏透紅，姑妄稱之爲白臉鷯哥王。康朗甩的大鳥籠裏，除了白臉鷯哥王外，還有一隻雌鷯哥，身材嬌小，婀娜多姿，頭頂有一撮白毛，就像戴了一頂白色的鳳冠，好似鷯哥中的皇后。

當康朗甩把他的大鳥籠放在我的鳥籠旁時，白臉鷯哥王立刻感覺到了某種威脅，激動得在鳥籠裏上竄下跳，臉上那塊白色的肉垂都變成青黑色的了，滴哩凋，滴哩凋，滴哩凋，發出一聲聲示威性質的鳴叫。

到底是罕見的鷯哥王，叫聲確實與眾不同，單音豐富，除了能像一般的雄鷯哥那樣用滴哩凋唧啊呀六個單音組合出不同的音符，牠還會發出嘎嘛啾三個難度較大的單音，叫聲的變化就成倍放大，悅耳動聽，十分精彩。寨子裏所有的鷯哥、八哥和鸚鵡，聞聲都跟著鳴叫起來，可見其叫聲的感染力有多強。

可是，這一切對我的紅臉鷯哥一點也不起作用，牠又恢復了特有的冷漠表情，蹲在鳥籠的橫枝上，一隻眼睛睜，一隻眼睛閉，無動於衷，不屑一顧。

你也太傲了嘛！就算你是出類拔萃的鷯哥王，人家白臉鷯哥王也是鳥中精英，難道你非要鳳凰轉世才覺得彼此地位相當，才肯開口叫喚？

「這傢伙，掂量著白臉鷯哥王不如牠強，引不起競鬥興趣。」在一旁看熱鬧的波依罕老爹說。

「那該怎麼辦呢？」我焦急地問。

「看來，只好給牠嚐嚐失敗的滋味，牠或許會因痛苦而鳴叫的。」

波依罕說著，和康朗甩一起把那隻鷯哥皇后從籠子裏捉出來，用棉紗繩縛住牠的身體，另一端線頭牽在手裏，然後，把牠塞進我的紅臉鷯哥王的籠子裏。

白臉鷯哥王在籠子裏顯得焦躁不安，狂飛亂撞，把兩根白色的翼羽都折斷了。滴唧哩啁，嘎嘞啾呀，音調纏綿委婉，似乎在懇求鷯哥皇后不要鑽到我的鳥籠裏去。

牠哪裡知道，鷯哥皇后完全是身不由己啊。

開始，我的紅面鷯哥王對鷯哥皇后的到來，並沒表現出太大的熱情，只是朝邊上靠了靠，騰出一塊地方，讓鷯哥皇后和牠並排停棲在橫枝上。但看到白臉鷯哥王在撞牆，在拼命叫喚，神采漸漸飛揚起來，用一種勝利者的姿態在籠子裏旋了幾個舞，抬起一隻翅膀輕輕去拍鷯哥皇后頭頂那撮白毛。鷯哥皇后上上下下打量了我的紅臉鷯哥一陣，忸忸怩怩的朝我的紅臉鷯哥歪過頭去。

白臉鷯哥王叫得愈發響亮、愈發動情、愈發憂心忡忡。

就在我的紅臉鷯哥王翅膀快碰到鷯哥皇后的小腦袋時，康朗甩將線頭用力一扯，鷯哥皇后不由自主地被拉出了籠門，回到了白臉鷯哥的鳥籠裏。

我的紅臉鷯哥王站在鳥籠裏目瞪口呆。

白臉鷯哥王發出驚喜的叫聲，然後，牠昂起頭，蓬鬆開胸脯的絨羽，發出一串清脆嘹亮的鳴叫，從牠得意洋洋的神態看，無疑是在唱一曲凱歌。

我的紅臉鷯哥王臉上的表情先是驚訝，繼而憤怒，突然，牠優雅地一甩脖子，啁滴哩噫嘎嘜啾啦——吐出一串鳴叫。

我從沒聽到過這麼奇特的鳥叫，圓潤飽滿，沈鬱激昂，充滿了生命的靈性，尤其是末尾那聲長長的拖腔，像靈蛇纏繞在翠竹上，音韻清雅，意蘊萬千，餘音嫋嫋，穿透力極強。

果然是價值連城的鳥中之王，果然是舉世無雙的金嗓子。

隨著那聲石破天驚般的叫聲，那隻鷯哥皇后像被魔術棒點了一下似的，情緒突然間亢奮起來，一掠翅膀，抓住籠壁的竹枝，拼命搖晃，竭力想重新回到我的紅臉鷯哥王的身邊去。寨子裏的其他鳥，無論是八哥、鷯哥還是鸚鵡，剛才還在熱熱鬧鬧地大合唱，此刻都知趣地閉起了嘴。只有白臉鷯哥王還在叫，但叫聲支離破碎，聽得出來，已完全喪失了自信，變成了一種絕望的哀鳴。

康朗甩臉色大變，急忙收起鳥籠，說了句：「我不能再待下去了，要不然，我的鷯哥就廢掉了。」然後逃也似地離開了曼廣弄寨。

紅臉鷯哥王仍昂著頭，一個勁地鳴叫著，牠的單音豐富多彩，就像在組合聲音魔力似的，不斷變化著各種各樣的叫聲，一會兒如金雞報曉，一會兒如雲雀升空，一會兒如畫眉迎春，一會兒如鴛鴦戲語。

我想，過一會兒牠叫累了，情緒平靜了，就會停止鳴叫的。可是，半個小時過去了，一個小時過去了，牠仍在不停地叫，牠的力氣差不多快耗盡了，雙翅耷落，羽毛蓬亂，只有那雙麻栗色的眼睛還流光溢彩。

我著慌了，用竹簽挑起螞蚱堵牠的嘴，用冷水淋牠熱昏的腦袋，用布簾子蒙住鳥籠……可一切想讓牠停止叫喚的努力均屬徒勞。

牠太高貴了，牠是鷯哥之王，鳥中至尊，是不能忍受另一隻雄鷯哥用叫聲從牠身邊奪走牠中意的雌鷯哥的，牠要用生命捍衛自己的榮譽。

傍晚，牠虛弱得連站也站不起來，叫聲卻越來越響亮，如泣如訴，震懾心魄。終於，牠嘴腔裏噴出一片血花，兩腿一蹬，死了。

趕走喜鵲

春天一個陽光明媚的早晨，我的院子裏飛來一對喜鵲，在那棵開滿粉紅色花朵的山茶樹上築巢。我十分歡迎牠們來做我的鄰居。喜鵲是吉祥與喜慶的象徵，喜鵲登枝，不就意味著我將交好運了嗎？因此，我削了一些短樹枝，還扯了一把草絲，扔在屋頂上，免費爲牠們提供築巢材料。

這是一對非常漂亮的喜鵲，雄喜鵲體長約五十釐米，身上的羽毛黑得發紫，尾巴蒼藍，飛翼間夾雜著幾根白羽，雌喜鵲身材顯得嬌小玲瓏些，腹部長著一片白色的絨羽，配上杏黃的嘴喙和粉紅的腳桿，整個色彩典雅豔麗。牠們在枝頭歡快跳躍，不斷顫動又長又尖的尾巴，宛囀啁啾，令人賞心悅目。

一個多月後，我站在山茶樹下，聽見樹梢橫枝那個橢圓形的鳥巢裏傳出嘰哩嘰哩雛鳥的叫聲，啊哈，牠們生兒育女了，啊哈，我的院子要成爲喜鵲的樂園了！

又過了一個多月，我能看見小喜鵲毛茸茸的小腦袋淘氣地伸出窩沿，數了數，共有四隻小喜鵲。這是一個興旺昌盛的喜鵲家庭。我還按照牠們的生理特徵，給四隻小喜鵲起了名，一隻叫藍眼睛，一隻叫花翅膀，一隻叫白腳桿，一隻叫歪脖兒。

添丁增口，雄喜鵲和雌喜鵲自然十分辛勞，從早晨開始，就一刻不停地飛出去覓食，銜來小蟲子，一趟又一趟地餵養牠們的孩子。牠們羽毛上的光澤逐漸暗淡，雄喜鵲背上的毛由深紫降為灰黑，雌喜鵲腹部雪白的絨羽被糞便漬成了難看的醬黃，不僅羽毛凌亂，身體也瘦了一圈，肩胛骨聳露出來，眼睛蓄滿了憂鬱，一片苦澀。

那天中午，我在山茶樹下削竹篾編籮筐，突然聽見頭頂的鳥巢裏傳來嘰嘰呀呀激烈的吵嚷聲。雄喜鵲和雌喜鵲都外出覓食去了，會不會是蛇和蜥蜴爬到鳥巢裏去了？我擔心小喜鵲的安危，便爬到山茶樹上，一看，沒有什麼外敵入侵，而是剛剛才長出一層絨羽的四隻小喜雀在打鬧。

牠們雖然不能飛，也還站不穩，靠用翅膀和腳的雙重支撐才勉強能走動，但牠們打鬥得卻異常火爆，個頭最大的藍眼睛把身體最弱的白腳桿從窩中央一直推到鳥巢邊緣，發育最快、羽毛油亮的花翅膀，頭拱進羽毛稀疏的歪脖兒的肚皮底下，幾乎要把歪脖兒抬了起來，也使勁往窩外頂。白腳桿和歪脖兒的頭與小半個身子已被擠出窩去，大概也意識到生命危在旦夕，竭力掙扎著，呀呀哀叫。

小淘氣們，你們也玩得太過份了嘛，再這樣胡鬧下去，會鬧出人命——不——是會鬧出鳥命來的！

藍眼睛舉起稚嫩的翅膀，不斷去打已岌岌可危的白腳桿，眼看就要釀成慘禍，我不得不出面干涉，把受欺負的白腳桿捧回窩中央。然而，藍眼睛仍不肯罷休，我的手一拿開，又故伎重演，開始向白腳桿進攻。

就在這時，我聽見樹冠傳來鳥翼的振動聲，一看，原來是雄喜鵲和雌喜鵲回來了，牠們嘴裏都銜著一條蟲子，顯然，是趕回來餵食的。

我放心地下了樹，我想，雄喜鵲和雌喜鵲看到藍眼睛和花翅膀以強凌弱，一定很生氣，肯定會用強有力的翅膀拍打這兩個淘氣鬼的腦袋，制止牠們胡鬧，說不定還會餓牠們一頓，以示懲罰，讓牠們吸取教訓，今後再不敢欺負弱小的弟妹。

奇怪的是，我在樹下仰望得脖子都酸了，雄喜鵲和雌喜鵲卻遲遲不進窩去，停棲在鳥巢外的一根橫枝上，靜靜地站著，似乎在等待著什麼。

鳥巢裏，又爆響起小喜鵲打鬧的聲音。不一會兒，白腳桿和歪脖兒半個身體又被推出鳥巢邊緣，牠們伸長脖子，頭向著橫枝上的雄喜鵲和雌喜鵲呀呀厲聲叫著，顯然，牠們是在向自己的雙親求救！

這時候，不管是雄喜鵲還是雌喜鵲，只要朝前跳躍兩步，輕而易舉地就能中止這場危險的遊戲。

雌喜鵲扭頭往鳥巢望了一眼，輕輕放下嘴裏的蟲子，我以爲牠要在最後關頭行使母親的職權了，誰想牠放下蟲子後，竟忙著開始梳理自己的羽毛。雄喜鵲做得更過分，對就在耳邊的求救聲，彷彿根本沒聽見似的，連頭都懶得扭去望一眼。

嘰——一聲尖叫，白腳桿從高高的鳥巢跌下來，嗚呼哀哉。

幾秒鐘後，歪脖兒也同樣死於非命。

這哪裡是什麼遊戲啊，分明是一場你死我活的窩裏鬥！

到了這時候，雄喜鵲和雌喜鵲才停止互相整飾羽毛，重新叼起蟲子，跳到鳥巢邊。藍眼睛和花翅膀同往常那樣，急不可耐地伸長脖子，嘴張得老大，依呀依呀討食吃。雄喜鵲和雌喜鵲很溫柔地將食物塞進牠們的嘴裏，那神情，就像是在犒勞一對有功的小英雄。

我震驚，迷惘，想吐想嘔。我趕緊跑去找寨子裏最有經驗的老獵人波農丁，請教究竟是怎麼回事？

他平靜地笑了笑對我說，這種目睹子女墜巢而亡的陋習，不僅喜鵲有，杜鵑、鷺鷥、白鷳等一些鳥類也時有發生；他說，這其實是一種汰劣留良的自然現象；他說，小喜鵲在窩裏互相推搡，絕不是什麼孩子式的遊戲，而是要減少競爭對手，獨霸食物；他說成年鳥這樣做是為了減輕自己的覓食壓力，為了集中有限的精力和有限的食物，培養更強壯的後代。

一轉眼到了秋天，藍眼睛和花翅膀羽毛長硬會飛了，山茶樹上，喜鵲鬧枝，叫聲依然清脆悅耳，倩影依然俏麗光彩，可我卻對牠們再也引不起任何美感，我趁牠們外出之際拆了牠們的窩，把牠們轟走了。

波農丁說的或許有道理，牠們消滅弱小，是一種迫不得已的生存技巧，我能理解，但我是人，永遠也無法贊同這種殘忍。

小火雞與老母狗

一場雞瘟病，母火雞和剛剛孵出來的一窩小火雞差不多死了個乾淨，只剩下一隻通體黑色的小火雞。雖然雞屬於早成鳥，幾乎一出殼就能自己覓食，不需要吃奶也不需要母雞餵養，但寨子四周是原始森林，常有野貓、黃鼬、狐狸這樣的偷雞能手溜進寨子來行竊，我的住房旁邊還有小河溝和水塘，才出世沒幾天的小火雞，在如此險象環生的環境裏，失去了母雞的庇護，失去了群體的照應，如果讓牠單獨生活在雞棚裏，存活下來的可能性微乎其微。於是，我抱著試試看的態度，把小火雞送到花娘的窩裏。

花娘是我養的一條老母狗，牙口十三歲，曾生育過八胎小狗，都被我拿到集市上賣掉了。花娘年輕時長得風騷漂亮，尾巴後面老黏著一串公狗，如今狗老珠黃，不再有伴侶光臨，整天獨自臥在窩棚門口懶洋洋地曬太陽。

也許是牠太寂寞了，也許是牠多次做過母親，因而有特別強烈的母性意識，我把小火雞塞進牠懷裏，牠立刻就用舌頭舔小火雞的背，留下氣味標記，這也是狗的一種認親儀式。小火雞也十分乖巧，拱進花娘的懷裏就用小嘴在狗肚皮上輕輕啄咬，當然是在咬扁虱和跳蚤。

這以後，小火雞和花娘成了形影不離的夥伴。不管小火雞到哪裡去找食，花娘都緊緊跟隨在後面，有時花娘還會用狗爪刨開鬆軟的泥土，找出蚯蚓來，用柔和的吠叫聲招呼小火雞前來啄食。晚上，小火雞就睡在花娘的窩棚裏。

有一天半夜，下起潑瓢大雨，電閃雷鳴，舊狗棚有點漏雨，我生怕小火雞會被淋濕，打著手電筒到狗棚一看，花娘弓著腰，就像一把傘一樣，把小火雞罩在自己的身體底下，小火雞光光的腦袋鑽在翅膀下，睡得正香呢。

還有一次，我親眼看見，小火雞在院外一棵枝繁葉茂的緬桂樹下刨食小蟲子，突然從樹上跳下一隻貓來，不懷好意地朝小火雞逼近，小火雞嚇得尖叫起來，花娘立刻旋風似地撲上來，呲牙裂嘴，把貪婪的貓給趕走了。

幾個月後，小火雞長大了，黑色的羽毛閃閃發亮，赤裸的腦袋佈滿了珊瑚狀的皮瘤，下巴掛著兩片瑪瑙似的肉垂。牠不僅活了下來，而且比有母火雞照料還長得健康漂亮。牠的行爲舉止有點像狗，只要一有生人跨進院子，就會氣勢洶洶地衝著人家一通亂叫，還學會了像狗似地朝我搖晃牠的扇形尾羽。我戲謔地稱牠爲狗火雞。

就在這時，花娘遭到了不幸，在流沙河邊追逐一隻狗獾時，兩條後腿卡在兩塊鵝卵石之間的縫縫裏，折斷了。鄉裡的獸醫雖然替牠把腿骨接上並包紮好，但對牠能否站起來走路不抱什麼希望。獸醫對我說：

「兩條傷腿要能重新奔跑，關鍵是要有毅力。剛開始學走路時，牠的後腿只要一沾地，便會疼得像火燒。要是換一條年輕些的狗，身體素質好，最要緊的是求生欲望強烈，或許還能恢復行走，而你的花娘太老了，牠不會再有勇氣迎接命運挑戰的。」

果真像獸醫預言的那樣，花娘拆掉夾板後，仍整天躺臥在窩棚門口，吃飯或排泄，非得移動身體，就費勁地拖著兩條僵硬的後腿在地上慢慢爬行。牠越來越消瘦，也越來越衰老。我試圖逼牠站起來，用棍子打，用腳踢，牠連連哀嚎，就是不願支起後腿，我也不忍心過多地去折磨一條殘廢的老母狗，只好放棄使牠重新站起來的努力。看來，獸醫的分析是有道理的，狗的最高壽命是十五歲，花娘牙口已十三，至多還能活一、兩年，何必爲了老朽的生命再去吃苦頭呢？

在花娘養傷的一段時間裏，狗火雞整天陪伴在花娘身旁，覓食也不跑遠，啄到蚯蚓什麼的，還送到花娘面前給花娘享用。當花娘拆除夾板後，狗火雞在花娘面前不斷地重複這樣一套動作：下蹲，起立，再下蹲，再起立，一腳高，一腳低，踩著花步，舞蹈行走，嘴裏咕咕咯、咕咕咯輕柔地叫喚。我相信牠是在用動物特殊的身體語言鼓勵花娘重新站起來。花娘用淒涼的眼光望著狗火雞，賴在地上不動彈。

一天早晨，我看見狗火雞同往常一樣，不厭其煩地咕咕咯咯叫著，在花娘身邊兜著圈子，突然，牠伸出光光的腦袋，在花娘的額頭重重啄了一下。火雞的嘴喙形如魚鉤，堅硬如鐵釘，狗頭雖硬，啄一下也難免起個肉疙瘩，花娘疼得咆哮起來，身體彈了彈，似乎想衝出去，但被兩條後腿拖累著，沒法還擊，只好在喉嚨裏呼嚕呼嚕咒罵。

狗火雞繞到花娘背後，冷不防又狠狠地在花娘後腦勺上啄了一下，絕不比大馬蜂螫得輕，花娘像觸電似地跳起來，奇蹟出現了，牠竟然四肢直立站了起來。

牠舉步向前走去，才走了兩步，一個踉蹌，摔倒在地。牠又悲哀地吠叫起來。狗火雞毫不心慈嘴軟，再次飛到花娘的背上，咬住花娘的一隻耳朵，使勁地擰呀擰，疼得花娘狗嘴都扭歪了，再次站立起來，去追狗火雞，這次，牠蹣跚著走出五、六步才摔倒。狗火雞一次次挑釁，直到花娘累得狗舌頭伸得老長老長，趴在地上大口喘氣，這才告一段落。

這以後，狗火雞樂此不疲，每天都玩這種「挑釁」遊戲。花娘的額頭上傷痕累累，血漬斑斑，頭上的毛快被拔光了，差不多變得像火雞似地成了光腦袋，可牠每次站起來的時間越來越長，追逐的距離也越來越遠。

一個多月後的一個下午，狗火雞又一次叼著一撮狗毛往前逃，花娘怒沖沖地尾隨追趕，突然，花娘腳下生風，嗖嗖朝前躥躍，一個前撲，把狗火雞撲倒在地，牠眼裏一片冰涼，透著一股殺氣，伸出嘴來一口銜著火雞的脖子。我在旁邊看得心驚肉跳，我知道狗火雞手段雖然殘忍了一點，但出發點卻是好的，是要讓花娘重新站立起來，倘若花娘一口咬斷了狗火雞的脖子，這大概是世界上最殘酷的悲劇了。

當時我正在給馬餵飼料，離牠們有十幾米遠，已無法阻止花娘行兇了。就在這時，我看見了今生今世永難忘懷的鏡頭：花娘將火雞脖子從嘴裏吐了出來，冰涼的眼光像被火焰融化了一樣，閃爍著一片晶瑩，牠把狗火雞摟進牠的懷裏，不斷地舔吻著狗火雞背上的羽毛。

哦，花娘懂得狗火雞的良苦用心。

一對白天鵝

孔雀湖上游有一片茂密的蘆葦叢，每年秋天，有一群短嘴天鵝從北方飛來過冬。短嘴天鵝又稱小天鵝，體形比大天鵝和疣鼻天鵝要小一些，全身潔白，嘴喙橙紅，顯得雍容華貴。這群短嘴天鵝約有四、五十隻，在孔雀湖上游的蘆葦叢裏生活四個月左右，第二年開春，便飛回北方去繁殖後代。

三月的一個早晨，我划著一葉獨木舟，到蘆葦叢裏去釣鱉。太陽出來時，只聽得蘆葦深處傳來一聲高吭嘹亮的叫聲，就像軍營裏吹響了集合的哨子，葦桿搖晃，鳥翼振動，喀喇喇飛起一群短嘴天鵝來，在孔雀湖上空盤旋了幾圈，灑下一串串惜別的鳴叫，徑直朝北飛去。

哦，眼下已是桃紅柳綠的春天，短嘴天鵝按體內生物時鐘的指示，遷飛到北方去了。再見了，美麗的天鵝！

我目送著天鵝群遠去，開始放排鉤，突然，離我不遠的一片蘆葦裏，拉起一道白線，又飛起一隻短嘴天鵝，貼著葦梢在頡頏翻飛，嘴裏還發出短促的尖叫。我知道，天鵝是一種集體觀念很強的飛禽，個體除非有非常特殊的理由，是不會在群體遷飛後還滯留在原地的。出於好奇，我小心翼翼地用竹篙撥開蘆葦，一看，在一個小小的荒島上，有一隻長著黑色瘤狀冠頂的雄天鵝正站在草地上仰望天空；貼著葦梢飛翔的那隻天鵝嘴喙基部呈紫絳色，脖頸比站在草地上的雄天鵝稍短些，一看就知道是隻雌天鵝。

雌天鵝在天空焦躁地鳴叫著，顯然是在催促草地上的雄天鵝快點起飛；雄天鵝擺出起飛的架式，可牠始終未能飛離地面；牠的左翅膀不知是跌傷了還是被野獸咬傷了，肩胛冒著血，把一大片羽毛都染紅了，已不能動彈，只有右翅膀在拼命撲扇，身體像陀螺似地在原地旋轉。

毫無疑問，這是一對夫妻，雄天鵝受了傷，無法跟群體飛回北方去了。

雌天鵝緩慢抖動著翅膀滑翔而下，姿勢優美動人，停落在雄天鵝身旁，用扁闊的嘴喙輕輕啄咬雄天鵝那隻僵硬的翅膀，似乎是在鼓勵雄天鵝不要灰心，又似乎是在替雄天鵝治療傷痛。牠柔軟的脖頸彎成圓圈，把雄天鵝那隻耷落在地的翅膀扶到背上去，恢復了正常形狀，然後滿懷希望地等待雄天鵝飛起來。

遺憾的是，雄天鵝傷得很重，又努力了幾次，仍未能飛起來。牠悲哀地呦呦叫著，弓著脖子，把身體躲進草叢去。

短嘴天鵝實行一夫一妻制的婚姻形態，是一種對愛情非常忠貞的鳥，一雌一雄結成配偶後，形影不離，終身不渝。可天鵝遷飛有嚴格的時間表，飛回北方後，立刻就要下蛋抱窩，耽誤了時間，就無法在秋風來臨之前將雛鳥餵得足夠壯實，雛鳥就很難經受得住秋天遷往南方的長途飛行。雌天鵝如果陪伴著受傷的雄天鵝留在這裏，成全了愛情，卻違背了物種的生存規律，南方的春夏季節，蚊蠅成團，蛇蟲肆虐，野獸猖獗，氣候過於炎熱，到了雨季又霪雨綿綿，不適宜天鵝生活，不僅不能繁殖後代，自己能否活下去也是個問題；牠如果追隨群體遷飛北方吧，順應了物種的生存規律，卻又背叛了神聖的愛情，與天鵝忠貞的品性相悖。

雌天鵝不斷向北方的天際瞭望，北歸的天鵝群已變成天邊一些小黑點，很快，這些小黑點消融在天的盡頭一片蒼茫的雲層裏。牠忍不住撐開翅膀，做出一種想要振翅起飛去追趕隊伍的姿勢來，可突然間，牠好像又受到另一種感情的制約，扭頭望望身邊的雄天鵝，神情哀戚地慢慢收斂起翅膀。

去也不是，留也不是，左右爲難，難煞雌天鵝。

一對天鵝默默地蹲在小島的草地上。過了一會，雄天鵝站了起來，不斷用身體去推搡雌天鵝，雌天鵝朝旁邊讓了兩步，雄天鵝又擠過去，繼續用胸脯撞擊雌天鵝，執意要把雌天鵝從自己身邊趕走。

雄天鵝的用意很明顯，是要讓雌天鵝別爲了牠耽誤了北歸的時間，是要雌天鵝快去追趕已經飛遠了的天鵝群。

雌天鵝卻斜著脖子不斷發出輕柔的叫聲，還用脖頸一遍一遍摩擦雄天鵝的背，似乎在向雄天鵝表白自己的心跡：你不能飛行了，我不會丟下你不管，自己飛到北方去的，我將陪伴在你身邊。

雄天鵝粗暴地叫著，脖子一弓一彈，扁闊的嘴喙狠狠啄咬雌天鵝，就像打冤家一樣。雌天鵝委屈地叫著，連飛帶跑地躲到小島的盡頭去了。雄天鵝不依不饒地追過去，繼續啄咬。雌天鵝被逼，無奈撲扇翅膀升上了天空，向北飛行。雄天鵝用一種戀戀不捨的表情目送著雌天鵝遠去。

雌天鵝差不多已飛到北面那座高聳入雲的布朗山峰了，突然間，牠拐了個彎，湛藍的天空劃過一道白色的弧形，疾速飛回到蘆葦叢上空，從高空盤旋而下，一面飛一面發出高吭嘹亮的鳴叫，那情景，好像是在向底下的雄天鵝吐露自己的心聲：我知道，你現在比以往任何時候都需要我，我來了，我們生生死死永遠在一起！

雄天鵝臉上的表情急劇變化，驚喜、羞赧、寬慰、焦急，牠扭頭望望自己受了重傷的翅膀，突然跳進湖裏，偏著臉，最後留戀地朝天上的雌天鵝看了一眼，腦袋猛地扎進水去，大概是深深扎進淤泥裏了，牠再也沒有能抬起頭來，一雙杏黃色的蹼掌和雪白的尾羽慢慢翹向天空。

雄天鵝知道只要自己還活著，雌天鵝就不會跟隨天鵝群返回北方去；牠是要以自己的死，來斷絕雌天鵝滯留在南方的念頭。多麼寬厚仁愛的雄天鵝啊。

幾乎在同一時刻，正在盤旋而降的雌天鵝對準小島上唯一一棵黑心樹飛去，牠的左翅膀撞在一根樹枝上，就像被鋒利的刀割了一刀似的，牠的左翅膀立刻不會動了，牠嘰地慘叫一聲，靠一隻右翅膀扇搖，幾乎是筆直地墜落下來，幸好島上的青草柔軟厚實，牠跌了個跟斗，身體的其他部位沒受什麼傷，站起來，脖子向上伸直，引頸環顧四方，呦噉呦噉地叫著，搖搖擺擺地尋找雄天鵝。

牠終於看見泡在水裏的雄天鵝，牠游了過去，嘴叼住雄天鵝的尾羽，把雄天鵝從淤泥裏拔了出來，用自己的脖頸將雄天鵝的脖頸從水裏扶起來，交頸廝磨，呦呦叫著，一面叫一面還把那隻受了傷垂落在水面被血浸紅的左翅膀斜過來，很明顯，牠是要讓雄天鵝看看，牠的一隻翅膀也受了傷，牠也無法飛往北方了。

可惜，雄天鵝永遠也睜不開眼睛了。

灰夫妻

我養了三十幾隻鵝，毛色純白，十分漂亮。唯有一隻公鵝和一隻母鵝，羽毛灰褐色，我就給牠們起名叫灰小子和灰姑娘，當牠們組成家庭後，我很自然地稱牠們灰夫妻。

這對灰夫妻不但羽毛灰不溜湫地缺乏美感，身體也比大白鵝瘦小，因此在鵝群中的地位很低，日子過得灰暗，常受到其他鵝家庭的欺負。我那群鵝主要生活區域，是我屋後那塊和籃球場差不多大小的池塘，各個鵝家庭根據自己在鵝群中地位的高低，固定地佔據某一方水面，例如池塘左側水草最茂盛、魚蝦最集中的水域，便屬於老公鵝長頸鹿和雌鵝雪妖所有，只要牠們在，其他鵝便不敢游過去染指。

灰夫妻在鵝群中地位最低，擁有的水面理所當然是最差最小的，位置剛好和頭鵝長頸鹿毗鄰，就在池塘靠岸那塊巴掌大的葫蘆形的淺水灣裏，水質渾濁，淺得魚蝦都不屑游過來玩耍。

四月，正是鵝抱窩孵卵的季節，灰姑娘孵出了四隻毛茸茸比蒲公英還嬌嫩的灰小鵝。家鵝是一種早成鳥，小鵝出生幾個小時後，就能跟隨媽媽和爸爸到水裏游泳覓食。我剛好到池塘疏通堵塞的水溝，看見灰小子和灰姑娘帶著牠們的小寶貝，吭吭叫著，往葫蘆灣走去。

牠們來到平時下水的地方，灰姑娘搖搖擺擺舉著蹼掌，剛要踩進池塘去，突然，老公鵝長頸鹿從池塘的水草間游了出來，游到灰姑娘面前，長長的脖子先是往後仰，仰到和尾羽成一條直線後，猛地彈射出去，扁闊的嘴喙在灰姑娘胸脯上重重地啄了一下，灰姑娘閃了個趔趄，靠一隻翅膀撐地，才勉強沒栽倒。四隻灰小鵝嚇得趕緊從水邊退回岸上。

長頸鹿脖子伸向天空，吭吭吭不停地叫喚，好像在發佈莊嚴的宣告：這塊葫蘆灣已經歸我家所有了！

雌鵝雪妖帶著早兩天出殼的五隻金燦燦的小鵝，神氣活現地在葫蘆灣裏游來游去。

想來，老公鵝長頸鹿和雌鵝雪妖因爲家裏添丁增口，原來的水域嫌小了，便趁著灰夫妻在岸上的鵝棚孵卵之際，強佔了這塊巴掌大的葫蘆灣。

灰小子和灰姑娘在岸上憤憤不平地叫喚了一陣，帶著四隻灰小鵝沿池塘往前走，試圖尋找可以讓牠們下水的地方，但所有的水面早已被其他鵝家庭瓜分完畢，牠們無論走到那裏，都不受歡迎，都遭到大白鵝們的威脅和驅逐。

牠們頂著烈日圍著池塘轉了一圈，最後又垂頭喪氣地回到了葫蘆灣。

四隻灰小鵝被太陽曬得難受極了，經不住水的誘惑，呀呀呀吵鬧著要下水。灰姑娘用嘴喙磨擦著灰小子的翅膀，然後堅決地將灰小子的頭扭向守在葫蘆灣下水處的長頸鹿，嘴裏發出短促激烈戰鼓般滾動的吭吭叫聲。

我養過多年鵝，鵝是所有家禽中最聰明、最有感情，也最能表達感情的一種動物，灰姑娘的這個身體動作，是在催促灰小子前去討伐長頸鹿。

公鵝是家庭利益的捍衛者，鵝家庭之間發生爭執，通常都是由公鵝與公鵝用武力來解決。灰小子膽怯地望望比自己高出一個頭的長頸鹿，又低頭望望渴盼著浸泡到水裏去的灰小鵝，鼓起勇氣吭吭高聲叫著，向葫蘆灣下水處奔去。

老公鵝長頸鹿拍扇著翅膀，從池塘登上岸來迎戰。一白一灰兩隻公鵝在砂礫上互相用嘴喙啄咬，用翅膀掄打。

灰小子體力上和精神上都處於劣勢，兩個回合下來，就敗下陣來，翼羽折斷了好幾根，冠頂上的肉瘤也被啄出了血，逃回灰姑娘身邊，縮起脖頸，羽毛緊閉，蹲在地上，瑟瑟發抖，一副喪魂落魄的樣子。

據我所知，公鵝征戰失利逃回來後，雌鵝大致有兩種表現：一是學著公鵝的樣，縮羽垂頭，哀叫數聲，表示與丈夫共同分擔失敗的憂傷與恥辱，稱之爲同情姿勢；二是輕蔑地扭過頭去，轉身走開，表示不屑與窩囊丈夫待在一起，稱之爲鄙夷姿勢。

讓我吃驚的是，灰姑娘既沒做同情姿勢，也沒做鄙夷姿勢，而是撐開翅膀，脖頸降到與身體平行的高度，嘴喙上翹，邁著優雅的步伐走到灰小子身旁，蹼掌高一腳低一腳，舞兮蹈兮，翅膀優美地扇動起來，吭吭發出興高采烈的叫聲。

我熟悉灰姑娘這套形體語言，是鵝典型的慶典儀式。凡公鵝在征戰中取得了輝煌勝利，雌鵝就會用這個姿勢歡迎公鵝凱旋歸來。

可灰小子並沒取得勝利，恰恰相反，遭到了慘敗，灰姑娘使用慶典儀式，有點像葬禮上演奏起婚禮曲，文不對題，牛頭不對馬嘴。連灰小子都意識到了這一點，羞愧難當地將扁闊的嘴喙連同腦袋，一起深深扎進翅膀底下。

灰姑娘仍執拗地表演著慶典儀式，舞姿越來越熱烈，感情也越來越投入，叫聲也越來越響亮，完全是真誠的喜慶。四隻小灰鵝也學著媽媽的樣，脖頸平伸，嘴喙上翹，稚嫩的小翅膀搖曳拍扇，圍著蹲在地上的灰小子翩然起舞。

我養了多年的鵝，還是第一次看見雌鵝用慶典儀式對待一隻失敗的公鵝。

隨著慶典儀式的展開，我發現，灰小子因失敗帶來的沮喪和頹唐的情緒慢慢在消褪，腦袋從翅膀底下鑽了出來，神氣地昂然豎立，麻栗色的瞳仁像重新吹燃的火塘，光焰四射，緊閉的羽毛一點一點膨脹開，身體明顯放大，站了起來，搖搖擺擺再次朝長頸鹿奔過去。

這一次，灰小子表現得比剛才勇敢多了，與長頸鹿扭成一團，打得難分難解。突然，牠敏捷地爬上長頸鹿的背，用肩胛上的硬骨重重敲打長頸鹿的腦袋。長頸鹿大概被敲得暈眩了，節節後退，沒留神噗通掉進池塘去。灰小子也跟著跳下池塘，一下把長頸鹿踩進水裏。長頸鹿嗆了一口水，受了嚴重驚嚇，從水裏浮起來後，迅速划動蹼掌，往雌鵝雪妖身邊逃竄。

雪妖輕蔑地扭過頭去，轉身帶著五隻金小鵝游進水草去。

長頸鹿喪氣地閉緊羽毛，縮下脖頸，游離了葫蘆灣。

灰夫妻終於奪回了本來就屬於牠們的葫蘆灣，帶著四隻灰小鵝，高高興興地在水裏戲鬧覓食。

灰姑娘一反傳統做法，向遭受失敗恥辱的灰小子使用慶典儀式，喚醒了灰小子的自尊，激起了灰小子的鬥志，對雌鵝來說，真是一個了不起的發明創造。

丹頂鶴再嫁

人們常用鶴立雞群來形容俊彥與庸人的差別。

在白鶴、灰鶴、赤頸鶴、黑頸鶴、戴冕鶴、蓑羽鶴、紅面鶴、白頭鶴等各種鶴類中，無論羽色、體形、儀態和鳴叫聲，丹頂鶴都算得上是鶴中珍品。

丹頂鶴的特點很顯著，腿長脖子長嘴殼長，全身潔白如雪，翼羽尖端呈黑紫色，好像穿著典雅美麗的無痕束裙，頸部一圈如墨黑羽，到後腦勺時又鋪開一片白羽，在黑白兩色羽毛的烘托下，頭頂皮膚裸露，呈顯出一點丹紅，十分醒目。站在水澤草灘，秀逸瀟灑，振翅欲飛時，彎曲成弓形的雙翼輕扇曼搖，猶如仙女舞動霓裳，極有美感，堪稱神仙伴侶，因此享有仙鶴的美譽。國畫家們都愛畫丹頂鶴，或翱翔九霄，表達凌雲壯志，或漫步荒郊，用閒雲野鶴來抒發自己清高脫俗的隱士情懷，或佇立松枝，象徵吉祥與長壽……可見丹頂鶴無與倫比的觀賞價值。

昆明圓通山動物園用兩隻名貴的滇金絲猴，從北京動物園換回一對丹頂鶴。雄鶴澄黃色的嘴殼上，有幾條深顏色的虎皮斑紋，名字就叫虎紋嘴；雌鶴後腦勺那片白羽一直延續到脖頸，就像紮著一條白絲絨圍巾，故稱白紗巾。據說這是對情竇初開的小情人，從小在北京動物園一起長大，青梅竹馬，兩小無猜，如今已到了可以婚配的年齡。

我們都盼望牠們在今年四、五月份的繁殖季節能喜結良緣，多生貴子，使丹頂鶴這一珍貴物種在圓通山動物園繁榮昌盛。

四月中旬，圓通山櫻花盛開，雄鶴虎紋嘴和雌鶴白紗巾晝同食、夜同寢、交頸廝摩，黏黏乎乎，儼然成爲一對形影不離的最佳伉儷。

然而，好景不長，不知是不適應南方的氣候，還是身體本來就不好，就在這時，雄鶴虎紋嘴病倒了。拒食、拉稀、昏睡，一副病懨懨的樣子。請了最好的獸醫來替牠治病，灌了許多藥打了許多針都不起作用，病情日日加重，站都站不起，脖子都伸不直，叫都叫不出聲，病入膏肓，氣息奄奄，只等著死神來收容了。

從園長、研究人員到普通工人，大家都心急如焚，不僅惋惜雄鶴虎紋嘴時運不佳，剛做了新郎就要做新鬼，更擔憂雌鶴白紗巾的安危，怕牠變成虎紋嘴的殉葬品。

丹頂鶴不僅外表華貴，心靈也很美麗，是一種對愛情忠貞不貳的鳥。雌雄一旦結成伴侶，便終身相守，白頭偕老，只有死亡才能將牠們分開。牠們似乎把感情看得很重很重，恪守從一而終的信條，一旦伴侶不幸死去，未亡者往往守節獨居，很少發生寡婦再醮或鰥夫續弦這樣的事。尤其是雌鶴，好像天生就是爲愛情而活著的，一旦自己所心愛的雄鶴不在了，柔腸寸斷，悲慟欲絕，往往會一縷香魂隨君去。

圓通山動物園十多年前也曾從黑龍江一位獵戶手裏買過一對丹頂鶴，也是雄鶴病故，雌鶴相思過度，沒多久也義無反顧地跨過奈何橋奔赴黃泉路。

歷史的悲劇請千萬別重演。

不想發生的事偏偏會發生。雌鶴白紗巾自從雄鶴虎紋嘴病倒後，就食量銳減，清早起來也無心再到水池邊啄起一串串晶瑩的水珠整理羽毛梳洗打扮，整天站在虎紋嘴的身邊，一會兒用自己的嘴殼輕輕托起虎紋嘴綿軟乏力的脖頸，一會兒啄一隻螞蚱餵到虎紋嘴的嘴裏，一會兒在虎紋嘴耳畔輕輕鳴叫，夜晚也很少入睡，幾天下來，便容貌憔悴，瘦了一圈。

當雄鶴虎紋嘴快咽氣這一天，白紗巾乾脆什麼也不吃，什麼也不喝，趴在虎紋嘴旁邊，長長的脖子彎成個圓圈，嘴殼插進翅膀，一動也不動。很明顯牠是在等死，不能和虎紋嘴同年同月同日生，但願與虎紋嘴同年同月同日死。

在我們看來，這無謂的殉葬實在沒有必要，不僅糟蹋生命，還會給圓通山動物園帶來重大損失，既不利國也不利民更不利己，何苦來著?雄鶴虎紋嘴已沈屙難救，這沒辦法，但雌鶴白紗巾無病無災，我們理當拯救牠的生命。

我們將奄奄一息的雄鶴虎紋嘴移出鐵籠子，以為這樣雌鶴白紗巾可能心裏會好受些，豈料白紗巾更加痛苦更加癲狂，不僅仍然不吃不喝，還拼命往鐵柵欄上撲飛衝撞，生生死死都要與虎紋嘴在一起。

沒辦法，只好把白紗巾裝進軟編織袋，免得牠把自己撞死。

虎紋嘴被移出鐵籠子後，幾分鐘就雙腿一蹬，去了不歸路。

怎麼辦？怎麼才能將白紗巾從無法自拔的悲痛中解救出來？幾個人一商量，只有將虎紋嘴做成標本，也許能救燃眉之急。

這主意不壞，請來這方面專家，連夜將虎紋嘴的屍體做了技術處理，掏去內臟，裝進一架可以遙控的答錄機，正好有一捲虎紋嘴鳴叫聲的錄音帶，那是在虎紋嘴生前爲了收集、保存和研究不同種類的鶴鳴聲而專門替牠錄製的。爲了使效果更逼真，還在長長的鶴頸、細細的鶴腿及翅膀上用鋼絲和小軸輪安裝簡易活動關節，可以做出撐翅、斂翅、曲腿、直立、彎頸、搖頭等六個很簡單的動作。然後將肚子縫好，用蠟塗抹一遍羽毛，又用螺絲將標本固定在一塊鋼板上，第二天一早，連鋼板帶標本一起搬進鶴館去。隨後，將捆綁在軟編織袋裏的白紗巾釋放出來。

虎紋嘴羽毛油光閃閃，通體發亮，經過特殊處理的眼珠炯炯有神，有鋼絲支撐，站立得也極穩當。人眼看去，當然破綻百出，一眼就可看出這是一具沒有生命的空殼，但鶴的腦袋畢竟要簡單些，缺乏識別真僞的能力，較容易上當受騙。

白紗巾已絕食一天一夜，折騰得身體十分虛弱，但一見虎紋嘴的標本，立刻兩眼放光，發出一聲嘶啞的鳴叫，扇動翅膀連飛帶跑撲到虎紋嘴的身邊，一隻翅膀搭在虎紋嘴身上，激動得全身羽毛都在姿張抖動，嘴殼輕輕啄咬虎紋嘴的嘴殼，也不曉得算不算是一種接吻儀式，看得出來，牠為今生今世還能和虎紋嘴重逢感到無比喜悅。

我們在籠子外面撳動按鈕，讓虎紋嘴發出兩聲短促的鳴叫，還讓虎紋嘴扭了幾下脖頸，以證明這是活的雄鶴虎紋嘴。

白紗巾把臉埋進虎紋嘴的下巴頦，雙目緊閉，一副小鳥依人的模樣，沈浸在巨大的幸福中。毫無疑問，在白紗巾眼裏，虎紋嘴死而復生了。

我們往籠子裏拋了些小蝦和蘆葦的嫩芽，白紗巾狼吞虎咽，吃得津津有味。牠終於擺脫死亡陰影，重新點燃求生欲望。

我對一隻活生生的雌鶴與一隻做成標本的雄鶴共同生活興趣盎然，每天一清早就來到丹頂鶴館，仔細觀察，看看到底會發生什麼出人意料的事情。

虎紋嘴雖然外表栩栩如生，不僅會發出道地的鶴鳴聲，還會做出六個動作，但畢竟和活鶴有天壤之別，我不相信白紗巾一點也感覺不出來，會永遠被蒙在鼓裏。我在想，如果假戲被揭穿，牠會麼樣呢？

兩天以後，雌鶴白紗巾似乎看出點蹊蹺來。清晨，本該一起來到小水池邊，啄起一串串晶瑩的水珠，互相梳理羽毛的，但白紗巾在小水池邊轉了好幾圈，急切地鳴叫了五、六遍，虎紋嘴仍無動於衷，還像根木頭似地站在原地不動；太陽出來了，照理說，牠們該比翼齊飛，雖說籠子狹小，飛不高也飛不遠，但活動活動翅膀、舒展舒展筋骨也是好的啊，奇怪的是，牠在籠子裏飛了好幾個來回，每一次都從虎紋嘴的頭頂掠過，翅膀都快拍打到虎紋嘴的腦袋了，這傢伙還是不肯展翅飛翔，只是機械地做了幾個張開翅膀的動作；員工往籠子裏投放食料，過去都是並肩同食，虎紋嘴揀到什麼美味佳肴，總要送到牠面前分一半給牠，牠若啄到什麼可口的東西，也會召喚虎紋嘴來共同享用，可如今，牠站在虎紋嘴面前，一次又一次優雅地甩動脖頸，熱情邀請虎紋嘴與牠同去進食，卻像在對牛彈琴，虎紋嘴像生了根一樣佇立在那兒，一步也不挪動，從胸腔裏發出含義模糊、悶聲悶氣的鳴叫。

這一切，不能不引起白紗巾的懷疑，我想，牠一定會在心裏打個大大的問號：許多地方都不對勁，這是怎麼啦？

那天黃昏，員工往丹頂鶴館裏投放了十多尾一寸長的細鱗魚，白紗巾叼起一條來，往虎紋嘴的嘴裏塞。這具標本雖然脖頸會扭動，卻不會張嘴，更不會做吞咽動作。白紗巾先是將小魚在虎紋嘴面前晃動，丹頂鶴最愛吃這種小細鱗魚了，這無疑是引誘虎紋嘴來爭搶，但虎紋嘴漠然地望著那條小細鱗魚，一點反應也沒有；白紗巾又數次將小魚塞進虎紋嘴大嘴殼的縫隙，剛塞進去又掉出來，就像在餵一塊石頭。

白紗巾滿臉疑惑，脖子平伸，圍著虎紋嘴轉了一圈又一圈，從各個角度打量，每個部位都仔細看了好幾遍，嘴裏發出呦吭呦吭的鳴叫聲，好像在質問：你不吃不喝又不動，究竟是鶴還是鬼呀？我們趕緊在籠子外面遙控操作，讓虎紋嘴展翅斂翅並發出嗡聲嗡氣的鳴叫，白紗巾彷彿已經厭惡這種造假的動作和叫聲，突然間全身羽毛姿張，脖頸一弓一彈，尖利的嘴喙猛地在虎紋嘴身上啄咬一口，啄下一片黑色羽毛。牠好像怨恨虎紋嘴死氣沈沈的樣子，發洩著心中的怒火。虎紋嘴不會反擊，也無從逃遁，呆呆地沒有任何變化。這更激怒了白紗巾，一次又一次衝上去啄咬，一口氣在虎紋嘴背上啄下十幾片羽毛。

我們在籠子外乾著急，不知道該怎麼辦才好，只有胡亂啓動開關，讓縫在虎紋嘴肚子裏的答錄機播出鶴鳴聲，還讓標本的膝關節彎曲，身體蹲伏下來，好像被對方啄咬得連站都站不穩了。

誰知這一招還挺管用的，當虎紋嘴蹲伏下來後，白紗巾立刻停止了啄咬，四下張望，好像從夢幰中剛剛醒過來，牠的眼光落到被牠從虎紋嘴身上拔下來的十幾片背羽，就像看到了一條劇毒的眼鏡蛇一樣，驚悸不安，仰起脖頸，發出一聲長長的鳴叫，聲調淒厲哀怨，像是在痛苦地自責和懺悔，然後，牠貼到虎紋嘴身旁，把自己的脖頸和後背塞到虎紋嘴的尖喙下，抖動背羽和翅膀，發出如泣如訴的鳴叫，不難猜測，牠爲自己傷害了虎紋嘴悔恨得猶如萬箭穿心，牠要虎紋嘴一報還一報，也啄咬牠背上的羽毛，這樣牠心裏會好過些。

虎紋嘴顯然做不到這一點，我想，即使牠不是一具標本，也不會這樣做的。我們只能讓虎紋嘴站起來，緩慢地搖動兩下翅膀，表達自己無所謂的心情。

白紗巾從虎紋嘴的尖喙下走出來，翻轉脖頸，嘴殼伸到自己的背上，銜住一片羽毛，腿用力一蹬，脖頸用力一挺，將那片羽毛活生生拔了下來，接著，又拔第二片、第三片……牠的背上裸露出一塊粉紅色的皮膚，濡出絲絲鮮血。

牠執意要自己懲罰自己，誰也無法阻止牠。

牠一口氣從自己的背上拔下十多片羽毛，這才罷休。

這以後，白紗巾好像習慣了虎紋嘴標本那副死氣沈沈的模樣，不再挑剔虎紋嘴會不會走動，也不再責怪虎紋嘴爲什麼不陪牠在籠子裏振翅飛翔。早晨，牠獨自在水池邊飲水梳洗，完畢後，銜一嘴清水來到虎紋嘴身邊，灑在虎紋嘴的頭上；太陽出來時，牠獨自在籠中繞飛數匝，停落在虎紋嘴身旁，蘸著燦爛的陽光先替虎紋嘴梳理一遍翅膀，然後再整理自己被晨風吹得有些凌亂的雙翼；進食時，牠會把食物從食盆裏叼到虎紋嘴面前，然後再吃，尋找與自己伴侶共進晚餐那份美好的感覺；夜晚，牠就緊挨著虎紋嘴，相擁而眠。

我不止一次地看到，白紗巾將自己柔軟的脖頸搭在虎紋嘴的背上，不停地摩挲，還從胸腔深處發出呦吭呦吭的叫聲，好像在對虎紋嘴說：不管你變得多麼古怪，你仍是我唯一的愛，今生今世我永遠也不會離開你！

牠無法改變不可捉摸的命運，只能面對離奇荒誕的現實。

就在虎紋嘴死後的第二天，圓通山動物園派出採購人員前往北京動物園，重新購買一隻雄丹頂鶴。

我們不能長時間讓一隻活生生的雌丹頂鶴和一具沒有生命的雄丹頂鶴標本生活在一起，這從倫理道德角度看，未免有點殘忍，已經引起遊客議論紛紛，如不解決，勢必影響動物園的聲譽，再有，我們指望丹頂鶴能繁衍後代，添丁增口，讓這一珍貴物種在春城昆明繁榮壯大，而讓雌鶴陪伴一具雄鶴的標本過日子，是永遠不可能達到這個目的的，只有重新引進雄丹頂鶴。

一個月後，新購買的雄丹頂鶴被安全運抵圓通山動物園。

這是一隻青春年少的雄鶴，約四歲左右，對雄丹頂鶴來說，是最佳婚娶年齡。牠紫紅色的腿桿細長有力，黑白分明的羽毛光滑如緞，兩隻眼珠清亮如水，極有神采。頭頂那點丹紅色澤豔麗，紅得就像燃燒的雞冠花，我們給牠取名叫紅帽子。

這天早晨，兩名前來動物園實習的女大學生用魚油擦亮紅帽子的嘴殼，用抹布揩淨紅帽子的腳桿和尾羽，用一根黃綢帶在紅帽子脖頸上繫了個漂亮的領結，像給新郎化妝一樣，將紅帽子打扮得漂漂亮亮，送進丹頂鶴館去。

不言而喻，我們希望紅帽子能施展自己的雄性魅力，早日贏得白紗巾一顆芳心，結秦晉之好，孵出一窩活蹦亂跳的小丹頂鶴來。

我們打算，一旦白紗巾對紅帽子有點這方面的意思，就立刻把虎紋嘴標本搬出丹頂鶴館。

正值丹頂鶴的交配繁殖季節，詩經云：關關雎鳩，在河之洲，窈窕淑女，君子好逑。紅帽子跨進籠子，一看見婷婷玉立的白紗巾，立刻兩眼放光，挺胸昂首，拼命扇動翅膀，發出高亢洪亮的鳴叫。

這是一套雄丹頂鶴典型的自我炫耀動作，挺胸昂首，以展示自己偉岸的身軀，扇動翅膀，以證明自己有搏擊長空的能力，引頸鳴叫，以表明自己的英雄氣概。牠這樣做，當然是要給初次見面的白紗巾留下個好印象，以便下一步展開進攻。

鶴鳴九皋，聲聞於天。丹頂鶴的氣管很長，盤繞好幾個圓圈，穿入胸骨，活像一支小號，所以叫聲特別嘹亮，順風可傳五里。紅帽子在異性面前表演，叫得更是賣勁，響得把假山背後的老虎都驚動了，撲到鐵柵欄上，朝丹頂鶴館方向吼出幾嗓子威風凜凜的虎嘯，好像要同丹頂鶴比比誰叫得更響亮、更氣勢磅礴。

好一個鶴虎對嘯，許多遊客都被吸引了，紛紛湧來看熱鬧。

可白紗巾卻只是淡淡地朝新來的紅帽子瞟了一眼，仍在水池邊埋頭汲水，完全是一副漠然處之的態度。

紅帽子又氣貫長虹地鳴叫數聲，白紗巾彷彿聾了似的，一點反應也沒有。

叫了等於白叫，再叫也是白搭。紅帽子未免有點氣餒，回頭望望站在籠外那兩位替牠梳妝打扮的女大學生。

紅帽子從北京動物園來到圓通山動物園，按慣例，在觀察站生活了半個月，以適應昆明的氣候和水土，這期間，就是這兩位女大學生負責飼養並照料牠的生活，牠和她們廝混得很熟。

一位名叫彭星的姑娘從鐵絲網眼裏伸進一隻手去，撫摸紅帽子的嘴喙，安慰道：「沒關係，好女怕纏郎，堅持就是勝利。」

另一位名叫清霞的姑娘也捋理著紅帽子的脊背鼓勵道：「哦，勇敢些，愛情的道路上不可能沒有坎坷和險灘，勇往直前才能摘取甜蜜的果實。」

不知是受到了兩位女大學生的鼓舞，還是求偶心切，有點迫不及待了，紅帽子一步步朝水池邊走去，微張著嘴喙，半撐著翅膀，脖子伸得老長，好像知道秀色可餐這句成語，一副饞涎欲滴的模樣，如果可能的話，大概想用蠻力搶婚了。

牠剛走到水池邊，白紗巾好像身後也長眼睛似的，突然一個轉身，頸部和背部的羽毛姿張開，翅膀平伸，雙腿半曲，呵呵叫著，一副躍躍欲撲的姿勢，很明顯，是在警告紅帽子：你敢胡來，我和你拼了！紅帽子心虛地往後退了一步。

白紗巾也一面擺出殊死迎戰的架勢，一面往虎紋嘴身邊退卻。退到標本旁，牠的膽氣似乎更壯了，就像有靠山撐腰似的，依傍在虎紋嘴身上，朝紅帽子發出一串串短促激越的鳴叫，那是在訾罵紅帽子：你這個無賴，睜開你的眼睛看看，我有心愛的郎君，你休得無禮！

就像一隻皮球被釘子戳破漏氣了一樣，紅帽子斂起翅膀縮回脖頸，悻悻地走開去。

彭星姑娘在籠子外叫道：「別怕，這是隻死鶴，一具標本，不必害怕！」遺憾的是紅帽子聽不懂她的話，沒有膽量向一家子丹頂鶴挑釁，萎癟癟地趴在水池邊啄飲起水來，大概是想用涼水來壓一壓心中那股無法排泄的欲火。

圓通山動物園鳥類研究室錢主任當時也在場，見兩位女大學生心急如焚的樣子，忍俊不住笑起來，很有把握地說：

「不用著急，活鶴肯定比標本有吸引力，剛開始白紗巾是不習慣，牠還不認識紅帽子，大家都還陌生，陌生就有距離感和戒備感，再說，感情轉移也要有個過程，用不了幾天，牠們彼此熟悉後，牠就會拋棄死呆呆的標本，投進紅帽子的懷抱，到那個時候，你就是用棍子打也無法把牠們拆開了。」

爲了能幫助白紗巾實現情感轉移，錢主任下令關閉標本所有的遙控裝置，包括那架答錄機。虎紋嘴不再會做任何動作，也不再會發出鳴叫聲，紋絲不動，悄無聲息，成了道道地地的死鶴。

錢主任雖然是著名的鳥類學家，但這一次卻沒能說準。一連好多天，白紗巾對待紅帽子的態度一如既往，絲毫也沒表現出情感有所鬆動、警惕性有所懈怠的舉動來。進食時，牠站在食盆邊，只要一看見紅帽子過來，立刻就擺出一副凜然不可侵犯的神態，一面厭惡地鳴叫著，一面往虎紋嘴標本那兒撤退，好像紅帽子不是相貌俊美、風度翩翩的雄鶴，而是一碗看了就會倒胃口的餿飯；口渴了，要是紅帽子正待在水池邊，牠寧可忍受著乾渴的折磨，也決不會跑過去與紅帽子並肩共飲，好像紅帽子身上有什麼嚴重傳染病似的；清晨，丹頂鶴都有迎著太陽飛翔的習慣，但自從紅帽子進籠，白紗巾就再也沒有展翅飛過，好像是不願意讓紅帽子欣賞到牠翱翔天空時展露無遺的嬌美秀麗的身姿；牠甚至不再到水池邊蘸著清水梳理自己的羽毛，也許是不願自己梳妝時的羞怯與慵懶煽起對方邪惡的念頭，不願自己梳妝後的姣好和嫵媚招來更多的糾纏……

一切跡象表明，白紗巾心裏根本就沒有紅帽子。

倒是紅帽子仍不改初衷，一有機會就設法勾引白紗巾。正值丹頂鶴的交配繁殖季節，籠子裏只有白紗巾一隻雌鶴，除此之外，牠找不到其他追求對象。只要白紗巾一離開虎紋嘴身邊，牠就呵呵怪叫，脖子一伸一勾輕佻地搭訕；每次進食，牠都要嘴尖叼一點好吃的，朝白紗巾搖頭晃腦，企圖用小恩小惠進行籠絡；夜幕降臨，牠大概是孤獨難眠吧，總是睡在離那具標本不遠的地方，一雙很有誘惑力的眼睛在黑暗中凝視著白紗巾，不時發出幾聲曖昧的叫聲，百般挑逗。

然而，一切都是對牛彈琴，紅帽子所有的努力均付諸東流。

轉眼一個月過去了，丹頂鶴的繁殖期已近尾聲，再這樣下去，我們想讓丹頂鶴在圓通山動物園繁榮昌盛的計劃就此落空。

錢主任一愁莫展，苦著臉站在鐵籠子外，搖頭歎息道：「只怪紅帽子沒有本事，情場新手，俘虜不到白紗巾的心，辜負了我們一片期望啊。」

兩位女大學生對這樣的指責頗不以爲然。彭星爲紅帽子打抱不平：「牠已經盡了最大的努力，對方的心像是用冰做的，牠能有什麼辦法？這種事情講究個緣分，也許牠倆之間注定沒有這份情緣。」

清霞姑娘也說：「紅帽子各方面的表現還是不錯的，雖談不上是戀愛專家，但牠經常啄著食物想送給白紗巾，有一次下雨，我親眼看到牠撐開翅膀，跑到白紗巾身旁，想用自己的身體爲白紗巾遮風擋雨。牠對白紗巾可謂關懷備至、體貼入微。」

我開玩笑說：「這隻雌鶴對愛情如此堅貞，大概是想掙一塊貞節牌坊吧。」

我相信，此時此刻，所有人的心情都和我一樣，巴不得白紗巾是隻水性楊花的雌鶴，生性淫蕩，好玩紅杏出牆的愛情遊戲，做個快快樂樂的風流寡婦。我真想勸勸牠，生命苦短，該尋歡作樂就要尋歡作樂，別耽誤了青春好年華！何必那麼拘謹，何必那麼古板，何必苦了自己？

錢主任還是堅持自己的看法，慢悠悠地說：

「紅帽子確實算不上是最有吸引力的雄鶴，哦，大家知道，丹頂鶴善跳求偶舞，許多雄鶴在求愛期間，都是靠優美的舞蹈把雌鶴迷住的。我在哈爾濱動物園親眼看見，有一隻雄鶴追求一隻雌鶴，開始雌鶴也是搭架子，對雄鶴愛理不理，後來雄鶴跳起求偶舞，我看著表計算，足足跳了二十多分鐘，跳紅了雌鶴的臉，跳醉了雌鶴的心，終於把那隻雌鶴跳到自己身邊來了。哦，紅帽子從沒跳過鳥類求偶舞吧，白紗巾怎會喜歡牠？」

好像是存心要駁斥錢主任這番話是不真實的，紅帽子突然撐開一隻翅膀，收起一隻腳桿，做出一個難度很大的平衡動作，高鳴一聲，開始跳起了求偶舞。

許多種類的雄鳥在追求異性時都會翩翩起舞。在眾多鳥類中，涉禽類尤其善舞。丹頂鶴更是涉禽類中出類拔萃的舞蹈家。

一片白雲徐徐從天空飄過，桔黃色的陽光從雲縫間滲透下來，就像拉開了舞臺上的大幕，紅帽子開始舞兮蹈兮。牠一會兒扭動脖子，一會兒踢蹬雙爪，一會兒搖甩翅膀，一會兒轉動軀體，用我們人類難以理解的特殊舞蹈語彙，抒發著內心的澎湃激情。

牠身體的每一個部位似乎都構成了舞蹈要素，具有很強的表現力。黑白兩色翼羽姿張開來，迎風飄旋，就像一件被施了魔法的舞裙；短短的尾羽也翻翹起來，左右抖顫，就像豎起了一面求愛的旗幟；兩隻遒勁的爪子就像跳踢踏舞一樣踩出瘋狂的節奏和令人眼花撩亂的舞步；脊背藝術地聳動著，起伏擺動猶如在浪尖谷底航行的一葉輕舟；最傳神的還是那根細長的脖頸，極像一條在耍蛇人笛聲中鑽出竹簍的舞蛇，輕曼如同風擺柳，頭頂那點鮮豔的丹紅，花枝招展般地出現在白紗巾面前。

連我們都覺得這求偶舞感染力極強，再矜持的雌鶴也應當心旌搖曳，把持不住。遺憾的是，白紗巾好像是用特殊材料做成的雌鶴，面對如此絢麗多姿的求偶舞，牠心如枯井，激不起任何情緒波瀾，漫不經心地看了一眼，就忙著去給虎紋嘴標本梳理羽毛了。

紅帽子大概抱定精誠所至、金石會開的想法，跳得更加投入更加狂放，一隻翅膀傾斜拖地，嘴喙翻轉朝天，急遽旋轉，大有一種不能征服白紗巾死不罷休的意思。

半個小時過去了，白紗巾仍十分平靜地待在虎紋嘴身旁，對紅帽子優美的舞姿、出眾的舞藝無動於衷。

舞著轉著，紅帽子突然像溶化的糖漿軟綿綿仄倒了，兩隻翅膀無力地鬆散耷落，長長的脖頸也垂掛下來，嘴喙支著地，吭吭喘著氣。牠跳得太猛太急太快，時間也拉得過長，精疲力竭了。

白紗巾用自己的脖頸纏繞摩蹭著虎紋嘴的脖頸，嘴裏還發出輕曼的叫聲，好像在說：你是我唯一的愛，我的心永遠只屬於你！

過了好一會，紅帽子才緩過點勁來，揚起脖子，絕望的眼光看著白紗巾，發出一聲有氣無力的哀鳴。

「我是無能爲力了。」錢主任攤開雙手，搖著頭說，「我算是領教了什麼叫感情專一。誰有本事讓白紗巾離開這具標本，和紅帽子結百年之好，我們研究室發給他五百元當特殊貢獻獎。」

「你說話當真？」會計室出納殷芳恰巧路過這兒，笑嘻嘻地問道。

「君子一言，駟馬難追。」錢主任說得斬釘截鐵。

「那好吧，我來試試。」

我們大家都用不信任的眼光望著殷芳。她雖然在動物園工作，但所學的專業是財會，對鳥類一竅不通，能有什麼辦法來解決這一棘手的難題？她五官端正，曲線優美，長得也很漂亮，但在圓通山動物園名聲卻不怎麼好，才二十八歲，就已有過兩次婚變，第一次是嫁給一個棄文經商的作家，僅半年後就以感情不和爲理由離了婚，第二次嫁給一個被炸斷了一條腿的掃雷英雄，結果又是半年後婚姻宣告解體。人們在背後對她頗有微詞，說她是性解放者什麼的。難道她有所羅門王的指環（＊），能與飛禽走獸直接對話，從而將自己有關愛情婚姻的新潮觀念和心得體會灌輸給雌鶴白紗巾？

「我覺得，這隻雌鶴不理睬那隻跳舞的雄鶴，是因爲牠心裏已經有了標本雄鶴，雌鶴的一顆心是不可能同時容下兩隻雄鶴的。」殷芳振振有詞地說道。

這話或許有一定道理，但我們要的不是心理分析，而是解決問題的具體辦法。

「要想讓這隻雌鶴接受那隻跳舞的雄鶴，必須先要讓牠把標本雄鶴給拋棄了。」殷芳顯得很內行的樣子說。

「我們不能把那具標本移走，不然白紗巾會絕食撞籠的。」錢主任說，「難就難在這裏啊。」

「我沒說要把標本移走。」殷芳莞爾一笑說，「光把標本移走，當然是行不通的。牠愛這具標本雄鶴，你即使當著牠的面將這具標本燒成灰，牠的心仍然屬於標本雄鶴的。我說的是，要將標本雄鶴從這隻雌鶴的心裏移走。」

這話聽起來不錯，但很玄乎。

「妳說得具體一點，究竟該如何做？」錢主任饒有興趣地問。

殷芳如此這般地說了一番。

我們按殷芳所說的，重新啓動虎紋嘴標本的遙控裝置。每當紅帽子接近這具標本時，我們就及時撳動開關，讓虎紋嘴做出曲蹲、垂翅、縮頸的動作來。

兩隻雄鶴相遇，免不了會爭強鬥勝，排定強弱秩序。勝利的一方往往直立、挺胸、豎頸，失敗的一方不是逃之夭夭，就是曲蹲、垂翅、縮頸，以示臣服。

第一次我們讓虎紋嘴標本這樣做時，紅帽子瞪起驚詫的眼睛，好像不相信這是真的。白紗巾則像見到了兇惡的野貓一樣，呵呵呵驚叫起來，將自己的脖頸探到虎紋嘴身體底下，用力往上抬，好像在告誡虎紋嘴：你不必這麼害怕，沒什麼東西能傷害你，你快站起來啊！

第二次我們讓虎紋嘴標本這樣做時，紅帽子顯得異常興高采烈，就好像剛張開嘴就有一隻可口的小蝗蟲自動送上門來了，牠雄赳赳地站在虎紋嘴標本面前，威風凜凜地搖扇巨大的翅膀，發出一聲聲高亢嘹亮的鳴叫，一副勝利者得意洋洋的姿態。白紗巾則痛苦地望著蹲伏在地上的虎紋嘴，六神無主地在籠子裏跑來跑去，發出一聲聲揪心的悲鳴，牠是不願意看著虎紋嘴受凌辱。

鳥類是能夠積累經驗的，幾次以後，紅帽子終於發現虎紋嘴徒有美麗的外表，其實是一具不會吃、不會飛、不會動、不會叫的空殼。牠的膽子越來越大，飛翔時會突然一拐彎，徑直從虎紋嘴頭頂掠過，戲弄式地拍打翅膀，風把虎紋嘴背上的羽毛吹得亂蓬蓬；有時候，牠會叼起一撮草芽跑到離虎紋嘴標本僅一步之遙的地方，示威地做出向白紗巾調笑餵食的動作來；有時候，牠用不屑一顧的神情睨視著虎紋嘴，當著白紗巾的面，亮出尖喙在虎紋嘴頭上啄咬。不管怎樣，我們一律撳動開關，讓虎紋嘴做出甘願受辱、乞求饒命的姿勢來，為了使效果更逼真，我們讓縫在標本肚子裏的那架答錄機慢速播放，結果放出來的鳴叫聲難聽得就像在哭泣哀嘯。

真正的慘不忍睹，對一心愛著虎紋嘴的白紗巾來說。

我們這種做法有點卑鄙，損害了虎紋嘴的尊嚴和名譽。但牠只是一隻丹頂鶴，別說已經死了，即使活著，也沒法到法院去告我們侵害了牠的名譽權。人和動物打交道，不必拘泥什麼道德。再說，我們的出發點還是好的，是為了拯救誤入感情死胡同的雌鶴白紗巾。

這辦法雖然簡單，效果卻很顯著。幾天以後，白紗巾對待虎紋嘴的態度就發生了明顯變化，牠不再啄起清水替虎紋嘴梳理羽毛，也不再將自己柔軟而富有彈性的脖子靠在虎紋嘴背上摩蹭，雖然晚上牠還睡在那具標本旁，但已不再像過去那樣緊貼在對方的身上入眠，而是獨自躺臥在距離一公尺遠的草窩裏。

一切跡象表明，白紗巾的愛意已經稀釋，彼此的感情已出現裂痕，這是一個好兆頭，對我們來說。

愛情是偉大的，能抗擊生活的風浪，能戰勝病痛與災難，甚至在死亡面前，也常常表現得堅貞不屈。然而，愛情又是脆弱的，不能容忍渺小與卑微，不能接受一個殘缺的靈魂，不能寄生平庸和萎瑣。

對雌性動物來說，尤其是這樣。

當雄鶴虎紋嘴變成一具不會動彈的標本，白紗巾的愛情沒有一絲一毫的動搖，對牠來說，虎紋嘴強健的體魄、高超的飛翔本領、瀟灑的身影、柔情如水的關懷與體貼，早已凝固成美好的精神形象，駐留在牠的心上。這種精神形象經得起生活的淘洗和時間的侵蝕，具有很強的耐磨和抗腐蝕的品質。然而，當虎紋嘴在紅帽子的挑釁面前，曲膝投降，搖尾乞憐，在我們人為操縱下，表現出不堪入目的卑污品格，就等於在美好的精神形象上潑了一瓢濃度很高的硫酸，腐蝕得面目全非。牠不可能再去愛一個精神上的醜八怪。

當白紗巾對待虎紋嘴的熱情漸漸冷卻時，對待紅帽子的態度便開始有了明顯好轉。牠在水池邊喝水，紅帽子走過去，牠不再像躲避瘟神似地跳開去，而是坦然地與紅帽子站在一起共飲；紅帽子清晨在籠子裏振翅飛翔，牠也毫不忌諱地扇動翅膀，跟在紅帽子後面飛來飛去；那天下午，紅帽子情緒高漲，又跳起了優美的求偶舞，這一次，白紗巾看得如癡如醉……

真像殷芳所說的那樣，雄鶴虎紋嘴一旦從白紗巾心裏隱退，紅帽子就順順當當地進入白紗巾的心裏。

沒過幾天，牠倆就喜結良緣，同食同寢，儼然成了一對恩愛夫妻。

這天，我們動手將虎紋嘴標本搬出丹頂鶴館，白紗巾在旁邊看著，沒有任何想要阻攔的意思。對牠來說，心中那隻名叫虎紋嘴的雄鶴已經死去，這具標本已不再值得牠留戀了。

殷芳領到了五百元特殊貢獻獎，但同時也得到了一個戀愛專家的綽號，也不知道是褒還是貶。

＊所羅門王的指環，聖經上記載，大衛王的兒子，賢明的所羅門王有一枚神奇的戒指，只要一戴上那枚戒指，就能聽懂獸鳥蟲魚的講話。

泣血葦鶯

大杜鵑又叫布穀鳥，是大家所熟悉的一種不自營巢的樹棲攀禽。提起杜鵑，人們便會想起臭名昭著的借巢生蛋。這一習性，生物學的術語叫作「卵寄生性」，即把自己的卵產到其他鳥的巢裏，順便帶走一枚巢主的卵當美餐；杜鵑的卵發育很快，小杜鵑要比巢主的雛鳥早出殼一兩天，還沒睜開眼睛，就會鑽到巢內其他卵的底下，拱動身體將巢主的親卵一個個搬運到巢邊，摔出巢去，獨霸養父母的食物。

並非杜鵑才有這種不勞而獲的「托兒」高招，全世界的鳥類中，有五個不同科的八十來種鳥有卵寄生習性。只是杜鵑表現得尤爲突出罷了，在杜鵑科一百二十八個種類裏，約有半數是自己不抱窩的。

雖然不能用人類的道德標準去衡量動物的生活習性，雖然適者生存是檢驗動物行爲是否合理的唯一尺度，但杜鵑這種殘害牠鳥後代、把自己的幸福建築在牠鳥痛苦之上的做法，怎麼說也是血淋淋的罪惡。試想一下，如果所有的鳥都學杜鵑的樣，靠欺騙生存，靠剝削牠鳥的精力撫養後代，世界上鳥類恐怕早就絕跡了。

圓通山動物園養著四對大杜鵑，雌鳥比雄鳥漂亮，背羽黑褐，腹部純白，頸羽和胸毛間鑲嵌著栗紅色的橫斑，通體發亮。這在鳥界是很罕見的現象。出於被異性選擇的壓力，在鳥界通常都是雄鳥的羽毛比雌鳥鮮亮豔麗。

不管是南極的企鵝還是熱帶叢林裏的蟒蛇，只要照顧得好，一般都能在動物園裏生兒育女。但如何才能使這四對大杜鵑繁殖後代，卻讓管理人員傷透腦筋。

爲了適應杜鵑借巢生蛋的習性，人們把十幾對葦鶯關進鳥籠，與杜鵑一起飼養。從野外調查發現，大杜鵑最喜歡將卵寄生在葦鶯巢內了。

這十幾對葦鶯，命中注定是犧牲品。犧牲弱者的利益，以滿足強者的無理要求。我不知道這是不是人類社會強權政治的一種變相體現和跨領域折射？

身材嬌小的葦鶯十分勤勞，產卵前一個月就在籠子的樹枝上築起了漂亮的窩。產卵期到了，每一隻精緻而又堅固的鳥巢裏，都有了幾枚白裏透紅的葦鶯蛋。這時，我發現，大杜鵑的行動變得詭秘起來。牠們都儘量遠離葦鶯巢，避免與葦鶯面對面相遇，躲在鳥籠的各個角落，將尾羽對著葦鶯巢，不鳴不叫，除了必須的吃食和飲水外，很少飛翔運動，好像在告訴那些葦鶯：我們是沒有危險的，我們對你們沒興趣！

騙子在行騙前，總要裝模作樣地做出一副老實相，釋放煙霧彈，玩弄障眼法，讓受害者喪失警覺。

葦鶯是一種夫妻感情濃烈的鳥，雌雄同棲，成雙成對，形影不離，共同哺育後代。樹丫那隻用柳絲編織的鳥巢裏，一對紅嘴葦鶯撲扇著翅膀，飛到食槽那兒去啄食米糠了，牠們剛一起飛，一隻獨眼雌杜鵑就立刻乘虛而入，飛上樹去，站在樹丫上，尾羽一翹，準確地將一枚卵產在葦鶯巢裏，然後輕盈一跳，倏地一個轉身，尖尖的嘴喙伸進巢去，叼起一枚葦鶯卵，一拍翅膀，飛離了樹枝。我在籠外看著表，整個過程只有三十三秒，動作嫻熟，技藝精良，賽過神偷。

要是在野外，獨眼雌杜鵑的陰謀算是得逞了，那對倒楣的葦鶯將嘔心瀝血地為獨眼雌杜鵑養育後代，當那隻被葦鶯哺養大的小杜鵑長大後，又會用同樣的手段去殘害其他葦鶯。對杜鵑來說，永遠的恩將仇報；對葦鶯來說，永遠的為他人做嫁衣裳。

但這是在動物園的鳥籠裏，空間有限，唯一的一棵樹上有十幾隻葦鶯巢，彼此相距很近，其他巢內的葦鶯目睹了獨眼雌杜鵑的罪惡，高聲尖叫起來。那對正在啄食的紅嘴葦鶯聞訊，立刻返回窩巢，其他葦鶯朝牠們發出一串串低沈嘶啞急促的叫聲，我雖然沒有所羅門王的指環，聽不懂牠們在說些什麼，但不難猜測牠們是在告發剛才發生的罪行。

那對紅嘴葦鶯在巢邊痛苦地鳴叫，焦躁不安地跳來跳去。過了一會兒，紅嘴雌葦鶯似乎想起了什麼，偏起杏黃色的腦袋，轉動亮晶晶的眼珠，作出一副沈思狀，忽然躍上枝頭，眼望著巢內，嘴喙點點戳戳；牠是在數數，讓牠為難的是，巢內的卵一個不多一個不少。

獨眼雌杜鵑在紅嘴葦鶯的巢內產下一枚卵，又叼走了一枚卵，加一又減一，卵的總數當然是沒有變。

大杜鵑還有一個奇特的本領，可以調整自己卵的大小、形狀和色澤，與寄主的卵相一致，幾近亂真的程度。

行騙的手段，說到底，就是魚目混珠，讓你真假難辨。

性子急躁的紅嘴雄葦鶯跳進巢去，用嘴銜起一枚卵，伸直脖頸，眼睛瞅著蹲在鳥籠角落正啄食葦鶯卵的獨眼雌杜鵑，那神態分明是在進行一種試探，如果獨眼雌杜鵑表現出擔驚受怕的異常反應，就證明牠銜著的是杜鵑卵，就可把壞蛋清除出窩。

獨眼雌杜鵑仍慢條斯理、津津有味地啄食已破碎的葦鶯卵。

紅嘴雄葦鶯將卵吐回巢內，又叼起一枚來，仄轉臉望著獨眼雌杜鵑。獨眼雌杜鵑仍無動於衷。

紅嘴雄葦鶯把巢內所有的卵都叼了一遍，獨眼雌葦鶯還是沒有任何異常的反應。

騙子一般都具有較強的心理素質，沈著冷靜，不慌不忙，在騙術被揭穿的最後一秒鐘仍臉不改色心不跳。

那對紅嘴葦鶯高聲悲鳴著，在巢邊不停地跳來躍去。牠們知道一窩蛋裏頭混雜著一枚杜鵑卵，但牠們無法辨識究竟哪一隻是應該扔掉的壞蛋。假如不幸將自己生的卵當做杜鵑卵糟蹋了，豈不是太悲慘了！

騙子之所以能屢屢得逞，除了騙術的高明外，被騙者的輕信、糊塗、低能和軟心腸也是一個重要的條件。可以這麼說，被騙者自身的弱點與缺陷，是滋生騙子的溫床和土壤。

其他葦鶯吸取了教訓，不再比翼齊飛離巢啄食，而是採取輪流值班制。雄鳥出去啄食，雌鳥在巢內留守；雌鳥飛去飲水，雄鳥在窩裏防範。

杜鵑沒有空子可鑽了，但卵在體內成熟了，總是要生出來的，儘管杜鵑具有調節自己產卵時間的本領，但這種本領是有限的，時間拖得太長了也憋不住。一隻雌杜鵑一個產卵期約要產十枚卵，不可能永遠藏在自己的肚子裏頭。

那隻頭頂有一撮白毛、我們給牠起名叫白冠的雌杜鵑，大概實在是等不及了，扇動翅膀撲向樹梢那隻橢圓形的葦鶯巢。守巢的雌葦鶯想阻攔，哪裡是白冠雌杜鵑的對手啊，只見白冠雌杜鵑嘴喙一伸，在雌葦鶯背上啄下一撮羽毛，雙爪一蹬，將體小力弱的雌葦鶯踢出窩去，然後尾羽一翹，將自己的一枚卵產進巢去，銜起一枚葦鶯卵，揚長而去。

這已經不是騙術，而是公開的掠奪了。

其他三隻雌杜鵑效而仿之，也用武力驅趕的辦法，將自己的卵強行寄生在葦鶯的巢內。

杜鵑的身體差不多比葦鶯大一倍，毫無疑問，杜鵑是強者，葦鶯是弱者。強者奴役弱者，開頭用欺騙的手段，一旦騙不成，就用武力迫使弱者就範。你糊裏糊塗，也要讓我宰割，你明明白白，也要任我宰割。

在野外，不同的杜鵑將卵寄生在不同的牠鳥巢內，鷹頭杜鵑的卵產在畫眉巢裏，紅翅鳳頭鵑的卵寄生於喜鵲窩，四聲杜鵑一到產卵期就去找告春鳥的家……但有一點是共同的，凡有卵寄生習性的鳥，尋找的對象都是體魄比自己弱小、性情比自己溫順的鳥，從沒聽說過哪種杜鵑把自己的卵寄生到鷹巢鵰窩裏去。

老鷹你惹得起嗎？金鵰你敢碰嗎？萬一騙術失敗，吃不了叫你兜著走啊！

很快，十幾隻葦鶯巢裏，都混進了杜鵑蛋。

葦鶯們無力反抗杜鵑的暴行，也無法分辨一堆蛋裏頭哪幾隻是自己親生的，哪幾隻是杜鵑寄生的。牠們不吃不喝，整天在巢邊悲泣鳴叫，叫聲淒厲尖硬，就像生銹的鐵釘在刮黑板，誰聽了都會渾身起雞皮疙瘩。叫著叫著，那對紅嘴葦鶯嘴腔裏噴出一團血沫，兩眼一黑，從樹枝上栽落下來。沒幾天，十幾對葦鶯都泣血而亡了。

不用說，那些個杜鵑卵統統報廢了。

唉，騙子最終的結果，是毀了別人，也毀了自己。

杜鵑從良記

話說圓通山動物園的鳥族館裏養著四對大杜鵑，爲了遷就牠們借巢生蛋的習性，管理人員曾把十幾對葦鶯放進鳥籠，與大杜鵑一起飼養，結果卻十分不幸，不僅沒能繁殖出小杜鵑來，還白白損失了十幾對葦鶯。只好放棄在人工飼養條件下讓大杜鵑繁殖後代的實驗。

然而，天要下雨，鳥要生蛋，這是不可抗拒的自然規律。春風一吹，櫻花盛開，又到了杜鵑產卵季節。沒有了可供牠們寄生卵的鳥巢，這些杜鵑怎麼來解決牠們傳宗接代的問題呢？我懷著濃厚的興趣，從早到晚待在鳥籠邊觀察。

四隻雌杜鵑越來越頻繁地在寬敞的鳥籠裏來回巡飛，圍著籠子中央那棵樹繞匝兜圈，尋尋覓覓，幾乎每一個角落都飛到了。可以確認，牠們是在尋找可以免費爲自己撫養後代的其他鳥。

牠們當然一無所獲。一、兩天後，牠們變得狂躁起來，在空中飛著飛著，突然加速疾飛朝鐵絲網衝去，咚地一聲重重撞在鐵絲網上，羽毛飄零，陀螺似地旋轉著往下掉。獨眼雌杜鵑的腦袋都撞出了血，白冠雌杜鵑的一隻翅膀也受了傷。顯而易見，牠們是想飛到山野樹林去，找尋葦鶯或畫眉的巢。這當然是不可能辦得到的。

一天早晨，我看見獨眼雌杜鵑站在鐵籠邊的地上，神情有點茫然，好像滿腹心事。我再仔細一看，噢，水泥地上有兩枚蛋，跟鴿蛋差不多大小，灰白蛋殼，外表有點粗糙。看來，牠找不到寄主，只好把蛋生在地上了。牠不知道該如何處置這兩枚卵，十分憂愁。

我的視線在鳥籠裏轉了個圈，哈，其他三隻雌杜鵑爪腹底下也都藏著卵，有的兩枚，有的三枚。牠們也都跟獨眼雌杜鵑一樣，憂心忡忡，茫然不知所措。

海龜的卵埋在海灘的沙窩裏，不用老海龜照顧，季節一到，小海龜自動就從溫暖潮濕的沙窩裏孵化出來了；鱷魚卵也不用母鱷魚來抱窩，靠陽光就能孵化出小鱷魚來；還有許多種類的魚卵，也都能在水草間自然發育成長。但鳥卵卻不行，非要親鳥用體溫長時間的抱孵，雛鳥才能破殼而出。

雌杜鵑們心裏很清楚，自己的卵就這樣擺在地上，永遠也變不成可愛的小杜鵑的！

四隻雌杜鵑東西南北各自佔據著鳥籠的一個角隅。

東隅的白冠雌杜鵑產下第三枚卵後，大概嘴渴得厲害，飛到木槽那兒去飲水了。我發現，西隅的獨眼雌杜鵑那隻獨眼，就像電壓不足的燈泡突然間電壓充足了一樣，唰地發亮，小心翼翼地從地上銜起一枚卵來，一展翅膀，貼著地面無聲的飛行，飛到東隅，將自己的卵放進白冠雌杜鵑的那堆蛋裏，還用翅膀像搗漿糊一樣將那堆卵拌混，用意當然是不讓白冠雌杜鵑認出哪枚是贗品卵。臨離開前，牠沒忘記叼走一枚白冠雌杜鵑的卵。

江山易移，秉性難改，這句話是很有道理的。二十世紀六十年代開始，西方興起一門頗爲流行的邊緣科學：動物行爲學。觀察動物的日常行爲，分析這些行爲在動物進化過程中的意義，從而由生物層面切入解釋人類社會的各種現象。按動物學家的觀點，無論什麼動物，一種行爲一旦形成，特別是當這種行爲能給自己的生存帶來某種好處，這種行爲便會成爲一種固定的模式，什麼時候都會表現出來。

例如貓，在野外生活時，爲了不留下氣味以免遭天敵的戕害，每次排便後都要用爪子刨一些沙土將糞便蓋起來；馴化成家貓後，多少代過去了，這個習慣仍然保留至今，即使在公寓房的廁所，貓解完便後，還是要用爪子在瓷磚上刨幾下，牠已不需要躲避什麼天敵，瓷磚更不可能刨出沙土來，這個行爲本身已不再具備生存競爭的益處，卻不會更改。

唉，獨眼雌杜鵑的頭腦也太簡單了一點，就算牠的卵能蒙混過白冠雌杜鵑的眼睛，但白冠雌杜鵑本身也是不抱窩的呀，最終還不是一枚卵卵一枚，永遠變不成小杜鵑！

事情比我想像的更複雜，白冠雌杜鵑喝完水後飛回東隅，我敢保證，在獨眼雌杜鵑狸貓換太子的過程中，牠並沒回頭看一眼，但牠彷彿後腦勺上也長眼睛似的，一降落地面，錐子似的嘴喙就閃電般地朝那堆卵啄過去，那股兇猛勁兒，就好像在對付一條企圖偷蛋的蛇。

叭，一聲輕微的脆響，薄薄的蛋殼破裂了，尖尖的嘴喙就像串冰糖葫蘆一樣，將一枚卵串了起來，揚威似的在空中晃動，蛋清和蛋黃滴滴嗒嗒往下淌。

已飛回到西隅的獨眼雌杜鵑就像被一根無形的棍子迎頭痛擊一樣，雙翅耷落，腦袋縮進肩胛，嗷嗷哀叫。

毫無疑問，白冠雌杜鵑啄碎的是獨眼雌杜鵑的卵。

本來嘛，彼此操的是同一種行騙手段，誰瞞得過誰呀！

可笑的是，獨眼雌杜鵑並沒吸取血的教訓，當另一隻黑腳桿雌杜鵑去吃食時，牠又故伎重演，將自己的一枚卵混進黑腳桿雌杜鵑的幾枚蛋裏頭。結果跟上次一樣，被對方輕易地找出破綻，將卵啄碎吃掉。更可悲的是，白冠雌杜鵑、黑腳桿雌杜鵑和另一隻雌杜鵑，竟然把獨眼雌杜鵑奉爲楷模，也尋找機會互相欺騙，把自己的卵偷偷塞到別的蛋堆裏去。

借巢生蛋，是大杜鵑早已習慣了的一種生存方式，當周圍找不到葦鶯、畫眉之類合適的寄主，牠們便互相打對方的主意。

每一隻雌杜鵑的眼睛都是雪亮雪亮的。沒有一個陰謀和騙局不被當場揭穿，沒有一隻寄生卵能倖免於難，不被啄碎吃掉。

大杜鵑之所以在億萬年的進化過程中養成了卵寄生的習性，是因爲這種方式可以最大限度地節省生命資源，最大限度地繁殖後代、複製自己的基因。鳥養育後代是一項高耗能工程，產卵、孵化、餵食、馴飛，每一個環節都傷精費神、嘔心瀝血，每養大一窩雛鳥，就要消耗掉雌鳥一截生命。

大杜鵑光產卵，不抱窩也不餵食，在整個養育過程中，付出的極少極少；杜鵑是一種食量很大的鳥，在幼年發育期間，胃口更是大得驚人，據統計，一隻雌杜鵑一刻不停地外出覓食，也最多能餵飽養活兩隻小杜鵑，也就是說，雌杜鵑親自哺養的話，雛鳥的存活率也僅在百分之二十左右，但雌杜鵑採取借巢生蛋的策略，讓每一對葦鶯或畫眉替自己撫養一枚卵，存活率可達到百分之八十以上。

當一個環境充斥著惡行，最終的結局必然是生靈塗炭，走向滅絕。

這真是一場慘不忍睹的暴行，鳥籠裏到處都是破碎的蛋殼和憤怒的尖嘯。

我注意數了一下，每隻雌杜鵑都已糟蹋了八、九枚蛋，也就是說，牠們只剩下最後一、兩枚蛋了，唉，這個產卵期又算完嘍！

就在這時，事情出現了轉機。

那天中午，獨眼雌杜鵑又在鳥籠的西隅產下一枚卵，剛巧，盤踞在籠子南隅的黑腳桿雌杜鵑飛到樹梢啄食毛毛蟲去了，獨眼雌杜鵑銜起那枚卵，眼瞅著南隅，振翅欲飛，可牠突然間似乎想起了什麼，收斂起半撐開的翅膀，小心翼翼地又將卵吐回地面，圍著那枚卵旋轉舞蹈，一面發出低沈的嗚咽，過了一會，又重新銜起那枚卵，擺出要往籠子南隅飛竄的姿勢，卻又再次將那枚卵吐回自己的爪下……這套動作重複了好幾次，顯示出牠內心的巨大矛盾。

杜鵑是一種聰明的鳥，牠一定是在多次目睹自己的寄生卵被毀的悲劇中，悟出了教訓，知道再繼續將卵寄生出去，絕無成功的可能。牠只剩下最後一枚卵了，母性想要讓自己的子女平安出世的願望是如此強烈，使牠不能不考慮自己固定的行爲模式是否合理？

追根溯源，動物行爲受生存競爭規律的左右，有利於生存的行爲將得到鞏固和延續，不利於生存的行爲將得到修正或更改。

獨眼雌杜鵑突然飛上樹梢，折了一根細樹枝，銜回鳥籠西隅，又叼來一些稻草和樹葉，開始築巢。大杜鵑由於不需要自己抱窩撫養後代，因此也不自營巢。牠築巢的技能十分低下，也不會像其他鳥一樣用濕泥巴和唾液將建築材料黏連壘砌，而是將樹枝和稻草胡亂鋪在地上，忙碌了兩天，總算搭成個窩了。牠把那枚卵銜進巢內，笨拙地爬上去用身體捂住……

白冠、黑腳桿和另一隻雌杜鵑也紛紛效仿獨眼雌杜鵑的做法，築巢抱窩。

一般情況下，天性是很難改變的。但當環境發生了巨變，某種行爲將導致毀滅，動物也是可以改造自己品性的。適者生存，不適應新環境者將被淘汰。在這巨大的生存壓力下，無論動物還是人，都會艱難地調整自己的行爲規範，創造出適應新環境的新行爲來。生命具有很大的適應性和可塑性，而生存是最優秀的雕塑師。

一個月後，獨眼雌杜鵑和白冠雌杜鵑各自孵出了一隻小杜鵑，而黑腳桿與另一隻雌杜鵑在抱窩時由於動作不熟練，孵了一半把卵給壓碎了。

不管怎麼說，對這四隻雌杜鵑而言，這是一個擺脫建立在欺騙與暴力基礎上的卵寄生舊行爲模式，邁向自己動手營巢、自己抱窩孵卵新行爲規範良好的開端，一個新的里程碑。

但願我們的社會環境能有效地遏制種種惡行，能最大限度地引導新道德和新行爲。

紅嘴相思鳥昂貴的彩禮

紅嘴相思鳥羽毛鮮豔亮麗，叫聲清雅悅耳，是動物園裏很受歡迎的觀賞鳥。紅嘴相思鳥之所以受人們的青睞，還有一個重要的原因，就是雌鳥和雄鳥一旦結爲伉儷，便成雙成對，形影不離。每當落日黃昏，性喜水浴的紅嘴相思鳥便會比翼齊飛來到水池旁，一鳥側首凝立，另一鳥用紅瑪瑙似的嘴喙啄起一串串晶瑩的水珠，深情地爲伴侶梳理羽毛，相親相愛的情景，真讓人羨慕。因此，常有人用玲瓏可愛的紅嘴相思鳥作爲結婚的吉祥禮物贈送新人。

觀察發現，紅嘴相思鳥求愛方式和其他鳥大同小異，雄鳥先用悠揚動聽的嗓子大唱特唱情歌，繼而跳華麗優美的求偶舞蹈，讓雌鳥墜入情網。所不同的是，大部分種類的雄鳥一旦求偶成功，交配期一過，雌鳥開始孵卵抱窩，就移情別戀，或者說見異思遷，不辭而別，找其他雌鳥去了。

畫眉科中絕大多數種類的雄鳥，都是如此德性。但雄紅嘴相思鳥卻忠誠地廝守在雌鳥身邊，與雌鳥共同承擔起養育後代的重擔，夫妻常常能白頭偕老，除非一方發生意外。紅嘴相思鳥也屬於畫眉科，從解剖學上說，同科動物不僅生理特徵有相似之處，行爲方式也應相近，爲何在愛情觀上，雄紅嘴相思鳥與同科異族的其他雄鳥差異那麼大呢？

我仔細地考察圓通山動物園剛剛購進的那籠紅嘴相思鳥，希望能找到鮮爲人知的正確答案。

五月，杜鵑花開，紅嘴相思鳥受體內生物時鐘的指示，進入了繁殖期。雄紅嘴相思鳥活躍起來，紛紛尋找自己中意的雌鳥，啁啾鳴叫。一隻綠腳桿雌鳥停棲在一根樹枝上，立刻就有一隻黃胸毛雄鳥跳到牠面前，張開嘴唧唧呦呦地叫了起來。綠腳桿雌鳥卻好像並不怎麼在意，照樣慢條斯理地梳理自己的羽毛。

黃胸毛雄鳥越叫越響亮，越唱越起勁，一串串啁鳴聲猶如玉珠落盤、撕錦裂帛，在枝葉間嫋繞。奇怪的是，綠腳桿雌鳥沒發出熱情的鳴叫予以回報。我以爲綠腳桿雌鳥是相不中黃胸毛雄鳥，所以反應冷淡，可我再往四周一看，樹上有七、八隻雄鳥在向各自選中的雌鳥傾吐情愫，然而這些雌鳥彷彿都聾了似的，無動於衷。不可能每一隻雌鳥都嫌棄求愛者的啊！

那隻黃胸毛雄鳥叫得愈發賣力，氣沈丹田，音調婉轉高亢，看得出來是發自肺腑的傾訴。唉，鐵石心腸的雌鳥也應被打動的啊。可是，綠腳桿雌鳥卻扭著頭，做出一副愛理不理的樣子。

黃胸毛雄鳥從胸腔深處發出一長串顫音，翅膀瑟瑟發抖，整個身體趴在樹枝上，大張著嘴，真令人擔心牠會叫著叫著噴出一口鮮血來氣絕身亡。這時，綠腳桿雌鳥才漫不經心地把臉轉向黃胸毛雄鳥，唧兒地應叫了一聲，那神態彷彿在說：看你實在叫得太可憐了，好吧，就答應與你交個朋友。

或許，這可以算得上是一種愛情的考驗，雌性搭搭架子，看對方是不是真的愛牠愛到了心裏。

黃胸毛雄鳥興奮極了，一會兒飛到東，替綠腳桿雌鳥啄順被風吹亂的羽毛，一會兒跳到西，尖尖的嘴喙摩挲綠腳桿雌鳥柔軟的脖頸，呢喃耳語，訴說心曲。但綠腳桿雌鳥卻矜持得像個女王，昂著頭，偏轉臉，懶懶地鳴叫著。我推測，牠是在說：光有精神的，沒有物質的，算什麼戀愛呀！

黃胸毛歪著腦袋凝思了片刻，一掠翅膀飛到食槽那兒，叼來一條皮蟲，殷勤地送到綠腳桿雌鳥的嘴邊。綠腳桿雌鳥突然鬆開全身羽毛，身體微蹲，大張著嘴，一副雛鳥待哺狀。黃胸毛雄鳥將皮蟲餵進綠腳桿雌鳥的嘴，綠腳桿雌鳥仍嗷嗷叫著，饑餓難忍，還沒吃飽呢！於是，黃胸毛雄鳥再度飛離樹枝覓食來餵。

餵了七、八遭食，綠腳桿仍嗷嗷待哺狀。我驚疑一隻體長才十五釐米的小鳥怎麼會有這麼大的胃口？再悉心細察，哦，趁著黃胸毛雄鳥轉身之際，綠腳桿雌鳥脖子一伸，將剛剛咽進去的皮蟲又吐了出來，扔下樹去。這隻刁鑽的雌鳥，根本就肚子不餓，在搞惡作劇，戲弄對方啊。可憐的黃胸毛雄鳥被蒙在鼓裏，一趟又一趟地辛勤覓食，供綠腳桿雌鳥糟蹋。

起初，我懷疑綠腳桿雌鳥是個變態分子，有虐待狂傾向，可我將視線移到其他正在戀愛過程的紅嘴相思鳥時，發現情況大同小異，幾乎所有的雌鳥都在作弄候補新郎。

或許，該換個角度來審視綠腳桿雌鳥將食物偷偷吐掉的反常行爲。牠在考驗對方的忠貞，是否有足夠的耐心，是否有充沛的體力，是否有吃苦耐勞的精神。牠做出一副雛鳥待哺的姿勢，其實是生活的預演，將來小寶貝孵化出殼後，一大半口糧，靠雄鳥不辭勞苦地覓取。假如牠不幸找到一隻懶惰的雄鳥，或者找到一個覓食能力低下的丈夫，或者選中一個只顧自己不顧孩子的自私鬼，牠辛辛苦苦孵化出來的心肝寶貝就有可能餓死。

這是雌性的小心謹慎仔細，這是母性的體察入微，這是災難的預防和幸福的投保，這是難言苦衷催化的生存智慧。

黃胸毛雄鳥來回覓食近三十來次，綠腳桿雌鳥這才收緊蓬鬆的羽毛，做出勉強吃飽了的樣子來，將這場考驗畫上了句號。

黃胸毛雄鳥雖然已累得雙翅鬆弛、尾羽低垂，但表情欣然，喜滋滋地靠攏去。哦，情也訴了，食也餵了，要精神有精神，要物質有物質，該喜結良緣了吧？豈料綠腳桿雌鳥還不肯罷休，顛顛地跳到一個樹丫上，點頭如啄米。

黃胸毛雄鳥在樹丫中央那個凹坑裏不停地轉著圈，一副仔細打量的神態。一會兒，牠扇動翅膀飛到地上，撿起一根小樹枝，飛回樹丫，嘴喙反反覆覆地啄咬小樹枝，磨蹭了好長時間，才將小樹枝擺放到凹坑裏去。

我明白了，牠是在根據綠腳桿雌鳥的旨意，建築鳥巢。牠反反覆覆啄咬那根小樹枝，是在用唾液當黏合劑，將小樹枝黏牢在凹坑裏。

幸福的家庭當然要有一個舒適的窩！

對嬌小玲瓏的紅嘴相思鳥來說，築巢是一項耗時費力的龐大工程。黃胸毛雄鳥從下午一直忙到暮靄低垂，才剛剛將半圈凹坑用樹枝圍好，就好像才搭起半間屋的架子。房架豎起來後，還要鋪地壘牆，事情還多著呢。黃胸毛雄鳥快累趴了，蹲在尚未完工的巢內，大口大口喘著氣。

值得一提的是，在黃胸毛雄鳥築巢的過程中，綠腳桿雌鳥什麼也不做，停棲在枝頭，悠閒地梳理羽毛。我有點遺憾，如果綠腳桿雌鳥能幫一把的話，不僅築巢的進度會加快一倍，在齊心協力的勞動中，還能增進感情；夫妻共建愛情香巢，比翼雙飛，白頭偕老嘛。

可惜，雌紅嘴相思鳥不懂得這一點。

翌日早晨九點鐘，我又來到鳥籠前觀察。我驚訝地發現，樹丫那個凹坑已用細樹枝團團圈了起來，昨天傍晚才搭了一半的房架已全部完工了。顯然，黃胸毛雄鳥天剛亮就起來幹活了，真算得上是個起早貪黑的勞動模範。

我很快在一群忙碌的雄鳥裏找到黃胸毛雄鳥，牠羽毛凌亂，面容憔悴，在管理人員事先堆放在方籠角隅的稻草裏翻撿合適的建築材料，把稻草運回樹丫後，又到小水池邊銜來濕泥巴，糊在細樹枝上。也許是覺得稻草不夠美觀，也許是想留下顯眼的標記，也許是鳥類築巢傳統的工藝要求，糊了幾轉稻草泥巴後，牠反轉腦袋，從身上拔下一片片鳥羽，用唾液潤濕後，黏到巢壁上。隨即又向稻草堆滑翔而去。真可謂嘔心瀝血，任勞任怨。

這時，在小水池邊沐完早浴的綠腳桿雌鳥飛回樹丫，將嘴喙伸向巢去，我以爲牠是要幫忙把巢壁糊平些，豈不知牠用力拔下黃胸毛雄鳥剛剛黏上去的一圈稻草，頭一揚，扔下樹去。

我替黃胸毛雄鳥忿忿不平。妳也實在太過分了嘛，面對沈重的勞役，妳不去幫忙，倒也算了，不同情不心疼不憐憫不說，還暗中拆臺，還嫌妳的伴侶累得不夠，這不是在雪上加霜嗎？妳的心腸也太狠毒了啊！

平均黃胸毛雄鳥運來兩次建築材料，就要被綠腳桿雌鳥偷偷浪費掉一半。毫無疑問，築巢的工程將擴大一倍，時間將拉長一倍，黃胸毛雄鳥所要耗費的力氣也將增加一倍。

到了下午三點多鐘，那個鳥巢才完成一半。我計算了一下，要是綠腳桿不搗亂的話，現在新鳥巢已經大功告成了。

黃胸毛雄鳥實在沒力氣再飛運建築材料了，軟綿綿地趴在樹枝上喘息。過了一會，牠扭頭東張西望，有點心不在焉的樣子，我猜想，是在尋找不需要牠如此服苦役蓋建鳥巢的雌鳥，如果有這樣的雌鳥的話，我敢打賭，牠肯定會下決心感情跳槽的。人都想活得輕鬆些，更何況鳥呢。可牠尋覓的眼光在那些雌鳥們身上轉了一圈，找不到可以廉價追求的目標，只好傷心地把眼睛閉了起來。

幾乎所有的雌鳥都在讓雄鳥忙進忙出地築巢，對黃胸毛雄鳥來說，天下烏鴉一般黑，所有雌鳥一個價，愛買不賣，沒有任何討價還價的餘地。要是牠感情跳槽的話，牠必須得從頭來，唱情歌要唱出血來，餵食要餵得虛脫，累死累活的築巢也絕無豁免的可能。與其這樣，倒不如咬咬牙把剩下的半隻鳥巢弄完來的省事。

黃胸毛雄鳥打消了要離去的念頭，休息了一會，又抖擻精神銜來稻草和泥巴繼續蓋建鳥巢。

突然間，我腦子一亮，悟出了綠腳桿雌鳥暗中破壞尚未完工的鳥巢、加重黃胸毛雄鳥負擔這一有悖情理行爲背後所隱藏著的生存意義。

如果把繁殖視爲一項風險投資的話，雌性和雄性作爲必不可少的合作夥伴，雙方的投資比率是極不相稱的。以紅嘴相思鳥爲例，雌鳥要產卵、抱窩、哺養雛鳥，而雄鳥除了授精行爲外，沒有任何麻煩和負擔。也就是說，在這項投資活動中，雌鳥占的比重極大，雄鳥占的比重極小，但投資所獲的回報——生下的雛鳥身上，各占雙親百分之五十的遺傳基因。一方投資多，一方投資少，最後卻利益相等，好處均分，這顯然有失公正。

問題還不在這裏。嚴峻的事實是，投資大的風險也大，投資小的風險也小；投資大了責任心就重，投資小了責任心就輕。所以大千世界數以萬計的動物中，很少有不顧孩子死活離家出走的母親，卻比比皆是交配完了就遠走高飛的父親。對雄性動物來說，既然自己所投的資那麼少，那就根本沒必要重視，有了利潤——後代平安長大，是牠的造化，萬一虧本——後代不幸夭折，對牠來說也沒有多少損失。付出的是那麼少，得來的是那麼容易，牠怎麼會去珍惜？如果牠傻乎乎地守候在一個特定的雌性身邊，陪著這個雌性共同度過漫長而又艱難的育幼過程，牠就可能失去許多其他的投資機會，這是很不划算的事。按照投資規律，追求利潤最大化的原則，牠必然得隴望蜀，吃著碗裏的望著鍋裏的，到處尋花問柳。

某些雌性動物，自己有能力照顧好幼崽，如雌虎、雌貓、雌狗，大概也不在乎配偶是否願意陪伴在自己身邊；某些動物，幼稚期極短，幾乎一生下來就能獨立生活，不需要花費更多的心血去哺養，如馬、牛、鱷、龜等，雌性或許因此不去苛求雄性是否對自己忠誠。對紅嘴相思鳥來說，情況就大不一樣了。一窩要孵五、六枚卵，如果沒有雄鳥幫襯，光靠雌鳥是很難餵飽這麼多張嗷嗷待哺的嘴的，更何況還要抵禦各種各樣的敵害。統計數字表明，雙親紅嘴相思鳥家庭雛鳥的存活率是單親家庭的二十倍。因此，對雌紅嘴相思鳥來說，要想規避繁殖的投資風險，最有效的辦法就是尋找一隻願意長久待在自己身邊的雄鳥。

雌鳥的需求和雄鳥的秉性，顯然是有矛盾的。

動物沒有良心可言，也不能指望提高覺悟什麼的。唯一可行的策略，就是加重雄鳥在繁殖上的投資比重，讓牠無法等閒視之。

綠腳桿雌鳥所做的一切，包括讓對方唱情歌唱啞嗓子、把對方獻殷勤送進嘴的食物吐掉、暗中搗亂增加對方築巢的難度等等，其實就是要對方追加投資，讓雙方的投資對等。平衡的投資比重，才有等量的風險意識，才有一致的責任感，才能形成風雨同舟的堅強紐帶。既然這個投資行爲所獲的利潤各得百分之五十，那麼雙方各投一半資金，這要求應該說是合理的。

費了九牛二虎之力，第三天早晨，黃胸毛雄鳥總算大功告成，把鳥巢建了起來。新鳥巢堅固漂亮，內壁鋪了一層柔軟的羽毛，綠腳桿雌鳥在裏面孵卵，一定非常舒適愜意。黃胸毛雄鳥爲這個鳥巢付出了沈重代價，身體明顯瘦了一圈，背上和大腿外側絨羽凋零，眼睛也因爲勞累過度而佈滿血絲，真是累脫了一層皮啊。

有情鳥終成眷屬。過了一段時間，綠腳桿開始抱窩了。從抱窩到雛鳥成熟，約三、四個月的時間，這期間，雌鳥全身心投入育幼事業，無暇顧及其他，不再和雄鳥纏綿溫存，因此，許多鳥類的雄性往往就是在這個時候背叛感情、離家出走的。但我發現，黃胸毛雄鳥仍忠誠地陪伴在綠腳桿雌鳥身邊，銜來食物殷勤地送到妻子的嘴裏，沒有任何因生活的枯燥乏味而產生的厭倦情緒，也沒有任何想要停妻再娶的跡象。

有一次，黃胸毛雄鳥站在枝頭，突然，一隻腹羽金黃、年輕漂亮的雌鳥飛落到離牠兩公尺遠的一根橫杆上，活潑的眼睛凝望著黃胸毛雄鳥，呦兒，呦兒，嘴裏發出輕曼的鳴叫，還抖動翅膀，用一種搔首弄姿的優美動作梳理自己的羽毛，顯然，這是一種含蓄的勾引，對生性風流的雄鳥來說，是一種很難抵禦的誘惑。然而，黃胸毛雄鳥只是對牠欣賞了一眼，就扭轉身子跳到自己的巢裏去了。

我想，黃胸毛雄鳥對這隻年輕美麗的雌鳥不可能一點也不動心的，可牠一想到將要經歷折磨身心的愛情考驗，還要無數次地銜著食物去獻殷勤，更可怕的是免不了累掉半條命去築一隻新鳥巢，那興趣便大打折扣，熱情便迅速消褪，勇氣便煙消雲散。

無論如何牠也捨不得離開曾經付出了很大心血的家啊！

我想，這就是爲什麼雄紅嘴相思鳥情篤意深、長時間陪伴在雌鳥身邊的根本原因。

疣鼻天鵝的自我心理調節

大城市的動物園都有天鵝湖，昆明圓通山動物園也不例外。各地天鵝湖的格局大同小異，一個占地約三十來畝的人工湖，一座圓形的湖心島，島上綠草茵茵，還有低矮的灌木叢，淺灘上蓋著一排漆成紅黃兩色玲瓏漂亮的鵝棚。天鵝們或者在湖心島的草地上漫步，或者在碧波蕩漾的水面游弋。湖堤陡峭，遊客們站在岸邊觀賞，膽大的天鵝有時會一直游到遊客的面前，啄食遊客手中的麵包。

天鵝在鳥類中劃歸游禽類，屬雁形目鴨科天鵝屬。世界上有大天鵝、短嘴天鵝、疣鼻天鵝、黑頸天鵝、黑天鵝等八個品種。昆明圓通山動物園飼養的是疣鼻天鵝，全身潔白，嘴喙橙紅，基部有一個黑色瘤狀突起，特徵十分明顯。

天鵝是一種候鳥，秋季飛往南方越冬，春天返回北方繁殖，善於長途飛行。圓通山的天鵝湖沒有任何遮攔，那十幾隻疣鼻天鵝在湖裏戲完水登上岸後，扇動雙翼揮灑身上的水珠，看起來翅膀完好無損，也不見有繩子捆綁牠們，奇怪的是，卻從來不見牠們展翅飛翔，從動物園裏逃走。後來我才弄明白，公園的管理人員在每隻天鵝的左翅膀根部動了小手術，割去一小塊肌腱，一點也不影響美觀，但若振翅飛翔，兩隻翅膀力量不均衡，無法飛離地面。

這是必要的殘酷，這是自由的囚犯。

白天鵝象徵著典雅、美麗、純潔和善良，象徵著永不凋謝的堅貞的愛情。群體間團結友愛，很少為食物或領地發生爭鬥。雌雄一旦結為伉儷，便終身不渝。雄天鵝對家庭十分負責，雌天鵝孵卵期間，寸步不離地陪伴在巢邊，翅膀半撐，脖頸伸直，擺出一副戰鬥的姿勢，在四周巡邏警戒，以防天敵襲擾。

雄疣鼻天鵝在所有的天鵝裏，堪稱模範丈夫，不僅在雌天鵝孵卵期間擔當忠誠的衛士，當雌天鵝孵卵孵累了，雄天鵝還會替代妻子孵卵。三十八天後，雛鵝出殼，雄天鵝毫無怨言地與雌天鵝共同承擔起養育後代的重任，直到雛鵝翅膀長硬，能獨立生活為止。

天鵝社會實行嚴格的一夫一妻制。圓通山天鵝湖十七隻成年疣鼻天鵝，九雄八雌，有八對已組成了圓滿的家庭，只有一隻最年輕的雄天鵝仍是單身貴族。牠羽毛白得就像高黎貢山上終年不化的積雪，白得晶瑩、白得純正、白得沒有一絲雜質，我們給牠起名叫雪滿。

秋天到了，北方的大興安嶺已開始下雪，昆明不愧是春城，仍豔陽高照，溫暖如春。正是北方的野天鵝南遷之時，忽一日，夕陽映照的天邊出現一隊排成「人」字形飛翔的天鵝隊伍，飛著飛著，有一隻天鵝越飛越慢，漸漸掉隊，飛臨圓通山動物園時，那隻掉隊的天鵝已顯得精疲力盡，歪歪扭扭，忽上忽下，飛行線路茫然而又凌亂。正在天鵝湖裏游泳的雄天鵝雪滿見狀後爬上岸來，朝天空伸長脖子，發出吭嚦吭嚦的長鳴聲，像是在用聲音給遠方來客導航。那隻掉隊離群的野天鵝，在雪滿長鳴聲的指引下，跌跌撞撞降落下來。

北方野生天鵝飛到南方動物園來，和動物園飼養的天鵝一起越冬，這種情景並不罕見，許多南方動物園都曾發生過。動物園管理部門一般都採取「一園兩制」的方針，尊重野天鵝的生活習慣，來去自由，願來的歡迎，免費投放一定數量的食物，願去的歡送，絕不會逮住這些野天鵝在牠們的翅膀上動手術，強迫牠們留在動物園裏。

野生制和飼養制，一園兩制。

降落下來的是隻年輕的疣鼻雌天鵝，白色的翼羽間鑲嵌著兩根醬紅色的翎毛，我根據這一特徵給牠起名叫彩霞。可能是途中被鷹隼抓傷的，也有可能是被頑童的彈弓擊傷的，彩霞的左腿受了傷，白色的羽毛染著殷殷血絲，有氣無力地趴在沙灘上，翅膀耷落在地。

雄天鵝雪滿衝進湖裏，很快啄來一條兩寸長的小魚，送到彩霞面前。饑餓的彩霞用感激的眼神望著雄天鵝潘安，帶著一絲羞澀，吞下了那條小魚。天漸漸黑了下來，天穹垂下了一道鉛灰色的幕，雪滿像個克盡責守的哨兵，守護在彩霞身邊……

天上掉下一段浪漫的情緣。

半個月後，在雪滿悉心照料下，彩霞腿上的傷痊癒了。清晨，牠們一起從巢穴出來，踩著草葉上晶瑩的露珠，在湖心島上並肩漫步；朝霞中，牠們跳進天鵝湖游泳覓食，你幫我梳理羽毛，我幫你清除黏在身上的淤泥；黃昏斜陽下，牠們站在被太陽曬得暖融融的草灘上，一會兒頸靠著頸耳鬢廝磨，一會兒嘴殼對著嘴殼，唧唧嘎嘎輕聲曼語，互相傾訴衷腸。

牠們成了形影不離的情侶。

時間如流水，冬天很快就過去了，陽春三月，江南桃紅柳綠，煙花迷濛，北方也應冰消雪融，東風送暖，萬物復甦。性格嫻靜的彩霞一反常態，情緒變得亢奮起來，在草灘上走著走著，突然就會向北方的天際吭吭吭引頸高歌，或者拍扇翅膀貼著湖面飛來飛去，顯然，牠受體內生物時鐘的指示，想飛回遙遠的北方去了。

一個風和日麗的早晨，一隊天鵝排成「一」字形由南往北飛行，經過圓通山動物園上空時，野天鵝們緩慢下降，在離地面約五、六十米的低空盤旋鳴叫，那是在尋找失散的家庭成員。

這真是一幕催人淚下的生離死別。彩霞聽到同伴從天空灑下的鳴叫聲後，激動地應叫了一聲，振翅飛上天空，當快飛歸「一」字形隊伍裏時，牠一仄翅膀在空中劃出一道優美的弧線，又飛回湖心島上空，在雪滿的頭頂發出一串短促的鳴叫，用意很明顯，催促雪滿跟牠一起飛往北方。

雪滿奔跑著，扇動翅膀，竭力想使自己飛起來。可牠的一隻翅膀是動過手術的，力量失去平衡，剛飛離地面，身體便像陀螺似地旋轉，摔了下來。

吭噉，飛起來！吭噉，快飛起來！彩霞在湖心島上空盤桓鳴叫。

雪滿心急如焚，拼命撲騰翅膀，遺憾的是，身體沈重得就像石頭做的，怎麼也升不起來。牠痛苦地鳴叫著，發瘋般地搖扇翅膀，揚起一團團碎草泥沙，翼翎折斷，羽毛飄零，慘不忍睹。漸漸的，雪滿力氣不支，癱倒在地，翅膀軟軟地搖動，脖頸伸向天空，朝彩霞發出淒厲的長鳴，似乎在哀求對方：我飛不起來，別離開我，快回來吧！

那對「一」字形的天鵝隊伍已經飛遠了，彩霞最後在雪滿的頭頂繞飛三匝，灑下一串交織著惋惜與遺恨的鳴叫，遠走高飛了。

對彩霞來說，不可能為了一隻不能飛翔的雄天鵝而改變物種的習慣，滯留在南方的；牠要做母親，牠要繁殖後代，牠必須飛回遙遠的北方。個體的情感在生存法則面前，顯得軟弱無力。

彩霞飛上藍天，雪滿仍哀哀鳴叫；彩霞消失在北方天際的雲團裏，雪滿仍癡癡瞭望。整整一天，雪滿不吃不喝，趴在那塊草灘上，伸直脖子凝望著北方，不時發出一、兩聲喑啞的鳴叫。

即使牠叫得吐血，也不可能把雌天鵝彩霞叫回來了。

我們都以為雪滿不行了。疣鼻天鵝是一種重感情的鳥，彩霞棄牠而去，牠的感情受到了重創，陷入痛苦的泥淖不能自拔，很有可能會因傷心過度而死亡的。圓通山動物園曾養過一對雙角犀鳥，這種鳥的愛情觀與天鵝十分相似，雌雄一旦結合，長相守不相忘，後來雄鳥不幸病死，半個月後，雌鳥也抑鬱而亡了。

翌日下午，雪滿已虛弱得連脖子也伸不直了，彎成S型，靠在肩上，兩隻眼睛卻還茫然地望著北邊的天空。我和飼養員老龔划著獨木舟登上湖心島，出於一種同情和憐憫，我將幾條半寸長的抗浪魚擺到雪滿面前，但牠擰過頭去，沒有要啄食的意思。

唉，悲劇看來是無法避免了，我想。

沒想到，黃昏時分，事情突然有了轉機。太陽落山了，天空瀰漫輕煙似的暮靄，雪滿用嘴殼翻動了一下面前的小魚，銜起一條來，搖搖擺擺走向沙灘一塊隆出地面約半尺來高的石頭，尋找到一條石縫，銜著小魚的嘴殼伸進石縫去，姿勢和神態就像去年秋天，雌天鵝彩霞因腿傷被迫降落到湖心島時，牠殷勤地送食時一模一樣。牠把小魚塞進了石縫，吭吭吭朝那塊石頭輕聲叫喚了一會，然後踅轉回剛才牠躺臥的草灘，將我留在那兒的幾條半寸長的抗浪魚吃了個一乾二淨。

這時，天色越來越暗，雪滿又回到那塊石頭旁，做出一種警戒的姿態，在石頭旁轉了兩圈，隨後緊挨著石頭躺臥下來，頭插進翅膀，沈沈睡去。

我明白牠把一條小魚塞進石縫去這一行爲的意義了，牠是把那塊石頭當做雌天鵝彩霞，石縫就是彩霞的嘴，在牠的感覺世界裏，彩霞不僅沒有棄牠而去，而且還接受了牠贈予的小魚，和牠同食。

第二天，我早早就登上湖心島，哦，雪滿的精神好多了，已經在湖裏游泳覓食。一對鴛鴦從牠面前游過，這似乎勾起了牠的回憶，牠停止划水，翹首凝望北邊的天空，吭——發出撕心裂肺的鳴叫，但僅僅叫了一聲，牠便急急忙忙轉身游回岸來，奔跑到沙灘那塊石頭旁，脖子靠到石面上，輕輕磨蹭著，嘴裏還發出柔和的呢喃聲。

這麼忙碌一番後，牠的情緒平靜下來，似乎不再悲傷了，又回到湖裏游水找食了。牠是在用借代的方式，宣洩心中難以忍受的痛苦。

也許，這可以算是一種精神勝利法。從心理學角度講，這叫自我心理調節，也可以稱爲心理補償機制，這在其他動物身上也時有表現。

我曾經養過一條小狗，很聰明，也很淘氣，我們人在家時，牠規規矩矩地跑到廁所去大小便，但只要家裏沒有人，牠就到處拉屎撒尿，有一次，竟然在我一雙新皮鞋裏撒了一泡尿，氣得我用雞毛撣子狠狠教訓了牠一頓。

牠在沙發底下躲了兩個小時，我們沒理牠，晚上，牠自己從沙發底下鑽了出來，訕訕地望著我，在我面前晃來晃去，意思很明顯，等著我叫牠的名字，等著我撫摸牠的脊背，牠就準備原諒我揍牠的過錯，與我重歸於好。

我板著臉，把頭扭開，不理牠。牠在我面前晃了約十幾分鐘，見我沒有反應，突然扭身躥進廚房，朝著立在牆角的一把掃帚汪汪吠叫，兇猛地撲上去又撕又咬，如此這般後，牠的情緒立刻陰轉晴，興高采烈地回到我身邊，跳到我懷裏來舔我的臉，前嫌盡釋，親密無間。顯然，牠把那把破掃帚當做我的替身，發泄了心中的委屈與憤怒；我揍了牠，牠也回敬了我，兩相扯平，誰也不虧誰了。

我還養過一隻貓，每當我們在廚房裏殺魚時，牠就會粗聲粗氣地喵喵叫著，竭力想跳到案臺上來叼魚吃，我們當然橫加干涉，兇聲兇氣地呵斥，嚴密進行防衛，堅決不讓牠為非作歹。貓聞到了魚腥味，卻又無法解饞，其痛苦可想而知。牠在我們腿膝邊轉了幾圈，看看無懈可擊，便突然躥到牆角，叼起我兒子的一隻小拖鞋，嘴裏發出一種終於偷竊成功的歡呼聲，一面扭頭望著我們，一面急急忙忙地逃竄，就好像已從我們的眼鼻底下叼著了一條魚，害怕我們搶回去，在躲避我們的追攆。牠把我兒子的小拖鞋視為魚，以補償牠精神上的巨大失落感。

曾看到這麼一篇有趣的報導：某日本工廠管理特嚴，工人頗有怨言，董事長便在廠門口立了幾個仿真橡皮人，有董事長、廠長和各部門的負責人，工人進出廠門時，可以任意朝這些橡皮人拳打腳踢，還可以朝這些橡皮人吐口水罵髒話，以洩心頭之憤。據說自從有了這些橡皮人後，工人情緒穩定，各項規章制度和勞動紀律也遵守得比過去好多了。

月有陰晴圓缺，人有悲歡離合。我們活在這個世界上，免不了會有挫折，有時還會在學業、家庭、事業和愛情等方面遭受沈重的打擊。敢於面對人生，敢於面對現實，敢同命運較量，能在逆境中奮起，能將挫折當做動力、將失敗視爲考驗，更加努力拼搏以贏回輝煌的勇士畢竟是少數，對大部分普通人來說，將被迫飲下挫折與失敗這杯苦酒。當人生面臨這般窘境時，許多人會沈湎在痛苦中無法自拔，有的甚至失去了繼續生活下去的勇氣。學會自我心理調節，來點精神勝利法，用移情、借代或者想像的辦法爲自己獲得精神上的補償，保持心理平衡，變絕望爲希望，不失爲一種良策。

開頭幾天，雪滿幾乎隔一兩個小時就要跑到沙灘那塊石頭旁去，進食前也要先給石縫塞上一些魚蝦什麼的，然後再自己吃，晚上也不回自己的巢穴，而是睡在那塊冰涼的石頭旁。隨著時間的推移，牠光顧那塊石頭的次數越來越少，半個月後，牠不再往石縫裏塞食物，晚上也能獨自回溫暖的巢穴睡覺了，一個月後，牠的行爲恢復了正常，再也不到那塊沒有生命、沒有感覺的石頭那兒去了。

牠從致命的打擊中挺了過來，雖然不夠勇士，卻很成功。

撞籠的金雕

金雕屬隼形目鷹科，是珍貴的大型猛禽。一個動物園的鳥族館裏，如果沒有漂亮的金雕，不僅遊客會覺得掃興，員工們也會覺得是一種缺憾。人們常用高山雄鷹來形容和讚美驃悍勇敢的男子，其實鷹比起雕來，各方面都遜色多了。就拿老鷹來說，體長約六十五釐米，全身灰黑，脖頸、胸脯和翅膀上混雜著棕白色羽毛，色彩單調，捕食田鼠、豪豬等小型嚙齒類動物，而金雕體長達一米以上，頸羽金褐，翼羽金黃，點綴著雪片似的白羽，色澤高雅，飛翔本領和捕食能力極強，能從陡崖上將幾十斤重的幼麝或小羊擄走。無論從形象還是力量上來說，金雕才是真正的天之驕子。

遺憾的是，這種極具觀賞性的猛禽，卻一直沒有在昆明圓通山動物園裏展出過。倒不是捨不得花錢去購買，而是金雕性格太烈，不願做人類的俘虜，更不習慣在火車或汽車上顛簸，往往在運輸途中就夭折了。去年有一次，好不容易將一隻成年雌雕從怒江的碧羅雪山運到省城，展覽的第一天，一看到那麼多遊客，受了驚，在鐵籠子裏胡飛亂躥，撞斷了翅膀，最後絕食而亡。

今年清明節剛過，從剛剛通航的麗江空運來一隻成年雄雕。吸取了上一次那隻雌雕因驚嚇而撞籠絕食的悲慘教訓，員工們格外細心地照顧這隻雄雕。先將牠放在一間安靜的空房子裏，每天往房子裏扔幾隻小白鼠或幾條小菜蛇，讓牠自己捕捉吞食。

爲了根治牠一見到人就拒食的壞毛病，幾天後，專門指定一名員工，把活的小白鼠和小菜蛇綁在棍子上，送到牠面前。開始時，牠扭著頭不吃，與人爲敵，不吃嗟來之食，好像挺有骨氣的樣子。那名員工極有耐心，早上餵牠牠不吃，就等到中午再餵，中午餵牠牠不吃，就等到晚上再餵。

我們在另一間房間透過錄影機和電視螢幕觀察雄雕的反應，一抹晚霞透過天窗照射在牠身上，牠已整整餓了一天，看得出來，饑餓感折磨著牠的自尊心，牠左顧右盼，一會兒雕爪下意識地一開一合作攫抓狀，一會兒嘴喙不由自主地作啄咬狀。訓練有素的員工將食棍送到牠面前，還用手指觸動綁在棍子上的小白鼠和小菜蛇，小白鼠吱吱亂叫，小菜蛇扭動掙扎，對饑餓的金雕來說，無疑是很難抵禦的誘惑。民以食爲天，雕也以食爲天，終於，孤傲的雄雕一口朝小白鼠啄了下去……

有了第一次，就有第二次，漸漸地，雄雕習慣了人工餵食。

對動物來說，覓食習慣實際上就是生存依賴，將直接影響牠的行爲方式和情感投向。兩個月後，這隻雄雕不僅不再對「人」這個兩足直立行走的動物感到害怕，還對給牠餵食的那名員工有了親近感，那位員工一進房間，牠就會微微垂下翅膀，做出鳥類特有的歡迎姿態。不知道這是一種反射動作，還是一種情感依戀。

動物園是個人來人往的熱鬧場所，爲了讓雄雕逐步適應人多的環境，員工們三三兩兩進出那間房間，有時還在房間裏高聲喧嘩或敲打臉盆什麼的。開始，牠一見到陌生人出入，一聽到異常響動，就會受驚疾飛，慢慢的，反應轉弱，後來，即使十多個人在房間裏說笑，牠也該幹什麼就幹什麼，不受任何干擾。

在用鐵絲網編織的巨大鳥籠裏，望得見藍天白雲，卻累斷翅膀也飛不出去，對性情孤傲的猛禽來說，會有一種被囚禁的感覺，有的因此而患憂鬱症，有的甚至會出現撞籠的現象。爲了讓這隻珍貴的雄雕能在籠舍裏生活得瀟灑愉快，員工們費盡心機，在籠子中央用花崗岩壘起一座小型假山，還移植了一棵枝繁葉茂的橄欖樹，細密的綠雲似的葉片蓋住了大半個籠頂的鐵絲網，許多樹梢和嫩葉還從鐵絲網眼裏穿透出去，就像是樹冠形成的穹窿，就像是青枝綠葉編織的房頂。起碼在視覺效果上，消除或減弱了被醜陋的鐵絲網隔斷自由的不良感覺。

又過了一段時間，員工們正式將那隻雄雕遷居新籠舍。換籠的第一天，雖然事先做好了充分準備，但大家心裏仍不太踏實，圍著雕籠，緊張地注視著，生怕發生意外。

雄雕被從鐵門放進籠子，牠一抬頭，望見鐵絲網外的藍天白雲，興奮地長嘯一聲，就像囚徒被宣布無條件釋放了一樣，撲扇翅膀，在巨大的籠子裏飛了一個漂亮的圓圈，箭一樣撲向藍天白雲。咚，牠撞在鐵絲網上，身體被彈了回來，暈頭轉向地降落到地面。牠愣了片刻，似乎有點明白自己並沒有被釋放，只不過是從一個牢籠轉移到了另一個牢籠。牠好像不甘心被終身囚禁，再次飛到透著瓦藍天空的鐵絲網那兒，倒懸著身體，用爪撕，用嘴喙咬，結果當然是徒勞的。牠又飛到橄欖樹梢，企圖從密匝匝的葉叢間鑽出去，同樣勞而無功。

幾乎所有野生猛禽，第一次被放進籠舍，都要這樣瞎折騰一陣。這並不奇怪，生命總是渴望自由，強有力的翅膀總是希冀能翺翔藍天。關鍵是衝破牢籠的努力失敗後，是與命運妥協，還是抗爭到底？

員工們三個多月的辛勞沒有白費，當雄雕醒悟過來自己再怎麼折騰也無法從籠子裏飛出去時，牠只是有點傷感而已，停棲在樹枝上，發了約十分鐘的呆，很快就從痛苦的泥淖裏解脫出來。牠甩動全身的羽毛，像是要把無端的煩惱甩乾淨似的。牠優雅地撐開翅膀，在籠子裏巡飛，視察和熟悉新的生活環境。牠一會兒漫步假山，一會兒閒遊橄欖樹，一會兒到滴著水滴的人工泉飲水，看得出來，牠的心情在陰轉晴。不管怎麼說，這兒比牠待過的那間封閉的房間要好得多了，不僅空間擴大，還有山有樹有水，除了不能自由飛上藍天外，其他各方面條件都是不錯的。牠早已接受人類的餵食，也習慣了與人相處，如果接受人類的嗟來之食對野生猛禽來說是一種失節的話，牠不知道失節多少次了，再欣然接受人類爲牠精心安排的高級囚徒的舒適生活，又有什麼關係呢？再怎麼說，活著總是一種幸福。胳膊扭不過大腿，人都鬥不過命運，更何況雕呢！

所有在場的人都鬆了一口氣，懸在心裏的一塊石頭掉了地。雄雕如此表現，按經驗推斷，算是過了關，再也不可能發生拒食或撞籠的事了。

果然不出所料，在這以後的半個多月時間裏，雄雕完全適應了籠舍的生活。遊客再多，再喧鬧，牠也無所謂。照相機的閃光燈刺得牠睜不開眼，牠也不怕不驚，只是將身體轉過去，背對觀眾。

有一次，一個淘氣的小男孩用玩具手槍朝牠開了一槍，塑膠子彈擊中牠的脖子，牠也沒有發怒。每天上午十點半，員工準時將小白鼠或小菜蛇扔進籠去，牠立刻就會從樹枝上俯衝下來，伸出一隻鐵爪，一把就將驚慌失措的獵物穩穩抓住，空中掠過一道優美的弧線，牠已飛回樹枝上了。高超的表演博得遊客的一陣陣掌聲，牠也洋洋得意地一口將獵物吞進肚去。給我的感覺是，牠已經樂不思蜀了。

誰也沒有料到，這麼一隻野性已經高度馴化的金雕，最後還是撞籠而死！

那是在牠遷居籠舍約二十天後的一個中午發生的事，我恰巧路過雕籠，突然發現停棲在岩石上的雄雕頸毛姿張，雙目圓睜，表情憤怒，好像準備和誰打架似的。當時公園裏遊客不多，雕籠旁只有一對老年夫婦在緩步行走，牠不可能是受到人的驚擾。我湊近鐵絲網仔細朝裏張望，籠子裏也沒有任何值得大驚小怪的事。

戈嘁——雄雕做出一種振翅欲飛的姿勢，高高昂著頭，惡狠狠地朝樹冠囂叫了一聲。我順著牠的視線望去，哦，籠頂的鐵絲網外，站著一對鴿子，一隻雪白，一隻紫醬，看起來像小兩口，雪白在紫醬的肩上摩挲脖子，紫醬用嘴喙替雪白梳理羽毛。

看來，雄雕不歡迎這對鴿子，想趕走牠們。

這對鴿子大概愛意正濃，情意繾綣，已進入忘我的境界，沒有聽到雄雕的嘯叫，我想。鴿子生性膽小，要是在野外的話，別說聽到金雕的嘯叫，遠遠看見金雕的影子就會嚇得屁滾尿流，掉頭就逃，只恨爹娘少生了一對翅膀！而金雕最愛吃的就是鴿子了，就像貓專門要逮老鼠差不多。

雄雕見這對鴿子仍在籠頂逗留，便一拍翅膀，飛到橄欖樹上，停在最高那根橫杈，牠昂起頭，鐵鉤似的嘴喙差不多快要碰到鐵絲網了，氣沈丹田，脖子一弓，吐出一聲淩厲的長嘯。聲音之大，連隔壁籠舍正在蒙頭大睡的貓頭鷹都被驚醒了，呦呦叫著，睜著兩隻在白天什麼也看不見的眼睛，胡亂飛躥。就算這對鴿子再大意、再麻痹、再耳聾，也該聽到這聲雕嘯了。

然而，讓我大惑不解的是，這對鴿子仍像沒事一樣，在籠頂的鐵絲網上漫步嬉戲，留連忘返。紫醬的一隻爪子還刨動嫩綠的橄欖樹葉，大概是想尋找吃的東西，我一下就看清那隻鴿爪上戴著一塊紅標籤，那是家鴿協會頒發的牌照。

唔，我明白這對鴿子為啥那般膽大妄為，對近在咫尺的金雕也敢不予理睬。牠們就是動物園職工、外號叫「鴿子迷」養的信鴿，窩就搭在動物園裏的職工宿舍樓，牠們出生在動物園，自小就熟悉這個環境，知道這些凶禽猛獸被困在籠子裏，沒什麼屁用，構不成任何威脅，所以才會對金雕的嘯叫充耳不聞的。

動物也很勢利。這叫虎落平陽被犬欺，雕在籠裏遭鴿戲。

雄雕頸上的羽毛豎直，一副怒髮衝冠的模樣，跳起來朝在牠頭頂的鴿子啄咬。當然，細密的鐵絲網擋住了牠的嘴喙，牠什麼也沒咬到。

我不知道這隻雄雕幹嘛非要把籠頂這對鴿子攆走，或許，牠覺得鴿子咕咕咕的叫聲驚擾了牠的清夢，或許，牠早已養成了唯我獨尊的強者意識，不能容忍弱小的飛禽在牠身邊吵鬧，或許，牠覺得這對鴿子肆無忌憚地站在牠頭頂談情說愛，是對牠的倨傲不恭。

哐，雄雕堅硬的嘴喙叩碰鐵絲網，發出清脆的響聲，爆起一團輕煙似的塵埃。那對鴿子這才從忘我的互吐情愫中回過神來，紫醬偏著臉，扒開橄欖樹的嫩葉，一隻眼睛從鐵絲網眼裏朝下望，咕咕，咕咕，咕咕咕，發出一串短促的鳴叫，那刻薄的神態，那粗野的叫聲，分明在說：你這個囚犯，還神氣什麼？有本事你來抓我們呀！

雄雕渾身顫抖，全身的羽毛都聳立起來，大張著嘴，吭、吭、吭、吭，好像一股怨氣鬱結在心裏，想吐吐不出來，憋得快要爆炸了。那模樣，實在太嚇人了。

偏偏這個時候，雪白尾羽一翹，屙出一泡鴿糞，不偏不倚，穢物滴滴嗒嗒淋在雄雕的腦袋上。我不曉得這是偶然的巧合，還是雪白在故意惡作劇。

糞澆雕頭，奇恥大辱。霎時間，雄雕雙目噴火，𠻹——發出一聲驚心動魄的長嘯，巨大的翅膀猛烈搖動，向籠頂那對鴿子撲去。咚！牠重重撞在鐵絲網上，撞得塵埃飛揚，樹葉飄零，整個籠舍都微微搖晃了。牠斜斜地跌落地面，頭撞出了血，脖子也扭傷了。

那對勢利鬼鴿子見勢不妙，一拍翅膀飛走了，灑下一串悠揚的鴿哨聲。

雄雕並沒有因爲已經把那對鴿子嚇走而罷休，牠跌跌撞撞站起來，目光迷亂狂熱，再次搖動翅膀，朝籠頂撞去。我第一次看見如此可怕的撞籠，牠混身是血，翅膀、脖頸、腳桿和胸脯都受了創傷，一次又一次跌回地面，又一次再一次頑強起飛，掙扎著怒嘯著朝籠頂撲去。牠不在意那對侮辱牠的鴿子是否已逃走，牠的仇恨凝聚在隔斷牠自由的鐵絲網上，牠要用血肉之軀撞開囚籠，翺翔廣袤的天際，一展猛禽的風采。金色的羽毛像秋天落葉洋洋灑灑鋪滿了籠舍的地面，等聞訊趕來的員工打開門，牠已變成一隻血雕，沒法再救了……

當一個強者淪落困境，爲了生存，他或許會降低自己的身分，不得不低下高貴的頭，去做自己過去不願意做的事情。但這種向命運屈服和讓步，是有限度的，那就是不能傷害他脆弱的自尊心。

自尊心是一種說不清道不白的東西，從解剖學上說，包括人在內，所有的生命在生理構造上都找不到自尊心這麼一樣東西，然而，自尊心卻是確確實實存在的。自尊心對生命的意義，有時候比食物和空氣更重要。生活中常有這樣的事，一個人可以勒緊褲帶過最貧困的日子，可以忍受病魔的無情折磨堅強地活下去，卻難以忍受譏諷和嘲笑，當自尊心受到踐踏時，產生了輕生的念頭。

我想，雄雕之所以在完全適應了動物園籠舍生活後，突然之間又撞籠而死，原因就在於此。牠是愛惜自己的生命的，不然的話，牠不會接受人類的嗟來之食。牠可以屈服於比牠強大的人類，規規矩矩待在失去自由的鐵籠子裏。但當一向被牠瞧不起的鴿子嘲弄牠時，牠麻木的靈魂被深深震憾了，過去對牠望風披靡的鴿子都敢用輕蔑的態度對待牠，可見牠處境是多麼糟糕，活得是多麼可憐。金雕傲岸的品性使牠無法面對這殘酷的現實，在鴿子面前忍辱偷生，還不如撞籠而死！

保護自己的自尊心，愛護別人的自尊心，這是避免生活釀出苦酒和演出悲劇最好的辦法。

馴化誘雉

我當年在西雙版納插隊的寨子叫曼廣弄，寨子背後有一座山叫戛洛山。戛洛山盛產松雉。肉質細膩肥嫩的松雉是餐桌上的野味珍品，價錢賣得很俏，是曼廣弄寨村民們一項很走紅的副業。但松雉生活在齊人高的斑茅草叢中，待在密不透風的灌木林裏，輕易不肯出來，且生性機敏，不會像草雞那樣，被幾粒穀米引誘，而鑽進獵人的捕獸鐵夾或金絲活扣裏來，因此，捕捉的難度很高。

但兩足行走的人畢竟比松雉聰明得多，總想得出辦法來降伏這種美麗的野禽的。也不知從哪一代獵人開始，發明了誘捕法。就是將一隻雄松雉作為誘餌，用雄松雉身上的氣味和叫聲把隱藏在草叢和灌木裏的雌松雉勾引出來；或者把在這塊地盤上稱王稱霸的另一隻雄松雉激怒出來爭鬥，獵人趁機把那些或因愛情或因嫉妒而喪失了警覺的松雉們收拾掉。這種捕殺方法效果極佳。

但要弄到一隻稱心滿意的誘雉談何容易。有時候，絞盡腦汁費了好大的功夫逮到一隻活的雄松雉，但野性太強，根本不聽從獵人的調教，在竹籠子裏不吃也不喝，數日後鬱鬱死去；也有性子更暴烈的，一刻不停地用爪、喙和翅膀撞擊竹籠，企圖逃出樊籬，數小時後便會衰竭而亡。偶爾有那麼一兩隻脾性溫順肯待在竹籠子裏活下去的，卻又像被閹割了似的缺乏雄性光彩，活像隻兩性雉，或者說是陰陽雉，既引不起雌松雉的幽會興趣，也引不起雄松雉的爭鬥欲望。

曼廣弄寨的眾多獵手中，只有波農丁能源源不斷地調教出合格的誘雉來。

波農丁是個五十多歲的老頭，五短身材，五官奇小，和身材普遍長得英俊的其他山寨男子相比，像個微縮景觀，形象很難讓人恭維。波農丁雖然相貌次品，經他的手調教出來的誘雉卻隻隻上品，平時根本不用關在竹籠裏，也不剪翅膀，任牠們自由自在地在院子裏和家雞一起生活；在誘捕場上，這些尤物表現也十分出色，不斷招引同類前來送死，很少有讓主人空手而歸的時候。

我插隊的第二年，也想養一隻誘雉，就拎著三葫蘆烈性包穀酒到波農丁家，請他幫忙。波農丁揭開葫蘆蓋聞了聞，誇了聲好酒，就轉身從竹樓上抱來一隻竹籠，塞在我手裏說：「算你運氣好，我剛好逮著一隻小松雉，就算換你三葫蘆酒吧。」

我一看，籠子裏關著一隻雄性小松雉，小傢伙的翅膀還沒長齊，頸羽淺藍，嘴喙嫩黃，兩隻麻栗色的瞳仁裏一片稚氣。我說：「牠這麼小，能做誘雉嗎？」

「一隻好誘雉，都是從小就開始培養的。好比捏著一棵樹苗，容易彎曲，樹長粗了，你就扳不彎嘍。來，我教你怎麼調教牠。唔，我已經一整天沒餵牠吃東西了。」波農丁說著，把竹籠搬到院子中央，拉開了竹門。

小松雉確實已餓得頭暈眼花了，唧唧怪叫，一放出竹籠，牠就急不可耐地想覓食充饑，但掃得乾乾淨淨的場院裏連一條小蟲也找不到。這時，波農丁手裏捏著一把金燦燦香噴噴的穀粒，在小松雉嘴喙底下晃了晃，小松雉的饑餓感被撩撥到了極限，拼命追隨波農丁；波農丁扔下三兩粒穀子，便轉移一個位置，一會兒逗引牠爬上樓梯，一會兒逗引牠在門檻上跳來跳去，一會兒逗引牠繞著火塘轉圈。

「唔，牠想不餓死，就得跟著我。」波農丁得意地說，「你就用我剛才的辦法訓練牠，直到牠翅膀上長出硬羽爲止。唔，你千萬要記住，什麼時候都別餵飽牠！」

我一絲不苟地照波農丁的話去做，我很快發現這種饑餓威脅下的馴化方式十分見效，幾天以後，小松雉就忘掉了野外覓食的習性，一看見我就唧唧唧唧討食吃，一打開籠門就黏著我的影子滿世界追。在牠的眼裏，我就是上帝，就是牠溫飽的唯一源泉。這種依附於人類生存的習慣，發展下去，將迫使牠忠實地爲我賣命，不惜以犧牲同類的生命爲代價。我還發現，波農丁叮囑我的「什麼時候都別餵飽牠」這句話非常非常的重要，永遠讓牠處於饑餓狀態，牠的整個心思都集中在吃食上，就不可能再去想飛出竹籠追求自由這樣沒名堂的事了。

二十天後，我見小松雉翼羽已逐漸豐滿，兩隻翅膀上色彩斑斕，快能飛了，就帶著牠又去找波農丁。一見面我就自豪地說：「波農丁，我已把牠訓練得快變成我的影子了，怎麼樣，我可以帶牠去誘捕松雉了吧？」

「不不，還差得遠呢。」波農丁頭搖得像個撥浪鼓，「這就好比你們城裏人讀書分小學、中學和大學一樣，牠現在還只是小學畢業呢。唔，你想想，牠現在是因爲饑餓才跟著你的，一旦牠到了山林，吃到螞蚱蚯蚓什麼的，你手裏的穀米就再也吸引不了牠嘍，牠也就會棄你而去，遠走高飛。」

「那我下一步該如何馴化牠呢？」

「唔，你再去買兩隻和牠差不多大小的公松雉來。要那種翅膀剛剛長齊，想飛還飛不起來的貨。」

敢情誘雉上中學，還要有陪讀的。

翌日晨，我帶著已經小學畢業的誘雉和兩隻陪讀生，走進波農丁的竹籬笆牆。院子東西兩端的角落，蹲著一黃一黑兩條獵犬。波農丁讓我把先把小誘雉從竹籠裏放出來，餵牠一把穀米。果然不出波農丁所料，小誘雉一吃飽肚子，就變得不安分起來，新奇地打量籬笆牆外樹叢，探頭探腦，思想開小差，想溜了。

波農丁朝兩條獵狗打了個呼哨。

兩條獵狗虎視眈眈地盯著小誘雉。小誘雉剛向東面走出幾步，黃狗就惡狠狠地衝牠咆哮，嚇得牠轉身逃回我的腳跟前來。黃狗配合默契地停止了咆哮。

「唔，牠每次逃回你身邊來，你都要抱抱牠，用手捋捋牠背上的羽毛。」波農丁認真地教導我說。

我明白他的意思，是要我用一種親暱的動作，讓小誘雉每次受到威脅和驚嚇後，感受到我的溫暖，體驗到待在我身邊的安全感。強烈的反差對比，使這種溫暖和安全感變得格外明顯。

過了一會兒，小誘雉控制不了活潑好動的天性，也禁不住花花綠綠的外面世界的誘惑，又試探著向西跳躍出去。訓練有素的黑狗立刻從喉嚨深處發出一聲低嚎，呲牙裂嘴地竄上來，又把小誘雉嚇回我身邊來了。

如此這般反覆了許多次，小誘雉似乎已慢慢適應了兩條獵狗窮兇極惡的威脅。牠雖然還往我身邊逃，但受驚嚇的程度大大減弱。兩條獵狗雖然可怕地朝牠吠叫，卻從沒真的咬牠，牠感覺不到被咬的真正痛苦，害怕便大打折扣。或許牠認爲橫在牠面前的不過是兩隻紙老虎，不，應該說是兩隻紙糊的獵狗，只會嚇唬嚇唬牠。牠的骨頭癢了，賊膽也放大了，竟然退到離我腳還有半米遠的距離就不再退。

「唔，該動真格的了。」波農丁說，「殺盡牠身上的野氣。」

他讓我把一隻陪讀生從竹籠裏捉出來，放在小誘雉身旁，然後用一根小白布條拴在陪讀生的脖頸上，這是給獵狗一個訊號，表示繫了小白布條的任憑牠們宰割。

陪讀生從未和人有過親近，身上的野氣比小誘雉重得多了，雙爪一沾地，便心急火燎地往竹籬笆外衝，想脫離苦海，回到空氣清新的山野去。小誘雉見身邊有個志同道合的伴，膽氣也壯了，緊跟在陪讀生屁股後頭，想衝破獵狗的封鎖。黃狗從東邊竄過來，一口咬掉了陪讀生的一隻腳爪。陪讀生喊爹哭娘，拼命拍扇翅膀，歪歪扭扭飛了起來，可惜牠翼羽還沒長豐滿，就像一隻沒做好的風箏，怎麼也飛不高。黑狗從西邊撲過來，輕輕一躍，一口叼住陪讀生的一隻翅膀。可憐的陪讀生，唧唧唧唧急叫著，在狗嘴裏徒勞地掙扎著。院子裏渲染開一種恐怖的氣氛。黃狗靈活地一扭腰，叼住了陪讀生的另一隻翅膀，隨著一串淒涼的哀叫聲，陪讀生被活活撕成兩半，兩條獵狗呼嚕呼嚕貪婪地嚼咬陪讀生的五臟六腑。

小誘雉嚇壞了，掉過頭來，逃到我身邊，一頭扎進我的懷裏，比情人還扎得深。

這是一種強迫親近，被死亡逼出來的依戀。

過了兩天，這幕悲喜劇又重演了一次。從此以後，小誘雉徹底斬斷了想要皈歸山林的念頭，把牠放出竹籠，便抖抖索索地黏在我的腳跟，踢牠轟牠牠都不願離開。波農丁偏偏挑小誘雉翅膀長齊了但還沒有長硬、想飛還飛不起來的時候，對牠進行恐怖主義的強化訓導，是很絕妙的一招；對松雉來說，這是性格的定型期，好比青少年正在跨越成人的門檻，對外面世界十分神往，對外面世界又知之甚少；在這個身心發育最關鍵的定型階段，在這個生命旅程最重要的轉折關口，來這麼一下子，小誘雉便形成了這樣一種思維定勢：陌生的世界充滿凶險，天上地下到處都是魔鬼，死亡隨時可能發生，只有待在我的身邊才是安全的。

我不僅是牠唯一的食物源，還是牠唯一的安全島。

「唔，中學畢業了，該升大學了。」波農丁喜滋滋地說。

大學的課程比中學簡單一些，卻更爲殘忍。在小誘雉會飛了後，波農丁讓我用極細的透明的尼龍絲編織了一隻大網罩，把誘雉罩在裏面，每當誘雉想衝破網罩，我便按照波農丁的吩咐，用一根長長的鋼針，在誘雉胸脯上狠狠刺一針；誘雉疼痛哀叫，我謹記波農丁的教導，從不心慈手軟；大概是誘雉的智商太低的緣故吧，胸脯上挨了幾百針，仍不醒悟，我遵從波農丁的教誨，以極大的耐心和毅力堅持不懈地舉起鋼針扎呀扎，有時一天就要在誘雉胸脯上扎二三十針，羽毛都被血弄濕了。

終於，誘雉產生了反射動作，待在尼龍網的中央不敢動彈，就是大聲吆喝驅趕，牠都不敢再去觸動網罩上的尼龍絲。於是，波農丁讓我把網罩取掉，誘雉仍然表現得如同被罩在網裏一樣。牠弄不清透明的尼龍網究竟是否還存在著。牠已徹底喪失了自由的意識。

「嘿嘿，」波農丁眨動著綠豆小眼，狡黠地笑著說，「一張無形的網永遠罩住了牠的心，牠已經變成一隻道道地地的誘雉了。」

我覺得波農丁既像是政治家，又像是哲學家。

幸虧他只是山寨一位普通的獵人，倘若他去做小學校長，或者被推舉爲聯合國科教文組織的主席，很難設想人類會被他「教育」成什麼模樣。

唔，不管怎麼說，我算是成功地馴化了一隻誘雉，趕明兒，我要帶牠上山去捕捉松雉啦。

天空還掛著一鉤殘月，我就順著被野獸踩踏出來的牛毛細路鑽進戛洛山的黑石溝。沈重的濕淋淋的山霧落在我的眉梢上，化作一層細細的小水珠，順著睫毛滾落下來。黎明前的山野一片沈寂，黑石溝兩旁平緩的山坡上，密不透風的灌木林裏偶然傳來幾聲飛禽走獸夢囈般的叫聲。我知道，灌木林裏有我所渴望得到的松雉。

天亮了。遠處的山寨裏傳來茶花雞司晨的啼叫。我在潺潺流淌的山泉旁找了一塊便於觀察和射擊的位置，把從波農丁那裏借來的一支老掉牙的火銃擱在一棵樹墩上，取下背上那個編織精巧的竹籠子，打開門扣，把我和波農丁共同精心調教出來的那隻誘雉，抱到被一縷陽光照亮的空地上。

這真是一隻絕頂漂亮的松雉，堪稱誘雉中的精品，牠身上那股山林的野性早已被消蝕得乾乾淨淨，但在外表上，卻仍然保持著非凡的雄性氣概；牠腹部的絨毛像一朵緋紅的雲霞，脊背上的五彩羽毛光滑如綢緞，那虎紋狀的尾羽高高翹起，腿上肌腱飽滿，身上籠罩著一層金色的陽光；牠雖然像我一樣，也是第一次到黑石溝來狩獵，卻顯得老練而瀟灑，一會兒用琥珀色的嘴喙梳理被霧嵐弄潮的羽毛，一會兒啄啄草葉上蹦躂的螞蚱，表現出一種儒雅的紳士風度。

我朝牠打了個響亮的呼哨，示意誘捕開始。牠輕輕抖了抖脖頸，豔紅得像火焰似的頸毛膨脹開來，得意洋洋地挺起胸脯，喔咯咯——咿，喔咯咯——咿，吐出一串高亢嘹亮的鳴叫；這叫聲顯得粗野橫蠻，充滿雄性的挑戰，被徐徐晨風吹送著，被乳白霧嵐繚繞著，在山坳裏迴響。

我屏住呼吸，緊張地觀察著四周的動靜。起先，只聽到霧嵐磨擦草葉發出的柔曼的聲響，過了一會兒，靠右邊不遠的那片茅草無風自動，在一片翠綠中，猛地露出一隻色彩斑斕的松雉的腦袋。我一眼就看清這隻松雉頭頂上有一塊火焰似的雞冠，也就是說，那是一隻雄松雉。好極了，我端起槍來，只要牠再朝前走二十步，牠就算走到人類的餐桌上來了。

雄松雉用刻骨仇恨和驚恐不安的混合眼神朝誘雉望了一眼，立刻又縮回頭去，躲進茂密的草叢。

誘雉不慌不忙再次蓬鬆開頸毛，喔——咯——咿，喔——咯——咿，啼叫起來。這叫聲的旋律與節奏和先前的明顯不同，乾澀而尖厲，短促而刻板，像是強者對弱者的嘲笑和調侃，又像是居高臨下的咒罵，總之，是一種自命不凡的雄性對不堪一擊的對手發出的唾棄聲。這真是絕妙的激將法，我想，假定此刻有一隻漂亮的雌松雉正癡情地依偎在被挑釁的雄松雉身旁，這叫聲一定會使牠對自己的愛侶感到極度失望，從而使愛情動搖，任何有點血性的雄性動物都會不堪忍受這種輕蔑和侮辱。

果然，右側的茅草叢中傳出一串雄松雉悲壯的鳴叫，聽起來有點像烈士奔赴刑場前在呼口號。隨著叫聲，牠挺著胸，氣宇軒昂地鑽出草叢，扇動著翅膀，連跑帶飛撲向誘雉。

這是一隻長相平常、瘦削單薄的雄松雉，個頭比誘雉小了一圈。牠在距離誘雉兩米遠的地方停了下來，那圈金黃色的頸毛怒張著，兩隻強勁有力的爪子刨得草葉紛飛、沙土高揚，那對像油玉一樣黃褐色的瞳仁裏，射出兩道刻毒的光，那架式，恨不得把誘雉一口活吞了下去。

誘雉迎上去，雙方嘴喙幾乎觸碰到嘴喙了，便不約而同停下腳步，半張開翅膀，縮緊身上的羽毛，擺出臨戰前的靜止姿態，活像一幅動感極強的雕塑。

我知道，這是最佳的射擊時機。我用食指壓住扳機，穩穩往下用力。

突然，天知道是怎麼回事，我腦子裏冒出一個荒唐的念頭，很想看看兩雄相鬥的結局。我也知道這種爭鬥毫無意義，誘雉不是鬥雞，誘雉能把松雉從隱蔽的角落引誘出來暴露在我的槍口下，就算出色地完成了使命；爭雄鬥勇不是誘雉的職責。說不清是一種什麼心理需要，我極想看到誘雉不但有引誘同類誤入陷阱的高強本領，在弱肉強食的叢林生存競爭中也不乏雄性價值。

雄松雉尾羽一甩，嘴殼朝誘雉的雞冠啄來。來勢並不兇猛，動作也較遲鈍，看得出來，這是一種試探性的出擊。我期待著我的誘雉能以此爲契機，轉守爲攻。但我想錯了，誘雉驚慌地扭開腦袋，眼光突然轉向我埋伏的位置，咯咯——喔，咯咯——喔，吐出一串叫聲；這叫聲既是在埋怨，又是在呼救；牠在埋怨我沒抓住開槍時機，牠希望我能把牠從兩雄相爭的危險境地中拯救出來。

我明白了，這是一隻徒具雄性外殼的傢伙。

雄松雉抓住誘雉扭頭躲閃的時機，猛地一拍翅膀，凌空躍起，居高臨下撲到誘雉身上，尖厲的爪子抓住誘雉的翅膀，彎鉤形的嘴喙朝誘雉的腦殼猛啄。在這充滿野性的攻擊下，誘雉失去了抵抗能力，全身癱軟，蹲在地上，發出絕望的哀叫。

誘雉身上的羽毛被一根根啄了下來，像五彩泡沫在天空飄舞。

要是我再不開槍的話，雄松雉很快就會把誘雉身上的全部羽毛都啄個精光，啄爛大紅雞冠，啄瞎那對雞眼，啄開雞膛……這可是我花了不少錢和許多心血才好不容易培訓出來的寶貝呀！我端起火銃重新瞄準。

雄松雉大概是被勝利陶醉了，站在誘雉背上引吭高歌，喔咯咯——喔——咯，向躲藏在岩石背後或草叢深處的雌松雉們報捷。誘雉趁機從雄松雉的鐵爪下掙脫出來，飛快逃向我埋伏的地方。我趕緊扣動了扳機。

訇然一聲巨響，山谷清新的天空飄起一縷青煙。

雄松雉被鉛彈和強大的氣流推到一棵樹椿上，掙扎著拍扇了兩下翅膀便不動了，只有那兩隻玻璃似的眼珠還圓睜著，凝固著一種驚奇的表情。

我把雄松雉塞進背囊後，誘雉偏仄臉，把一隻雉眼朝向天空，凝視了一會藍天白雲和火紅的太陽，似乎是要從生機昂然的天空得到某種神秘的啓示，汲取某種超凡的力量，接著，牠抖擻脖頸上的羽毛，對著太陽，吐出一串圓潤悅耳的鳴叫。喔——咯咯，喔——咯咯，帶著太陽的溫情和白雲的輕佻，使叫聲平添了許多陽剛美和雄性美。這充滿雄性誘惑的啼叫聲具有一種極強的穿透力，可以傳播到山凹每一叢斑茅草和每一個最隱蔽的角落。

哦，牠是在召喚剛才被我打死的雄松雉的遺孀。這真是一隻被魔鬼教唆出來的尤物！

過了一會，在幾塊怪石錯落並被幾株野紫荊遮斷視線的一個隱秘的旮旯，飛出一隻松雉，朝誘雉所在的位置悠悠飛來，飛到離誘雉五、六十公尺遠的亂石背後，又看不見了。但我已看清，這隻松雉腦袋上沒有火焰似的雞冠，也就是說，那是一隻雌松雉！果然，亂石堆背後傳來雌松雉柔和的咕咕聲，像是在召喚誘雉前去幽會。

我有點擔心誘雉會經不起異性的挑逗，爲情欲而叛逃，但我很快發現自己的擔心是多餘的，誘雉沒有表現出雄性動物在雌性動物面前通常有的那種性激動，牠平靜地站在原地，朝雌松雉躲藏的亂石堆十分賣力地吐出一串又一串色情味很濃的啼鳴。

雌松雉經不起誘雉長時間的引誘，頻頻從亂石堆後面伸出腦袋，好奇地窺望著誘雉。

誘雉的胸脯挺得更高，脖子朝天空一伸一縮，驕傲得彷彿要和太陽比高低；牠發出更加柔和的啼叫，每叫一聲，便向雌松雉飛遞一個秋波；牠舒展翅膀，瀟灑地撲扇著，扇出一團團帶著腥臊味的雄風，朝亂石堆吹去；牠是在向異性傳播牠的氣味。

突然，誘雉猛地甩動頭頂高聳的雞冠，縱身躍起，爪子有力地朝前搏擊，嘴喙閃電般在空中啄咬了幾下，做出一個兩雄爭鬥時的典型動作；動作並不完全是實戰型的，而是被誇張了，被藝術化了，既顯示出牠銳不可擋的戰鬥風範，又展露了牠的體態和在激烈運動時彩羽炫目的光亮。

表演得恰到好處。這尤物，不愧是位出色的性格演員！

雌松雉被誘雉超一流的表演陶醉了，羞羞答答暈暈乎乎從亂石堆後面鑽出來。

這是一隻年輕的雌松雉，嘴殼嫩黃，眼睛亮得像兩塊玻璃。沒有雄松雉絢麗多彩、高高翹起的尾羽，一身麻栗色的羽毛顯得有點單調。與眾不同的是，牠溫柔的胸脯上有一圈細細的桃紅色的羽毛，宛如掛著一條項鍊，具有很強的裝飾性。牠剛才還是被誘雉誘殺的雄松雉的配偶，現在卻要奔向誘雉了；對牠來說，投入勝利者的懷抱是很正常的，這符合弱肉強食的叢林法則。

雌松雉來到誘雉兩三步遠的地方，暴露在我的準星和缺口下。我又一次抑制了自己開槍的欲望，我很想看看誘雉是如何誘捕異性的。

雌松雉貼近誘雉了。雌松雉顯得端莊而又嫺靜，不慌不忙地啄食草皮上的小蟲，咯咯咯柔順地輕叫著。我發現誘雉神態變得反常，不斷朝我埋伏的方向張望，那眼光頗複雜，說不清是在盼望我早點開槍，還是在哀求我不要射擊。過了一會，誘雉見我沒什麼動靜，便大著膽子圍著雌松雉轉圈，撐開並垂下一隻翅膀，歪著脖子，兩隻爪子在草皮上急劇地抓刨著，做出一種典型的求愛動作。

我突然想起波農丁的警告。波農丁再三說過，可以給誘雉吃噴香的糯穀，可以讓誘雉自由地在樹林裏散步，可以親牠愛牠，也可以恨牠踢牠，但有一點必須絕對禁止，就是不能讓牠與雌松雉交尾。波農丁解釋說，所有的動物和人一樣，都是色膽包天！假如不慎讓誘雉品嘗了禁果，牠就不肯再死心塌地爲主人賣命了。交尾的甜頭會使牠回想起早已生疏了的叢林生活，使牠萌發叛逃的念頭。

波農丁和野生動物打了半輩子交道，熟識生命的弱點。

我急忙將黑森森的槍口指向雌松雉，可是已經晚了，誘雉一扇翅膀跳到了雌松雉的背上，琥珀色的嘴喙與其說叼住，還不如說是銜住雌松雉肉質很強的雞冠，隨著一陣和諧的顫抖，誘雉完成了交尾動作。

唉，我在心裏歎了口氣，心想，我這隻好不容易精心培育出來的寶貴的誘雉算是報廢了！

誘雉從雌松雉背上跳了下來。雌松雉抖了抖凌亂的羽毛，轉身朝樹林跑去，走了幾步，回頭咯咯叫兩聲，呼喚誘雉跟牠到自由廣闊的叢林裏去。

我想，誘雉會鋌而走險跟著雌松雉走的。可我又一次猜錯了。誘雉望望快走到樹林邊緣的雌松雉，突然撲過去，用尖硬的嘴喙，一口啄住雌松雉的雞冠，用強壯的身軀將雌松雉按倒在地。這絕不是調情式的嬉戲，也不是交尾時的纏綿，而是像兩隻雄松雉打架鬥毆時的粗暴的征服。

當雌松雉掙扎著想站起來時，誘雉曲起雙腿，在雌松雉的胸脯上猛力一蹬，雌松雉被蹬出兩步遠，倒在地上，痙攣著，哀叫著，一時爬不起來了。誘雉扭轉身體，往旁邊的空地猛地一躥，迅速從雌松雉身邊逃離開，一個勁朝我伏擊的地方啼叫起來。我明白，誘雉是在提醒和催促我開槍。

我像被強迫灌了兩瓶劣質燒酒似的腦袋暈乎得厲害，恍然間，我覺得誘雉變成舌頭拖出兩尺長的面目猙獰的魔鬼；牠是沒有靈性的木偶，是人類的傀儡，是用卑鄙、陰險、狡詐、醜陋等劣質材料製做的怪物；牠是用鱷魚淚、蟾蜍皮、孔雀膽、毒蛇涎、蠍子精調和成的一隻生命的毒瘤。我反胃噁心，想嘔吐。我咬著牙扣動了扳機。火銃劇烈地顫抖了一下，發出訇然巨響。誘雉倒在血泊中，鉛彈剛好打在誘雉的腦殼上，把紅珊瑚似的雞冠都炸飛了。

我把精心馴化出來的誘雉打死了，我把自己的小銀行給毀了！

風雲動物文學

烈鳥與丹頂鶴：天上生靈

作　者　沈石溪
出版者　風雲時代出版股份有限公司
出版所　風雲時代出版股份有限公司
地　址　105台北市民生東路五段一七八號七樓之三
網　址　http://www.books.com.tw
電子信箱　h7560949@ms15.hinet.net
服務專線　（〇二）二七五六一〇九四九
傳　真　（〇二）二七六五一三七九九
郵撥帳號　一二〇四三二九一
執行主編　朱墨菲
封面設計　蕭麗恩
法律顧問　永然法律事務所　李永然律師
　　　　　北辰著作權事務所　蕭雄淋律師
版權授權　沈石溪
出版日期　二〇〇八年六月初版
定　價　新台幣二二〇元
總經銷　成信文化事業股份有限公司
地　址　台北縣新店市中正路四維巷二弄二號四樓
電　話　（〇二）二二一九一二〇八〇
行政院新聞局局版台業字第三五九五號
營利事業統一編號二二七五九九三五

國家圖書館出版品預行編目資料

烈鳥與丹頂鶴／沈石溪 著. -- 初版. -- 臺北市：
風雲時代, 2008.05
面；公分

ISBN　978-986-146-456-5（平裝）
1.鳥類　2.通俗作品

388.8　97006777

The Tale of Red-crested Crane